KB169551

시뮬라크르

SIMULACRE
시뮬라크르

서진연 장편소설

답

차례

서쪽 하늘의
삼각편대

1

완은 이따금 자신의 존재가 허구로 느껴질 때가 있었다.

이를테면, 여느 때처럼 동이 트자마자 집을 나서 동네 뒷산의 약수터로 올라가다가 무심결에 산책로를 버리고 샛길로 들어섰는데 우연히, 어젯밤 큰길가에서 마주친 남자와 다시 스쳐지나게 되면서 그도 이쪽을 돌아보는지 돌아보지 않는지, 멀어져가는 뒷모습이라도 확인하고자 하는 애매한 충동을 누르며 가던 길을 재우쳐 가다가 문득 기시감에 빠져, 어제와 오늘의 만남은 우연이 아닐지도 모른다는 생각에까지 이르기도 하는 것이다.

누군가가 쓴 소설, 읽히고 또 읽혀 무한 반복되는 그 세계 속에 갇혀 있는 것인지도 몰랐다. 어쩌면 아직 창작의 단계로 고쳐지고 또 고쳐지고 있는지도. 이러다 아주 지워질 수도 있을까.

완은 어젯밤의 일부터 되짚어 보기 시작한다.

어젯밤 완은 큰길가에서 택시를 보내고 전시회 뒤풀이에서의 불쾌한 기억과 취기를 안고 집을 향해 휘적휘적 올라가던 중이었다. 남자도 어딘가에서 누군가와 술을 마시고 돌아오던 길이었을 것이다. 남자는 골목 어귀의 가로등 밑에서 완을 지나쳐 근처 어딘가 자신의 집 혹은 숨겨 둔 애인의 집에서 밤을 보내고 짧은 일탈의 나른함으로 낯선, 혹은 낯익은 일상의 익숙함으로 산길을 따라 이른 산책을 마치고 내려오는 길에, 혹은 길을 잃고 헤매던 중에 완과 다시 마주친다. 완은 하룻밤을 자고 일어났는데도 떨치지 못한 지난밤의 기억을 떠올리며 마른 가지에 얼굴이 긁히고, 나무뿌리를 헛디뎌 가볍게 발목을 접질리기도 하면서, 이 험한 길로는 왜 들어섰을까 후회하는 중이었다. 두 사람이 일별도 주고받지 않고 엇갈려 지나는 장면에 이르러 완은 문득 이 소설의 주인공은 저 남자일까 나 자신일까 하는 생각을 한다.

애초에 되도 않는 그림 따위 시작도 하지 말고 소설이나 쓸걸 그랬다며 자조적인 웃음을 흘리는 사이에 길이 끝나고 약수터가 있는 광장이 나타난다. 험해서 그렇지 샛길은 지름길인 셈이었다.

완은 아직 아무도 없는 작은 광장을 가로질러 샘터로 내려갔다. 돌확의 가장자리에 낀 살얼음을 깨고 손부터 씻었다. 눈가와 이마를 적시고 낯을 씻었다.

점퍼 주머니에서 손수건을 꺼내 손과 얼굴의 물기를 닦다가 그제야 가볍게 이마를 쳤다. 어젯밤 취중에도 그를 눈여겨보았던 것은 자신이 지금 입고 있는 것과 똑같은 트레이닝복을 그도 입고 있었기 때문이었다. 밤공기가 찬데도 남자는 위에 아무 것도 걸치지 않아 더욱 눈에 띄었다. 조금 전 샛길에서 마주쳤을 때에도 그 차림 그대로였다. 귀한 물건이라더니 동네에서도 마주치는군, 하는 생각이 들어 완은 씁쓸해졌다. 짙은 감색 벨벳 원단에 팔과 다리에만 은색 줄무늬가 들어간 완의 트레이닝복은 에이전시의 한국 지사장이 사 년 전 출장길에 사 온 것이었다.

"이걸 보자마자 선생님 생각이 났는데, 선생님 사이즈로는 재고가 없다지 뭐예요. 그래도 마침 본사가 있는 독일이 일정에 포함되어 있었어요. 들어가자마자 손을 좀 썼죠. 어제 받았어요, 선생님. 어떠세요?"

지사장이 내미는 트레이닝복을 한번 쓰다듬어 보는 시늉을 했지만 벨벳 원단의 부드러운 감촉보다도 지사장의 눈가에 어리는 미소에 가슴이 일렁였다. 그래서 이후로도 꽤 아껴 입었던 옷이었다.

완은 씁쓸한 기분을 털 듯 바짓단에 묻은 먼지를 툭툭 털어 냈다. 더 위로 올라갈지 오늘은 이쯤에서 내려갈지 망설이는데, 아랫집 노부부가 서로 손을 맞잡고 나란히 올라오는 모습이 눈에 들어왔다. 얼른 돌아서서 약수터 뒤로 난 산길로 성큼성큼 걸음을 옮겼다.

그러나 완은 금세 후회했다. 지금까지의 완만한 경사보다 가파르고 험해서, 컨디션이 좋을 때에나 작정하고 오르던 길이었다. 숙취로 찌뿌둥한 몸으로는 무리일 수밖에 없었다. 역시나 금세 숨이 차고 다리가 후들거렸다. 등줄기가 후끈해지며 식은땀이 흘렀다.

완은 걸음을 멈추고 숨을 고르며 뒤를 돌아다봤다. 굽이진 길의 입구가 이쪽에서 보이지 않으니 저쪽에서도 보이지 않을 터였다. 깨끗하고 평편한 바위 위에 걸터앉았다. 겨울 숲의 성긴 가지 사이로 두 노인의 목소리가 설핏설핏 들려왔다. 다 늙어서 손을 맞잡고 다니는 꼴도 마뜩잖은데, 어리광을 부려대는 노파의 종알거림은 더욱 듣기 싫었다. 노파를 어르는 노인의 말투도 귀에 거슬렸다. 어쩌면 지난밤 젊은것들의 수군거림이 여전히 귓가에 걸려 있기 때문인지도 몰랐다.

뒤풀이 자리에서 젊은것들의 수군거림을 엿들을 의도는 없었다. 말이 뒤풀이지 에이전시 주최로 소속 작가와 평론가와 국내외 기자들까지 초청한 대행사였다. 제법 큰 와인바 하나를 통째로 빌려 치른 본행사가 끝나고 근처의 주점으로 옮겼을 때였다. 완은 축하와 덕담을 건네며 부딪혀 오는 잔들에 일일이 응하느라 어지간히 취해 있었다. 속도 몹시 거북했다. 비틀거리며 화장실로 가는 길에 구석진 자리의 칸막이 너머에서 들려오는 익숙한 목소리에 발을 멈췄다.

"만날 이렇게 들러리 신세, 누구 하나 쳐다봐 주는 사람이 없네."

"그러게 말이다. 완전 개밥에 도토리."

"그래도 너는 인마, 같은 개밥 소속이잖아."

"그럼 뭐하나. 우리 지사장의 취향이 독특하신데."

"하긴, 저들이 곧 오늘날의 화풍이시지. 노인네의 탄탄한 허벅지와 지사장의 육감적인 몸매가 만나서 대한민국 화단이 세계로 뻗어 나가고 있다는 거 아니냐."

"그 소문이 사실이야?"

"알 게 뭐야."

소리 죽여 킥킥대는 목소리들은 대부분 완이 발굴하고 가르치고 길을 열어 준 제자들이었다.

"그만들 해라. 누가 들으면 어쩌려고."

"그래도 이번 작품들은 너무 아니지 않았나?"

"한 번 뜬 몸값은 떨어지질 않아요."

"그렇지. 그건 그림값이 아니고 그냥 몸값이고 이름값이지."

"그만들 하라니까."

"내가 틀린 말 했냐?"

뒷말은 더 듣지 못했다. 가뜩이나 거북했던 속이 더 뒤집어지며 급해졌기 때문이었다.

망할 놈들, 아직 탄탄하기는 뭐이가 탄탄해. 완은 이마에 맺힌 땀을 훔쳐 내며 중얼거렸다.

그 흔한 전립선염 한 번 앓은 적 없었지만 언제부터인가 오줌발이 시원치 않았다. 아침 첫 소변이 개운하지 않다 싶다가 요의가 잦아지더니 밤에도 몇 번씩이나 깨면서 찔끔찔끔 흘리듯 불쾌해졌다. 통증이 있는 것은 아니었지만 시원하게 배출하지 못하고 종일토록 잔뇨감에 시달려야 했다. 전립선이나 신장의 문제인가 싶었는데, 주치의는 이런저런 검사 끝에 방광이 예민해졌을 뿐 다른 이상은 없다고 했다.

"선생님, 이제 좀 내려놓으세요."

"내려놓긴 뭘 내려놔!"

퉁명스레 대꾸하는 완을 쳐다보며 주치의가 빙그레 웃었다. "이제 좀 쉬엄쉬엄 그리시라고요, 약이 도움이 될 거예요." 하며 처방전을 써 줬다. 약을 먹기 시작하며 잔뇨감이 사라진 대신 시도 때도 없이 졸음이 몰려왔다. 아무 데서고 졸고 앉아 있다가 화들짝 놀라 깬 적도 있었다. 어쩔 수 없다는 것을 알면서도 완은 공연히 약을 처방한 주치의에게 화를 내기도 했다.

완은 바위에서 일어나 더 위쪽으로 걸음을 옮겼다. 금세 또 식은땀이 등줄기를 훑었다. 오금에 힘이 풀리며 자꾸만 무릎이 꺾였다. 마땅히 쉴 만한 데가 보이지 않아 조금만 더, 조금만 더 하며 올라가다가 에라, 모르겠다 하며 엉덩이를 흙바닥에 대고 주저앉았다. 인사나 하고 내려가면 그만이지 피하기는 왜 피해서 이 꼴인가 싶어 부아가 났다.

밭은 숨을 가라앉히고 짚이는 대로 길가의 나무 둥치에 손을 대고 일어서는데 끙 하는 소리가 저절로 나왔다. 엉덩이를 손으로 툭툭 터니 누런 흙이 그대로 묻어났다. 점퍼 자락에 슥슥 문질러 닦고, 누가 알은체를 하든가 말든가 그냥 지나칠 심사로 올라갔던 길을 허적허적 되짚어 내려왔다.

작은 광장이 벌써 사람들로 가득 차 있었다. 대부분이 노인이었는데 저마다 하나씩 들고 온 물통을 샘터 앞에 줄지어 세워 놓고 스트레칭으로 몸을 풀고 있었다. 아랫집 노부부도 서로 등을 붙이고 양팔을 껴서, 서로의 몸을 지렛대 삼아 번갈아 가며 들어 올려 주고 있었다.

완은 부리나케 약수터 광장을 가로질러 산책로로 들어섰다. 올라가며 흘렸던 땀이 식으며 정수리가 시려 와 점퍼에 달린 모자를 뒤집어썼다.

나무 계단을 박아 놓은 산책로가 끝나고 완이 사는 분지 마을과 분지 바깥의 도시까지 저 멀리로 내려다보이는 벼랑 위의 공터를 지났다.

아스팔트로 포장된 언덕길로 들어섰을 때였다.

교복 차림의 소녀 하나가 언덕 아래로부터 불쑥 솟아올랐다. 솟아오른 소녀가 춤이라도 추듯 건들거리며 이쪽으로 걸어 올라왔다. 긴 머리에 머리띠처럼 두른 연둣빛 헤드폰이 도드라져 보였다.

소녀는 완을 향해 싱긋 한번 웃어 보이고는 지나쳐 갔다. 완은 얼결에 고개를 끄덕이고는 아는 소녀인가 싶어 뒤를 돌아다봤다. 소녀는 예의 그 건들건들한 걸음으로 공터를 가로지르고 있었다. 입고 있는 교복으로 보아 아파트 단지와 주택 단지로 가는 갈림길 못 미처에 있는 고등학교의 학생인 듯했다. 도시에서 오는 학생들 대부분은 버스가 다니는 큰길로부터 아파트 단지를 가로질러 올라가지만, 몇몇은 완의 집 앞을 통해 올라가기도 했다. 오다가다 그렇게 마주친 소녀인지도 몰랐다. 완은 다시 뒤를 돌아다봤다. 이미 산길로 들어섰는지 소녀의 뒷모습은 수풀에 가려 보이지 않았다.

어느새 고등학교 앞에 다다랐지만 진입로가 텅 비어 있었다. 그 끝의 교문도 굳게 닫혀 있었다. 그러고 보니 교복을 입은 학생이 돌아다니기에는 너무 이른 시간이었다. 그것도 산으로 올라가는 여학생이라니. 일찌감치 집을 나서 운동 삼아 걷기에도 산길은 적당치 않았다. 줄여 입은 듯 유난히 통이 좁고 짧은 교복 치마도 불편할 터였다.

느닷없이 완의 눈앞에 누더기를 걸치고 광야에 홀로 서 있는 소녀의 영상이 떠올랐다. 소녀의 영상은 황량한 벌판을 배경으로 뚜렷한 형체의 디테일들을 갖추며 선명해졌다.

완은 점점 더 또렷해지는 눈앞의 영상을 확장시키며 천천히 집을 향해 걸었다. 현관문을 열어 주며 바로 아침을 드시겠느냐고 묻는 여주댁도 본체만체 지나쳐 이 층의 작업실로 올라갔다. 자신의 키보다 더 큰 대형 캔버스를 찾아 작업대 위에 세우고 작업을 할 때마다 의례 닫아 놓는 덧창을 열었다. 작업용 등도 치웠다. 소녀의 형체를 스케치한 다음 주변 풍광을 스케치해 나갔다.

프레임의 위쪽은 하늘이고 아래쪽은 땅이다. 왼편의 아래쪽 가장자리로는 크고 작은 암석과 거칠게 단면이 잘린 지층으로 이루어진 언덕이 있고, 그 꼭대기에 한 소녀가 이쪽을 등진 채로 정중앙의 하늘을 바라보며 서 있다. 노을 지는 그쪽 하늘을 배경으로 날아오는 비행물체는 아직 작아 형체는 알 수 없지만 삼각형으로 편대를 이룬 것만은 확실하다. 긴 머리를 하나로 올려 묶어 뒷목을 드러낸 소녀의 발아래 암반 위에는 커다란 배낭이 홀쭉하게 놓여 있고, 그 주변으로 잡다한 물건들이 아무렇게나 흩어져 있다. 암석 지대 밑으로 펼쳐진 벌판 끝의 수령 오랜 나무들의 숲이 검다. 프레임의 오른쪽 끝 지평선 부근이다.

완은 얼추 구도만 잡아 놓고 뒤로 물러서서 캔버스를 바라다 봤다. 눈대중으로 디테일한 부분들을 앉혀 보고 물감을 점검했다. 그동안에도 완은 또 다른 이미지들을 떠올리고 있었다.

하지만 완은 벌써 소녀의 얼굴이 기억나지 않았다.

2

루는 어깨를 늘어뜨리고 한숨을 내쉬었다. 서쪽으로부터 날아오던 비행물체가 방향을 바꿔 북쪽으로 날아갔다. 그것들이 바로 앞까지 날아와 착륙하는 기적은 오늘도 일어나지 않았다. 기적은 기적일 뿐 루에게는 죽을 때까지 일어나지 않을 일인지도 몰랐다.

루는 그대로 주저앉아 배낭의 터진 곳을 마저 꿰매기 시작했다. 손이 곱아 바늘이 자꾸 미끄러졌다. 따뜻한 불기가 그리웠지만 이 얼어붙은 암석 지대에 땔감으로 쓸 만한 무엇이 있을 리 없었다. 막상 땔감이 있다 해도 엄폐물도 없이 탁 트인 붉은 언덕 위에서 피워 올리는 연기는 사냥꾼을 불러들일 수 있어 위험했다.

"하필 이런 곳에서 배낭이 터질 게 뭐람."

루는 투덜거리며 언 손을 주물러 풀고 다시 바늘을 잡았다.

동굴을 떠날 때 할아버지가 챙겨 준 실과 바늘이 요긴하게 쓰이고 있었다.

실의 매듭을 단단하게 짓고 꿰맨 부분을 양쪽으로 탁탁 잡아당겨 봤다. 당분간은 아무 문제도 없을 듯하여 만족스러웠다. 하나로 올려 묶었던 머리를 풀어 머리카락 사이에 손가락을 넣어 부풀려서 찬 바람을 쐬어 주고 다시 묶었다. 한결 개운해졌다.

선홍빛 서쪽 하늘이 붉어졌다가 검은빛을 더해 깊어 가고 있었다. 이러다 문득 어둠이 찾아올 것이다. 루는 쏟아 놓았던 물건들을 재빨리 배낭 안에 쓸어 넣었다. 긴 칼을 가죽 칼집에 넣어 허리에 차고, 활과 화살통도 어깨에 멨다. 어둠이 오기 전에 북쪽 숲으로 들어가 잠자리를 정하려면 서둘러야 했다.

도시로 돌아가기 위해 할아버지의 동굴을 떠난 지 사흘째였다.

처음 익숙한 길을 버리고 이쪽 길을 택했을 때에는 이렇게까지 아무것도 없을 줄 몰랐다. 옛날 지도에도 푸른 물줄기 표시 하나 없는 지역이었지만, 어차피 뒤틀린 지형으로 무엇이 어떻게 놓여 있을지 알 수 없었다. 운이 좋으면 고사리 군락이나 짐승의 발자국이라도 만날 수 있으리라 여겼는데, 역시 오염된 샛강 하나 없는 불모지였다.

수통의 물도 두 눈금밖에 남아 있지 않았다. 잠들기 전에 한 모금, 아침에 일어나 한 모금을 마시고 나면 바닥이 날 터였다. 이틀 후에나 도시에 가 닿을 수 있을 테니 그 전에 수통을 채워야 했다.

그래도 가뜬하게 매어진 배낭 덕분에 걸음이 사뭇 가벼워졌다. 넓은 암반 사이를 층층이 건너뛰며 언덕을 내려와 북쪽 숲을 향해 달렸다. 비행물체들은 어디로부터 와서 어디로 가는지 몰랐다. 무엇이든 다 아는 할아버지도 그것만은 모른다고 했다. 도시의 시장 거리뿐 아니라 뒷골목 암시장까지 꽉 잡고 있는 푸코도 모르겠다고 했다. 지하에 새로운 도시가 건설되었다는 이야기도 있고, 다른 대륙 어딘가에 타워가 세워졌다는 이야기도 있었다. 원래부터 바다 깊은 곳의 땅속에는 오염되지 않는 마을이 있었다거나, 대재앙 때 외계로 나간 이들이 정찰기를 보내오는 것이라는 전설 같은 이야기도 있었다. 하지만 건너 건너의 누군가가 그들을 만나 구호물자를 받았다거나 따라갔다거나 하는 소문만 무성할 뿐, 여태 그들을 직접 만났다는 사람은 없었다.

그래서 어른들은 서쪽으로부터 오는 비행물체를 기다리면서도 두려워했다. 하지만 루는 그것이 날고 있는 것을 목격하는 것만으로도 행운의 조짐이라 여겼다. 몇 년 전에는 실제로 훼손되지 않은 농가를 발견하여 큼직한 털가죽 외투와 말린 고기를 잔뜩 얻은 일도 있었다. 그러나 그때 거기 살고 있는 사람들은 만날 수 없었다. 이미 헛간 들보에 목을 매 죽어 있었기 때문인데, 살해당한 것 같지는 않았다. 얼어붙은 날씨에도 시신이 부패하여 뼈를 드러내고 있었지만 일부러 훼손시킨 게 아니었다. 집 안 어디에서도 사냥꾼의 흔적은 발견되지 않았다.

어른들은 왜 그렇게 쓸 만한 물건과 식량을 쌓아 놓고도 스스로 목숨을 끊을까. 할아버지는 기억 때문이라고 했다. 대재앙

이전의 풍요로운 세상에서 살았던 기억이 그들을 죽게 한다고 했다. 루는 이해할 수 없었다. 아이들은 스스로 죽지 않았다. 할아버지는 기억이 없으니 절망도 없기 때문이라고 했다. 루는 그 역시 이해할 수 없었다.

황급히 몸을 숙이며 그대로 멈춰 섰다. 어깨에 멘 활을 움켜쥐고 바닥에 바짝 엎드렸다. 벌판 끝에 있는 검은 숲 가의 이물감 때문이었다. 분명 쓰러진 나무나 솟아오른 암석은 아니었다.

루는 원통형 망원경을 꺼내 그쪽을 살폈다.

부식되어 주저앉은 트럭 한 대가 거짓말처럼 거기 놓여 있었다. 주변 어디에도 사람의 흔적은 발견되지 않았다. 그래도 루는 한 덩이의 바위인 양 꼼짝하지 않고 기다렸다. 누군가가 먼저 트럭을 차지하고 숲으로 땔감을 구하러 들어갔는지도 모를 일이었다.

순식간에 어둠이 내렸다. 눈이 어두워진 대신 귀가 밝아졌다. 어둠은 소리를 증폭시켰다. 고요한 바람 소리, 얼어붙은 대지가 쩍쩍 갈라지는 소리, 죽은 나무들이 사락 투둑 내부로부터 조용히 무너지는 소리…… 오랫동안 부자연스럽게 끼어드는 그 어떤 소리도 감지되지 않았다. 점차 두 눈이 어둠에 익숙해지자 루는 천천히 몸을 일으켜 그쪽으로 향했다.

눈이 밝은 루도 망원경으로나 식별이 가능한 거리였다. 한참을 걸어야 했다. 루는 자신의 머리를 쥐어박으며 투덜거렸다.

"으유, 무슨 겁이 이리 많아진 거야. 어차피 사냥꾼이 있어도 눈과 귀가 어두운 그들이 나를 알아챌 수는 없었을 텐데, 좀 더 가까이 가도 되는 거였잖아."

주변이 차츰 푸릇하게 밝아 왔다. 이지러진 달이 먼 하늘 끝에 걸려 있었다. 별들도 하나둘씩 제 모습을 드러내고 있었다. 하늘이 밝아지니 아래쪽 세상도 덩달아 밝아졌다. 루는 가볍게 뛰기 시작했다.

트럭 앞에 다다라, 루는 입을 헤벌리며 웃었다. 부식되어 일부가 주저앉기는 했지만 대체로 형체가 온전했다. 찢어져 너덜거리기는 해도 고무바퀴와 내부 시트도 그대로 남아 있었다. 숲을 향해 기울어져 있어 그쪽으로 돌아가 보니 움푹 파인 구덩이가 있고 한쪽 바퀴가 가장자리에 걸려 있었다. 구덩이는 깊지 않아 별빛만으로도 바닥이 들여다보였다.

루는 배낭과 활을 벗어 구덩이 속으로 던져 넣고 뛰어내렸다. 루의 키 정도 되는 깊이에 두 사람은 넉넉히 눕고도 남을 만한 면적이었다. 트럭에서 쓸 만한 부품을 해체시킨 뒤 쓰러뜨리면 양쪽 끝에 걸쳐져서 그대로 지붕이 될 듯했다. 따로 땅을 파거나 돌을 쌓지 않아도 되는 훌륭한 움막이고 엄폐물이었다.

짐을 그대로 구덩이에 두고 빠져나와 숲으로 갔다. 능숙한 솜씨로 나뭇단은 금방 한 짐이 되었다. 도시에서는 거의 구할 수 없게 된 천연 땔감을 마음만 먹으면 잔뜩 구할 수 있는 것도 여행의 즐거움 중 하나였다.

"겁쟁이들, 뭐가 무서워서 도시 밖으로는 나오지도 못하고……."

루는 혼자 말하고 혼자 웃었다.

구덩이에 나뭇단을 던져 놓고 바위틈의 잔설을 칼로 긁어 냄비에 모았다. 양이 적어 땔감을 구하는 일보다 이쪽 일이 더 더뎠다. 꽤 넓은 면적을 샅샅이 훑고 나서야 2리터들이 냄비에 반쯤 눈이 모였다. 정수를 해도 넉넉하게 콩을 불려 끓일 수 있는 양이었다. 겁 많은 사냥꾼들은 아침까지 움직이지 못할 것이고, 이 황량한 암석 지대에 들쥐나 들개 따위 있을 리 없었다. 어차피 긴긴밤, 트럭을 해체하고 수통을 채우는 일은 천천히 해도 되었다. 따뜻하고 부드러운 질감의 음식을 상상하는 것만으로도, 루는 벌써 행복했다.

서쪽 하늘의 비행 편대가 이번에도 행운을 가져다준 것이리라. 루는 하늘을 향해 기도하듯 두 손을 모았다.

"감사합니다."

두 눈을 빛내며 장난스럽게 중얼거렸다. 어쩌면 도시 밖으로 나올 때마다 예수쟁이 시몬이 너덜거리는 제 성경 위에 억지로 손을 얹게 하고 중얼거린 기도문 덕분인지도 몰랐다.

"시몬의 정성이 내게도 미치고 있는 거야. 물론 기도의 효력이 안 먹힐 때도 있지만 왜 그런지는 시몬의 신만이 아실 일이고, 정작 시몬은 왜 계속 그 고생을 하고 있는지도 그분만이 아실 일이지만. 어이 트럭, 그렇게 생각 안 해?"

루는 트럭의 옆구리를 손바닥으로 탕탕 쳤다. 트럭은 먼지만 풀썩이며 꿈쩍도 안 했다.

"과묵한 녀석이군."

트럭을 향해 입을 삐죽 내밀어 보이고는 눈이 담긴 냄비를 들고 구덩이 속으로 뛰어들었다.

시몬의 성경은 엄마의 유품이었다. 어찌나 애지중지 다루는지 가뜩이나 낡았는데 더욱 닳을까 봐 전전긍긍했다. 누구라도 손을 대면 아주 난리가 났지만 루에게만은 특별히, 아니 여행길에 나설 때마다 억지로라도 손을 얹게 하고 눈을 감게 했다. 시몬의 기도는 거부하거나 방해할 수 없었다. 세상에서 가장 불행한 얼굴이 되어 슬피 우는 시몬은 정말 봐줄 수가 없기 때문인데, 도망이라도 가다 걸리면 기도하는 시간은 평소보다 두 배나 길어졌다. 차라리 때가 되면 자진해서 얼른 손을 얹어 주는 편이 나았다. 시몬이 성경에 얹은 루의 손 위에 제 손을 얹고 가엾게 여기시어, 함께해 주옵시고, 어린 양의 가는 길에 빛을 비추어 운운할 때면 잔소리쟁이 푸코도 입을 다물고 매트리스 위에 비스듬히 누워 웃음을 꾹꾹 참으며 곧 떠날 루의 화살촉을 가죽끈에 문질러 다듬곤 했다. 본 적도 없는 어린양이 되어 지루해서 배배 몸을 꼬는 루를 고소해 죽겠다는 표정으로 쳐다보면서도 감히 소리는 내지 못하고 온몸으로 낄낄거렸다.

루는 흩어져 있는 나뭇가지들을 모아 불을 피웠다. 냄비의 눈이 녹는 대로 휴대용 정수기로 정수했다. 콩이 다 붇기도 전에 보글보글 끓여 남은 콩물까지 말끔하게 들이마셨다.

남은 불씨를 재로 잘 덮어 두고 그대로 드러누웠다. 천체를 가득 메운 별들의 밀도가 점점 더 높아지고 있었다. 루는 그중에서도 가장 밝은 별인 시리우스를 중심으로 몇 개의 별을 점찍어 선으로 이어 봤다. 화살보다도 빠른 개가 하늘로 올라가

별이 되었다는 큰개자리였다. 연인에게 죽임을 당했다는 슬픈 주인과 살아서 늘 함께 뛰어다녔다는 친구 개도 찾아봤다. 그중 가장 밝은 별 세 개를 찾아 삼각형으로 그어 봤다. 어릴 때 잠깐의 기억일 뿐이었는데도 루는 여전히 그 별들에 대해 가르쳐 준 아줌마를 잊을 수 없었다.

대재앙 때 지하로 숨어들었다가 혼돈의 시기에 지상으로 올라온 사람들이 있었다. 식량이 떨어지자 죽은 시체로 연명했던 그들은 이후에도 그때의 습성을 버리지 못하고 도시의 개들과 신선한 시체를 두고 다투다가 추방당했다. 추방당해서 사냥꾼이 되었다. 아줌마도 그들 중 하나였다.

사냥꾼의 아이들은 대부분 지하에서 생활했기 때문에 광야의 아이들과는 달리 눈과 귀가 어두웠다. 그래서 사냥꾼도 눈과 귀가 밝은 아이들은 잡아도 먹지 않았다. 길잡이로 쓰기 위해서였다. 할아버지와 광야를 떠돌다 발견한 씨앗을 재배하기 위해 잠시 정착했던 마을이 습격당해서, 대부분의 어른들과 아이들이 삶아졌을 때에도 루는 밝은 눈과 귀가 있어 살아남았다. 할아버지와 일부 마을 어른들도 자신들이 가진 씨앗과 노동력 덕분에 한시적이나마 목숨을 부지할 수 있었다.

풍요로운 시절에는 별을 연구하고 책도 많이 썼다는 아줌마는 사냥을 나갈 때마다 밤이면 어린 루를 품에 안고 누워 광야의 하늘을 올려다보았다. 지형이 뒤틀려서 산이 무너지고 강이 솟아올랐지만 하늘의 형태는 그대로라면서, 먼지로 뿌연 하늘에서도 빛나는 몇몇의 별을 찾아내 손가락으로 그림을 그려 주고 거기 얽힌 이야기들을 들려줬다. 할아버지와 루가 사냥꾼의 습성을 파악하여 더욱 안전하고 자유로운 여행자가 될 수 있었던 것도 그때 쌓은 경험 덕분이었다. 아줌마가 가르쳐 준 별들의 위치로 밤에도 길을 잃지 않고 계속 움직일 수 있었고, 무엇보다도 그 별들에 얽힌 이야기 속의 수많은 고대 인물이 길고 적막한 밤의 친구가 되어 주었다.

아줌마는 루와 할아버지의 탈출을 돕다 죽었다. 겨울이 되어 식량이 부족해지자 그들이 사육하던 노예를 끌어내 삶기 시작했는데, 루와 할아버지의 차례가 다가오고 있었기 때문이었다. 어릴 때 루는 아줌마와 헤어진 사실만이 슬펐다. 그런데 좀 더 커서 세상을 알아 갈수록 단지 길잡이이고 먹잇감이었던 자신을 위해 사냥꾼인 아줌마가 목숨까지 던졌다는 게 잘 이해되지 않았다. 할아버지는 지하에 있을 때 지키지 못한 자신의 아이 때문일 거라고 했다. 루는 이후 도시에서 만난 시몬에게서 시몬의 엄마에 대한 이야기를 들었을 때에야, 아줌마가 자신에게도 잠시나마 어머니였다는 것을 깨달았다. 그녀에게서 처음으로 슬픔과 그리움이라는 감정을 배웠다는 것도 알게 됐다.

루는 아줌마 생각에 우울해진 기분을 털 듯 자리를 털고 일어섰다. 트럭도 해체해야 하고 다시 눈을 모아 마실 물도 비축해야 하고, 할 일이 많았다. 루는 하늘을 올려다보며 손을 흔들었다.

"아줌마, 안녕!"

그날 아줌마는 하늘로 올라가 별이 됐을 것이다. 저 많은 별

들 중에 어느 별인지 아직은 알지 못하지만, 루는 얼른 할 일을
해치우고 방수포로 잠자리를 만들고 누워 아줌마를 찾아봐야
겠다고 생각했다. 어쩌면 오늘은 하늘에서 아줌마가 먼저 신호
를 보내올지도 몰랐다. 루는 거기까지 생각하다가 피식 웃었다.
푸코가 알면 감상꾸러기 시몬을 닮아 간다고 또 놀려대겠지?

　트럭의 좌석을 뜯어 내다 발견한 옛날 책 덕분에 루는 더욱
기분이 좋아졌다. 밀봉된 비닐을 뜯어 보니 상태도 괜찮았다.
두툼하고 단단한 표지에 그려진 그림 외에는 빽빽하게 글자만
적혀 있어 루에게는 소용없는 물건이었지만, 할아버지에게 갖
다 드리면 대단히 좋아하실 것이었다. 예전에는 할아버지가 표
지에 쓰인 글자라면서 적어 준 책들을 웬만하면 다 구할 수 있
었는데, 언제부터인가 거의 구할 수 없게 되었다. 할아버지가 부
탁한 책은커녕 글자가 쓰인 어떤 것도 눈에 띄지 않았다. 누가
무엇을 주문하든 구하지 못하는 것이 없는 푸코가 수소문해 봐
도 마찬가지였다. 시몬이 자기네 교인들에게서 들은 말에 의하
면 그 흔한 성경조차 아예 씨가 말랐다는 것이었다. 도시의 실질
적 권력자인 현 회장의 아들로, 아버지의 물건을 곧잘 훔쳐 내 오
던 태수도 책만큼은 고개를 설레설레 저었다.

　루는 책을 따로 잘 챙겨 두고 단단한 칼로 보닛의 틈새 녹을
긁어냈다. 트럭 뒤에서 찾아온 쇠막대를 지렛대 삼아 뚜껑을 열
었다. 녹슬고 삭은 보닛 안의 부품 중에도 제법 쓸 만한 것들이
있었다. 해체하여 작은 부품 위주로만 챙겼는데도 들기 힘들 정
도로 배낭이 묵직해졌다. 값이 많이 나가는 엔진도 챙기고 싶

었지만 나머지 부품들과 함께 구덩이에 묻어 두었다가 나중에 푸코와 다시 나오기로 했다. 방수포에 싸서 질질 끌고 가면 아주 못 가져갈 만한 무게는 아니지만, 초행길이라 그러지 않기로 했다. 이틀이나 길면 사흘 정도는 더 가야 하는 길이었다. 무엇과 어떤 식으로 만나게 될지 알 수 없었다. 도시 밖으로는 도통 움직이려 하지 않는 시몬까지 설득하여 함께 나올 수 있다면, 찢어진 타이어를 때우고 수리하여 통째로 끌고 갈 수도 있을 것이었다.

루는 보닛을 닫고 그 위에 지도를 펼쳤다. 나침반을 보면서 지금 여기가 어디쯤인지 꼼꼼하게 살폈다. 주위의 지형과 별의 위치도 기억 속에 잘 저장해 두었다.

3

갑자기 쏟아져 들어오는 빛에 잠을 깼다. 커튼을 열어젖힌 아내가 돌아서며 "굿모닝!" 하고 인사했다. 혁은 팔뚝으로 눈을 가리며 얼결에 "응, 굿모닝." 하고 대답했지만 잠이 깊었던 듯 몸과 의식의 감각이 좀처럼 돌아오지 않았다.

아내가 곁에 걸터앉았다. 침대가 출렁거렸다. 옆구리로 파고드는 아내의 묵직한 엉덩이와 따뜻한 감촉으로, 혁은 그제야 조금씩 현실 감각을 회복했다.

"몇 시야?"

"5시 32분."

"오후?"

"그럼 새벽이겠어?"

눈을 가렸던 팔뚝을 내렸다. 환하게 미소 짓는 아내의 눈가가 젖어 있었다.

"울어?"

"아니."

"울고 있는데?"

혁은 손을 뻗어 아내의 뺨을 어루만졌다. 역시나 축축했다.

"보고 싶었어."

아내가 말했다.

"당신 출근하고 나는 여기에서 계속 자고 있었어. 나를 버리고 나갔다 온 사람은 당신이라고."

혁은 아내의 눈치를 살피며 짐짓 농담을 던졌다.

"알아."

"무슨 일 있었어?"

"아니."

"사실은, 나도 보고 싶었어."

"꿈속에서?"

그제야 아내가 눈가의 물기를 닦고는 활짝 웃었다.

"일어나. 쇼핑 가자."

아내가 책장 앞에 걸려 있는 바지와 셔츠를 옷걸이째로 가져와 혁을 향해 흔들어 보였다. 세탁소에서 찾아왔는지 말끔하게 다림질까지 되어 있었다.

"쇼핑?"

"당신 필요한 것도 좀 사고."

"지금도 충분한데."

"그래도 나가자. 저녁도 먹고."

"내 위로가 필요해?"

"아니, 정말 아무 일도 없었다니까. 그래도 당신의 위로는 언제든 필요해."

혁은 누운 채로 아내 쪽으로 손을 뻗어 창으로 비쳐 드는 햇살을 등지고 서 있는 아내의 실루엣을 어루만졌다. 아내만 두고 어디 먼 곳이라도 다녀온 듯 유난히 애틋하고 먹먹했다.

"얼른 일어나."

아내가 옷걸이에서 셔츠와 바지를 벗겨 내며 재촉했다. 혁은 뻗었던 손을 거둬들였다.

"응, 그래. 일단 세수라도 좀 하고."

"아, 맞다. 세수!"

아내가 제 뺨을 두드리며 이런 바보, 하고는 후후 웃었다.

포장된 길 위를 걷는 다리의 감각이 이상했다. 허공을 붕붕 나는 듯 가볍기도 하고 땅으로 푹푹 꺼지는 듯 무겁기도 했다. 마지막으로 외출을 한 게 언제였는지 기억나지 않았다. 잠이 덜 깬 듯 머리도 묵직했다.

아파트 단지 안도, 단지 밖도 한산했다. 보도를 걸어 다니는 사람도 없고 8차선이나 되는 도로에도 차들이 없었다. 도로 건너편의 종합 스토어에도 몇몇 직원만 왔다 갔다 하고 있을 뿐 썰렁하기는 마찬가지였다. 도시로부터 꽤 먼 들판을 밀고 새로 개발한 지역이었다. 아직 입주가 덜 되어 그럴 터였다. 관리사무소에서는 쉬쉬하고 있지만 아직 한 집도 분양되지 않은 동도 있는 것 같다고, 아내가 혁의 눈치를 살피며 말했다.

"잘됐지 뭐. 당신 시끄러운 거 싫어하잖아."

혁을 위해 아내는 일부러 한적한 곳으로 이사했을 것이다. 아무런 정보도 없이 처음부터 이렇게 되리란 예측도 없이 움직였을 리 없었다.

엘리베이터를 타고 식당가인 십삼 층으로 올라가서 저녁을 먹고 쇼핑은 거꾸로 내려오며 하기로 했다. 혁은 시장기를 느낄 수 없었지만 하루 종일 일을 하고 돌아온 아내는 배가 고플 것 같아 혁이 먼저 그리 하자고 했다. 아내도 선선히 고개를 끄덕였다.

엘리베이터에서 내리자마자 우측으로 돌아 아내가 먼저 레스토랑으로 들어갔다. 혁이 그 뒤를 따라 들어갔다. 지배인 배지를 달고 있는 남자가 자리를 안내해 주고 메뉴판을 가져왔다. 혁은 메뉴판의 음식이 생소해서 샘플 사진 밑에 적힌 재료와 요리법에 대한 설명을 꼼꼼하게 읽었다. 어떤 맛일지 상상할 수 없었다. 아내가 자기 몫으로 어패류를 곁들인 샐러드를 주문하고도 한참 동안 메뉴판만 들여다보는 혁에게 지배인이 삶은 채소와 감자 요리를 권했다. 혁은 그것으로 하겠다고 했다.

음식은 비교적 빨리 나왔다. 아내가 자신의 샐러드와 혁의 감자 요리를 번갈아 먹어 보고는 소스가 특이하고 맛있다며 칭찬을 늘어놨다. 혁은 식욕이 없었지만 아내를 의식해서 채소와 감자를 포크에 찍어 조금씩 먹었다. 아무런 맛도 느낄 수 없었다. 어느 나라 음식인지 궁금했지만 지배인이 메뉴판을 가져가 버려서 확인할 수 없었다. 주위를 둘러봐도 짐작할 만한 것이 눈에 띄지 않았다. 실내 장식도 이렇다 할 특징도 없이 그저 심플하기만 했다. 스토어의 구색을 갖추기 위해 서둘러 개장했기 때문인지도 몰랐다. 먹는 속도에 비해 아내 앞에 놓인 음식도 좀처럼 줄지 않았다. 결국 두 사람 다 대부분 남긴 채로 자리에서 일어나 계산하고 레스토랑을 나왔다.

에스컬레이터를 타고 종합 매장이 시작되는 칠 층으로 천천히 내려갔다. 매장 입구에서 아내가 겹겹이 물려 있는 카트에 동전을 끼워 넣고, 혁이 그것을 빼내기 위해 손잡이를 잡고 힘껏 당겼다. 당긴 힘이 무색하게 카트가 스르르 딸려 나왔다. 자신이 힘을 줘 당겨 낸 것인지 자동으로 배출된 것인지 구별되지 않았다.

혁은 손을 내려다보며 주먹을 쥐었다 폈다 해 보았다. 고개를 이쪽저쪽으로 꺾어 보고 어깨를 으쓱거려 몸의 감각에 집중했다. 여전히 낯설고 어색했다.

"왜?"

"아냐, 아무것도."

아내는 식료품 매장을 지나쳐 바로 문구류 코너로 갔다. 코너 입구에 진열된 두터운 스프링 노트를 집어 들고 혁을 돌아다봤다.

"마음에 들어?"

"응, 괜찮네."

혁이 미는 카트에 지우개가 달린 노란 연필 한 다스와 색색의 볼펜과 포스트잇과 자동 연필깎이가 담겼다. 더 필요한 것이 없느냐고 묻는 아내에게 혁은 고개만 가로저어 보였다.

아내는 속옷 코너에서 혁의 속옷과 양말을 샀다. 그 옆에 따로 입점해 있는 브랜드 매장 앞에서 마네킹이 입은 트레이닝복을 쳐다봤다. 원단의 재질을 확인하려는 듯 앞으로 다가가 쓰다듬었다. 짙은 감색의 벨벳 원단에 팔과 다리에만 은색 줄무늬가 들어가 있어 무척이나 고급스러워 보였다. 아내가 먼저 매장 안으로 들어가고 가격표를 보니 스토어에서 팔기에는 너무 고가였다. 직원에게 혁의 사이즈를 말하는 아내를 따라 들어가다 혁은 아내의 얼굴에 깃든 복잡다단한 표정을 읽고 집에 같은 옷이 하나 더 있지 않느냐는 말도 하지 못했다. 사실 진짜로 있는지 아닌지 확신할 수 없었다. 여전히 머릿속이 안개가 낀 듯 뿌옇고 묵직했다.

직원의 권유대로 쇼룸에서 옷을 갈아입고 나오는 혁을 쳐다보는 아내의 눈가가 또 축축해졌다. 혁은 짐짓 환하게 웃어 보이고는 거울을 향해 돌아서다가 갑자기 현기증을 느꼈다. 거울이 있다고 생각했던 자리에 없었다. 몸의 감각이 더욱 이상해졌다. 두 발이 허공에 뜨는 듯 가벼워졌다가 땅속으로 꺼지는 듯 무거워졌다.

4

세영은 마우스를 던지듯 놓고 벌떡 일어섰다. 거칠게 방문을 열고 나와 곧장 주방으로 갔다. 냉장고 안의 보리차를 병째 들고 들이켰다.

또 버그였다. 한 번 멈춘 화면이 어떻게 해도 다시 움직이지 않았다.

아침 햇살이 벌써 거실 깊숙이까지 들어와 있었다. 세영은 맨 발인 채 베란다로 나갔다. 타일 바닥의 찬 기운이 선뜩하게 발목까지 감겨 올라왔다. 베란다 창을 열어젖히자 맑고 찬 기운이 순식간에 밀려들었다. 마지막 초록을 품은 들판이 푸릇했다. 그 끝의 북쪽 도시는 벌써 잿빛 겨울이었다.

세영은 서재로 돌아와 다시 책상 앞에 앉았다. 컴퓨터 전원을 눌러 강제 종료 후 재부팅했다. 재부팅 시간이 길었다. 주방으로 나가 믹스 커피 두 개를 뜯어 텀블러에 넣고 뜨거운 물을 삼 분의 일쯤 부어 녹였다. 나머지는 얼음으로 채웠다. 세영은 원래 단 음료나 음식을 좋아하지 않았다. 차가운 것은 더 별로였다. 한겨울에도 찬 믹스 커피를 즐기는 취향은 남편의 몫이었다. 어느 날 따라 해 보니 나쁘지 않았다. 함께 살다 보면 취향도 비슷해진다는 것을, 세영은 너무 늦게 깨달았다.

모든 기능이 멈췄던 컴퓨터는 언제 그랬냐는 듯 정상으로 돌아와 있었다. 백신 프로그램을 돌려 바이러스 체크를 해 봐도 걸리는 게 없었다. 단축 아이콘을 눌러 다시 프로그램을 띄웠다. 메인 화면 위로 관리자에게 문의하라는 메시지가 떴다. 몇 번을 반복해 봐도 마찬가지였다.

차가운 커피를 들이켜고 일어나 팔짱을 낀 채로 방 안을 서성거렸다. 아무리 시험 단계에 있는 프로그램이라지만 벌써 세 번째였다. 이틀 동안 기다렸다가 업데이트된 파일을 메일로 받아 밤을 새워 가며 재설치했는데도 잠시 괜찮았다가 도로 마찬가지였다.

세영은 컴퓨터 앞으로 돌아와 인터넷 브라우저를 띄우고 포털 사이트 내에 있는 카페로 들어갔다. 카멜이라는 대화명을 쓰는 사람이 운영하는 카페였다. 게시판에는 밤새 또 새로운 글들이 올라오고 새로운 댓글들이 달려 있었다. 밤을 새운 이들도 있고 새벽부터 잠을 깬 이들도 있을 것이었다. 카페의 회원들은 기존이든 신입이든 대체로 불면에 시달렸다.

하루 종일 번갈아 드나들어 24시간 내내 열려 있다시피 하는 채팅방이 오늘도 여전히 열려 있었다. 은밀히 프로그램을 전달받았지만 분명 세영 말고도 그렇게 전달받은 회원들이 더 있을 것이었다. 하지만 그게 누구일지 알 수 없어서 세영은 조심스러웠다. 카멜이 채팅방에 들어와 있는 것을 확인하고 그의 이름을 클릭하여 따로 메시지 창을 띄웠다.

'또 에러가 났어요. 화면이 멈추면서 모든 기능이 마비됐어요. 도대체 언제쯤이나 안정된 프로그램을 받을 수 있는 건가요?'

세영은 거기까지 썼다가 얼른 백스페이스를 눌러 지웠다. 이렇게 당당히 항의할 수 있는 문제가 아니었다.

카멜이 개발 단계이기는 하지만 시험용으로 만들어 봤다고 했을 때, 세영은 별다른 기대도 없이 해 보겠다고 했다. 비교적 안정적으로 흘러가는 프로그램에 날마다 접속하다 언제부터인가 깊이 빠져들었다. 사소한 오류가 나기 시작하면서 일주일째 해결되지 않아 초조했지만 그것은 어디까지나 세영의 심리적 문제일 뿐 카멜의 잘못이 아니었다. 어쩌면 지난주에 세영이 부탁하여 심어 넣은 아이템 때문에 자꾸 버그가 나는 것인지도 몰랐다.

'또 오류가 났어요. 화면이 멈추면서 모든 기능이 마비됐어요.'

세영은 그대로 전송 버튼을 눌렀다. 화면을 바라보며 초조하게 기다렸지만 카멜은 채팅 창에도 메시지 창에도 모습을 드러내지 않았다. 오프 모임에서 몇 번 본 적 있는 예라 엄마가 세영을 불렀다. 왜 들어왔으면서 인사도 하지 않느냐고, 잘 지내느냐고 물어서 세영도 웃는 모양의 이모티콘을 창에 띄웠다.

시간이 꽤 흐른 후에야 카멜의 메시지가 떴다.

'채팅방에서 이러면 곤란해요. 창이 바뀌어 말이 새어 나갈 수도 있잖아요. 방을 나간 다음에 다시 메시지를 넣도록 하지요.'

세영은 얼굴이 화끈거려 '죄송합니다.'라고 말하고 서둘러 채팅방을 빠져나왔다. 빠져나오고 나서야 개인적으로 보내야 하는 메시지를 채팅 창에 띄웠다는 것을 알았다. 타이밍이 절묘하여 오해를 살 일까지는 아니었지만 창피했다. 카멜이 경고한 실수를 금방 저질러 버리고 만 것이었다.

팔꿈치를 책상에 댄 채로 헝클어진 머리카락 사이에 두 손가락을 찔러 넣고 되는대로 두피를 마구 문질렀다. 그대로 자판 위에 고개를 처박자 뚜르르르 소리가 나다가 삐빅삐빅 경고음이 쏟아졌다. 체계적이지 않은 신호에도 체계적으로 반응하는 프로그램의 버그를 세영은 이해할 수 없었다.

서랍을 열어 처방받은 수면제를 꺼냈다. 자고 일어나면 기분이 나아질 테고, 카멜은 그동안 어떤 식으로든 문제를 해결하여 안정된 새 버전을 전송해 놓았을 것이다. 세영은 그리 믿기로 했다.

이틀치 수면제를 차가운 커피와 함께 삼키고 인터넷 브라우저를 닫았다. 윈도우를 종료시키고 전원을 죽이고 코드도 빼버렸다. 갑자기 주위가 적막해지자 본체의 열을 식히는 팬이 돌아가는 소리에 익숙해져 있었다는 것을 알았다. 그 소리가 얼마나 큰 위안을 주고 있었는지에 대해서도. 세영은 갑자기 세상 끝에 혼자 버려진 듯 막막해졌다.

남편의 책장에 있는 위스키를 꺼내 병째 들이켰다. 한 모금, 두 모금, 세 모금. 목울대를 타고 가슴팍으로 뜨뜻한 것이 지나갔다. 얼른 입을 떼고 눈높이로 병을 들어 얼마나 남았는지 확인했다. 세영이 출장을 다녀올 때마다 남편에게 선물했던 여러 종류의 술 중 마지막 병이었다. 손에 쥐고 있던 마개를 닫아 제자리에 두고 책장에 머리를 기댔다. 그 옆의 빈 술병들을 세어 봤다. 하나, 둘, 셋, 넷, 다섯, 여섯……. 남편이 갑자기 사라져 버렸다는 사실이 믿기지 않았다. 종합 스토어에서 감색 트레이닝복으로 갈아입고 나오던 모습이 금방이라도 모니터 밖으로 걸어

나올 듯 생생했는데.

세영은 컴컴한 모니터에 잔상처럼 배어 있는 남편을 어루만지듯, 아직 온기가 남아 있는 모니터를 손바닥으로 쓸어 봤다. 울컥울컥 울음 대신 구토가 치밀어 올라왔다.

술과 약에 취해 정신없이 자다 일어나 보니 밤이었다. 바로 서재로 달려가 확인했지만 메일은 도착해 있지 않았다. 따로 메시지도 없었다. 아침이 올 때까지 초조하게 기다렸지만 아무것도 오지 않았다.

다음 날도, 그다음 날도 마찬가지였다.

세영은 기다리지 않기 위해 일에 몰두했다. 기획하고 있는 전시회에 참여할 작가들의 작업실을 돌며 작품 제작을 독려하고, 회사가 확보해 놓은 그림에 관심을 보였던 클라이언트를 만나 구매 의사를 타진했다. 팔려 나간 소품들의 실소유주를 파악하여 명단을 작성하고, 새로 오픈하는 대형 갤러리의 개관식에 맞추어 전시할 작품을 수배하느라 밤에도 국제 전화를 돌렸다. 자정이 넘어서야 들어와 바로 수면제를 삼키고 잠자리에 들었다. 동이 트기 전에 일어나 씻고 출근했다.

일주일 만에 카멜이 메일을 보내왔을 때에도 새벽에 일어나 출근 준비를 마치고 막 나가려던 참이었다. 그가 문자 메시지로 알려 주지 않았다면 메일도 놓치고 나갈 뻔했다. 세영은 재킷만 벗어 놓고 서둘러 컴퓨터 앞에 앉았다. 폰으로도 확인할 수 있었지만 첨부 파일이 있다면 바로 다운받아 확인하고 싶었다.

기대와 달리 첨부된 파일이 없었다. 대신에 메일의 내용이 길었다. 카멜은 일단 메일이 늦어져 미안하다고 사과부터 했다. 아예 서버를 구축하여 여러 회원들이 공유할 수 있게 하면 어떨까 하여 방법을 궁리하느라 늦어졌다고 했다. 어차피 모두 외롭고 힘든 사람들인데 골방에서 혼자 컴퓨터 앞에 앉아 죽은 남편이나 아내, 혹은 아이들의 아바타와만 지내느니 차라리 서버 안에서나마 함께 외출하고, 다른 사용자들과 만나고, 크고 작은 모임도 만들어 서로 초대하고 초대받아 가기도 하면서 즐길 수 있는 방향으로 연구 중이라고 했다. 그편이 더 유익하지 않겠느냐면서 조심스럽게 세영의 의견을 물었다. 사용자들에게 상대 아바타가 생전에 좋아했던 물건을 주문받아 맞춤형 아이템으로 판매하면 서버 사용료 정도는 충당할 수 있을 거라면서, 세영이 부탁했던 트레이닝복에서 아이디어를 얻었다는 말을 덧붙여 은근히 세영을 추켜세웠다.

카멜이 세영에게 의견을 물어 온 것은 초기 개발비와 서버 사용료를 대라는 뜻이었다. 세영은 그렇게 해석했다. 많은 비용이 들겠지만 세영에게 그쯤은 가볍게 댈 만한 돈이 있었다. 카멜도 그것을 알고 있었다. 오프에서 처음 세영을 만났을 때부터 그가 먼저 알은체를 해 왔다. 지금은 거의 나가지 않고 있지만 한때는 문화 살롱 같은 TV 프로그램에도 자주 출연했기 때문에 세영은 얼굴이 많이 알려져 있었다. 그런 세영이 평소 남편이 즐겨 입던 트레이닝복을 아이템화하는 조건으로 천 달러나 되는 돈을 선뜻 먼저 기부했다. 어쩌면 카멜은 시험 프로그램을 넌지시 건네주기 전에 이미, 세영이 개인적으로 작품을 사고팔며 축적한 재산의 규모까지 모두 파악하고 있었는지도 몰랐다.

세영은 이른 출근을 포기하고 편한 옷으로 갈아입었다. 잠시 상황을 살펴보고 머릿속을 정리할 시간이 필요했다. 카페에 접속하여 지난 일주일 동안 올라온 글들을 살폈다. 별다른 움직임은 발견되지 않았다.

여느 때처럼 열려 있는 채팅방을 클릭하여 들어가 봤다. 오늘도 새벽부터 예라 엄마가 방에 들어와 있었다.

기시감1

5

　얼추 구도를 갖춘 그림을 바라보다 완은 그제야 허기를 느꼈다. 숙취로 아직 찌뿌둥한 데다 산길을 걸으며 흘린 땀과 먼지가 밴 트레이닝복도 꿉꿉했다. 먼저 샤워부터 할까 하다가 일단 시장기부터 메우기로 했다.

　아래층으로 내려가니 여주댁이 아침상을 차려놓고 기다리고 있었다. 전복 살을 다져 넣고 끓인 부드러운 죽이었다. 여주댁은 따로 말을 해 두지 않았는데도 어제의 행사로 과음할 것을 알고 미리 수산시장까지 나가 신선한 전복을 구해 왔으리라. 속이 든든해지니 마음도 덩달아 든든해졌다.

　데일 것처럼 뜨거운 물로 오래 샤워를 하고 나와 가벼운 실내복으로 갈아입었다. 여주댁이 얼음을 띄운 화채를 올려 와서 마시고 작업실 소파에 길게 드러누웠다. 창백한 겨울의 오전 햇살이 창에 드리운 커튼의 겹을 통과하여 부드럽게, 적당히 따뜻한 실내에 드리워져 있었다. 완은 탁자 위에 놓인 책을 집어 들고 누운 채로 읽었다. 읽다가 그대로 잠이 들었다.

오랜만에 형석이 꿈속으로 찾아왔지만, 완은 이제 주눅 들지 않았다. 소스라치게 놀라지도 않았고, 그래서 어쩌란 말이냐고 소리치지도 않았다.

형석은 언제나처럼 낡은 스웨터 차림으로 어두운 방구석에 그림자처럼 드리워져 있었다. 오래된 그림을 표구한 캔버스를 한 손에 늘어뜨려 들고서. 완은 처음으로 미안하다고 말했다. 그리고 손을 내밀었다. 형석은 무표정한 얼굴로 완을 쳐다보다가 이윽고 결심한 듯 캔버스를 건네주고는 걸어서 방을 나갔다. 완이 처음으로 이름을 알리는 계기가 되었던 그림이었다. 갓 서른이 넘은 신인치고는 당시에도 꽤 비싼 값에 팔렸다. 지금은 누구의 소유인지 몰랐다. 이름만 대면 알 만한 누구누구를 거쳐 십여 년 전 외국으로 나갔다는 소식만 지사장을 통해 들었다.

완은 꿈에서 깨어 대충의 윤곽만 잡아 놓은 새 캔버스를 물끄러미 쳐다봤다. 쳐다보다가 소파에서 일어나 방 안을 서성이다가, 창가로 다가가 커튼을 젖히고 하늘을 올려다봤다. 참으로 오랜만에 올려다보는 하늘이었다.

오후가 되어 다시 집을 나섰다. 약수터 쪽으로 길을 잡고 가다가 고등학교 앞에서 멈춰 섰다. 십여 미터쯤의 골목 같은 진입로가 텅 비어 있었다. 학교 수업이 아직 끝나지 않은 모양이었다. 아스팔트 길을 따라 올라가다가 산길이 시작되기 직전의 공터 앞에서 돌아섰다. 고등학교로 내려와 비어 있는 진입로를 확인했다. 다시 올라가다 말고 돌아서 학교 쪽을 내려다봤다. 몇몇의 학생이 진입로를 빠져나와 아파트 쪽으로 내려가고 있었다. 완은 얼른 학교 앞으로 달려가 섰다. 다들 무뚝뚝한 얼굴로 재빨리 지나쳐 좀처럼 말을 붙이기 어려웠다.

잠시 서성이다 혼자 천천히 걸어가는 여학생 하나를 붙들고 수업이 다 끝났느냐고 물었다. 수업은 끝났지만 아직 종례와 청소가 남았다고 여학생이 말했다. 더 물을 말이 있냐는 듯 물끄러미 올려다봐서 고맙다고 말하고는 길을 터 줬다.

십여 분쯤 지나자 똑같은 교복을 입은 똑같은 표정의 아이들이 우르르 몰려나왔다. 얼굴은 기억나지 않았지만 막상 만나면 알아보겠거니 했는데 자칫 놓칠 수도 있겠구나 싶었다. 그림 속 소녀의 이미지에 집중하고 그 위에 아침에 본 소녀의 차림을 덧입혔다. 긴 머리에 머리띠처럼 둘렀던 연둣빛 헤드폰도 소녀를 알아보는 징표 중 하나가 될 수 있으리라.

지나가는 아이들을 재빨리, 그러면서도 찬찬히 살폈다. 똑같다고 생각했던 모습들이 각각의 개성을 갖춘 소녀와 소년들로 보이기 시작했다. 머리 길이와 모양과 교복을 입은 맵시와 표정들도 제각각이었다.

완의 시선을 받은 여학생들이 힐끔거리며 지나쳐 갔다. 함께 가는 남학생들의 표정에서는 경계를 넘어 적의마저 느껴졌다. 아버지라기엔 늙었고 할아버지라기엔 젊은 완이 교문 앞을 서성이며, 특히나 여학생들을 위주로 탐색하듯 뚫어져라 쳐다보고 있으니 수상하게 여길 만도 했다. 그러거나 말거나 완은 꿋꿋이 두 눈을 부릅뜨고 살폈다.

얼마나 지났을까. 진입로가 한산해졌다. 선생으로 보이는 어른들이 나가고 드물게 이어지던 아이들의 발길마저 끊겼다. 소녀는커녕 비슷한 누구도 발견할 수 없었다.

주변이 벌써 어둑해지고 있었다. 완은 지쳐서 이제 그만 돌아갈까 생각했다. 한참 동안 선 채로 떨었더니 허리도 뻐근하고 다리도 묵직했다.

생각과 달리 걸음은 천천히 학교 안으로 향했다. 드문드문 불켜진 교실들이 있었다. 한 개 층의 창문은 전부 환했다. 야간 자율학습이 실시되고 있는 모양이었다. 완은 내친걸음이니 좀 더 기다려 보기로 했다.

운동장 가의 벤치에 허리를 접고 앉았다. 짧은 겨울 해가 앞산으로 넘어가고 금세 주변이 깜깜해졌다. 구름이 잔뜩 꼈는지 하늘도 어두웠다.

완은 오랜만에 찾아온 형석에 대해 생각했다. 무슨 의미였을까. 이제 꿈속으로라도 찾아오지 않겠다는 뜻이었을까. 이제 내 마음대로 내 그림을 그려 보라는 뜻이었을까.

고등학교를 함께 다녔지만 형석도 그림을 그린다는 사실을 그때는 몰랐다. 아니 형석에 대해서는 그 외의 다른 것들도 알지 못했다. 아버지는 감옥에 있고 어머니는 도망간 지 오래라는 소문만 건너 건너의 누구를 통해 들었을 뿐이었다.

완은 중학교 때부터 의대에 다니는 첫째 형과 법대에 다니는 둘째 형, 공학도인 셋째 형과의 구색을 맞추기 위해 아버지의 관용차에 실려 화실과 학교와 집만 오갔다. 삼 년 동안 같은 학교를 다니며 일 년 동안은 같은 교실에서 공부했지만 낡아 빠진 교복 차림에 있는 듯 없는 듯 조용하기만 한 형석과는 공유할 수 있는 세계가 없었다. 한 교실 안에서도 그 경계가 너무 뚜렷했다. 완은 대학원을 졸업하고 유학을 다녀온 뒤, 선배가 운영하는 화실의 간이침대에서 웅크리고 자고 있는 형석을 다시 만났을 때에야 그도 어릴 때부터 그림을 그려 왔다는 것을 알게 됐다. 아니 남루한 차림으로 선배의 화실에 얹혀사는 청년이 고등학교 때 구석진 자리에서 항상 낙서처럼 무언가를 그리던 그 아이였다는 것을 알게 됐다. 하지만 형석은 한 번도 제대로 된 그림 공부를 해 본 적이 없었다.

형석의 눈이 언제부터 멀기 시작했는지도 완은 알지 못했다. 선배의 화실에 포장된 음식과 소주를 사 들고 드나들다 가까워져 좀 더 특별한 사이가 된 후에도, 형석은 그 문제에 대해서만은 말하지 않았다. 선배의 화실에서부터 조금씩 달라지던 그의 그림이 가끔이나마 다니던 막일도 그만두고 완의 작업실로 거처를 옮기고 나서 눈에 띄게 달라지기 시작했으니, 더디게 진행되던 병이 그즈음 더 빨라졌으리라 짐작만 할 수 있을 뿐이었다. 그것도 훗날 생각해 보니 그러했던 것이다.

형석에게 태양은 점점 더 조도 낮은 흐릿한 불빛이 되어 갔다. 특히나 어둠이 내리면 주변 사물을 거의 구별해 내지 못했다. 색채도 다르게 인식하는 듯했다. 주로 강한 노란빛을 위주로 사용하다가 다른 색채들을 사용할 때에도 명도와 채도가 높고 강렬해지더니, 이내 파랑으로 옮겨 ㅋ갔지만 정작 본인은 의식하지 못했다. 그러다 어느 순간 진행이 멈추었는지 그만의 독특한 스타일이 만들어졌다. 캔버스 앞에 앉아 있는 그의 등 뒤에서 완이 진심으로 감탄사를 터뜨릴 때마다, 그러나 형석은 머리를 쥐어뜯으며 절망했다.

"앞이 거의 보이지 않아."

형석은 완의 말을 믿으려 하지 않았다. 그래도 그림은 너무 좋다는 말도, 이제 내가 너의 눈이 되어 주겠다는 말도.

형석의 절망이 깊어 가던 어느 날 완은 형석의 그림을 들고 스승을 찾아갔다. 스승은 그림만 한참 동안 들여다보다가, 완이 미처 무슨 말을 꺼내기도 전에 덥석 손부터 잡았다.

"자네, 언제부터 이리 달라졌나. 물론 아직 거칠기는 해. 그래도 참 신선하군. 내 이럴 줄 알았지. 언젠가는 이렇게 해낼 줄 알았어. 아버지가 흡족해하시겠구먼."

완이 스승에게 그림을 보인 이유는 형석에게 힘을 실어 주기 위해서였다. 네 그림에 대해 이런 말씀을 하시더라, 하고 그대로 전하여 자신의 재능을 믿게 하고 괜찮다고, 괜찮아질 거라고 위로하고 싶어서였다. 완은 선배의 화실에서 처음 만났을 때처럼 형석이 웃는 모습을 진심으로 다시 보고 싶었다.

하지만 예상보다도 너무 큰 스승의 반응과 아버지라는 이름 앞에서 완은 끝내 그것이 형석의 그림이라고 말하지 못했다. 형석에게도 스승의 말을 전하지 못했다.

스승은 다른 작품들도 보고 싶다고 했다. 조만간 작업실에 들르겠다고 했다. 완은 형석에게 스승의 말을 전하는 대신 작업실과 침실이 구분된 복층식 오피스텔을 하나 더 마련했다. 바깥출입을 거의 하지 않는 형석을 위해 좀 더 쾌적한 곳으로 진즉부터 이사하고 싶었다고 둘러대고 형석의 짐을 옮겼다. 몇 점 안 되는 자신의 그림을 전부 옮기고 형석의 그림은 반만 옮겼다. 나중 일은 나중에 생각하기로 했다.

처음으로 완은 형석의 약시를 질투했다. 아무도 모르게 햇볕이 드는 실내에 두터운 커튼을 쳐서 어둡게 해 놓고 그려 봐도, 강렬한 햇볕 때문에 눈이 부셔 색감이 제대로 보이지 않는 옥상의 땡볕에 서서 눈을 찌푸려 뜨고 그려 봐도, 완은 형석의 그림을 흉내 낼 수 없었다. 강렬한 빨강, 강렬한 노랑, 강렬한 파랑, 단 한 점만이라도 그런 그림을 그릴 수만 있다면, 그래서 스승에게 칭찬받고 이름을 내고, 형들처럼 아버지에게도 인정받을 수 있다면 눈이 멀어 버려도 좋다고 생각했다. 하지만 완은 잘 알고 있었다. 자신에게는 형석과 같은 재능이 애초부터 없다는 것을.

형석의 눈이 완전히 멀게 되어 그림은커녕 낮에도 사물을 구별하지 못하게 되고, 절망이 깊어져 이 층 난간에 완의 넥타이를 묶어 목을 매게 될 줄 알았더라면, 그렇게 둘만의 시간이 얼마 남지 않았다는 것을 알았더라면 그때 그러지 않았을까. 완은 두 팔을 벌려 벤치 등받이에 올려 기대며 하늘을 올려다봤다. 구름이 걷히는지 컴컴한 하늘 저편으로 이우는 달이 그 모습을 드러내고 있었다. 아마도 마찬가지였을 것이다.

형석의 시신이 채 식기도 전에 훔쳐 낸 그의 그림을 출품하여 당선 통보를 받은 날 완은 형석의 납골당을 찾아가 오래 울었다. 그러고도 한동안은 그가 남긴 그림들을 내놓았고, 그가 완성하지 못한 그림들을 덧칠하여 내놓았다. 선배도 스승도 아버지도 그 누구도 의심하지 않았다. 형석이 남긴 그림들로 이름이 나기 시작한 무렵이라서 사람들은 완의 스타일이 달라져 가고 있다고 평했다. 벌써 삼십여 년, 저쪽의 일이었다.

형석이 남긴 그림이 바닥을 드러낸 뒤에도 완은 평생토록 그의 흉내만 내며 살았다. 자신이 원래 어떤 그림을 그렸는지도 진즉에 잊었다. 형석의 저주였을까. 긴 혀를 빼물고 이 층 난간에 매달려 있는 형석의 시신을 마주한 순간부터 사라져버린 완의 머릿속 이미지들이 끝내 돌아오지 않았다. 형석이 나타나는 꿈 이외에는 꿈조차 꾸지 않는 인간, 영혼이 사라져 버린 인간, 그게 바로 완이었다. 그런데 오늘 아침 언덕 아래에서 불쑥 솟아오른 소녀를 통해 다시 만나게 된 것이었다. 나만의 이미지, 나만의 그림, 나만의 스타일. 완은 새삼 자신에게도 심장이 있었다는 것을 알았다. 두근두근 심장이 다시 뛰고 있었다.

건물 안에서 차임벨 소리가 나고 지친 표정의 아이들이 우르르 몰려나왔다. 형석의 눈에 비쳤을 어둡고 뿌연 세상 같은 풍경 속 아이들이었다. 색채도 농담도 없이 흐릿한 그 애들 중에도 소녀는 없었다. 어쩌면 무채 계열의 이런 풍경 속에서 반짝이는 연둣빛 그 소녀를 찾는 일은 처음부터 무리였는지도 몰랐다.

6

오염도가 높아서 사냥꾼조차 머물지 않는 옛 도시의 외곽 지대를 지나고, 완전한 폐허의 유령도시가 된 빌딩 숲을 지났다. 루는 고무보트를 숨겨 둔 벙커에서 밤을 보내고 태양이 뜨자마자 강에 보트를 띄우고 건너, 반대편 벙커에 다시 숨겼다. 무너진 건물 더미들 사이로 한나절을 더 걸어서야 완충 지대에 도착했다.

완충 지대의 화장장에 맡겨 놓은 자전거를 찾아 도시로 들어가는 남쪽 샛강의 다리를 건넜다. 도시는 거대한 강 위에 떠 있는 섬 안에 있었다. 강의 본류와 만나는 북쪽 언덕으로부터 남으로 점차 낮아지는 섬의 둘레는 샛강 쪽을 제외하고 빙 둘러 높고 가파른 절벽이었다. 북쪽 절벽의 경사가 가장 심하고 험했다. 강폭이 넓은데도 물살이 세서 어디로든 배를 댈 수 없었다. 샛강 쪽이 아니면 도시로는 들어갈 수도 나갈 수도 없었다.

샛강의 수심이 가장 깊은 곳에 배 한 척이 떠 있었다. 샛강의 물고기를 관리하는 화장장 사람들의 배였다. 화장장에서 나온 뼛가루를 사료로 먹여 키운 물고기는 도시 내 사람들의 중요한 식량 공급원 중 하나였다. 물고기가 강가로 접근하지 못하도록 물속으로 넓게 그물을 쳐 놓은 빨래터에도 몇몇의 여자들이 커다란 카펫을 치대며 빨거나 너른 바위 위에 널어놓고 햇볕을 쬐고 있었다. 그 곁에서 뛰어노는 아이들의 얼굴에 흐르는 땀방울이 햇볕에 반사되어 번들거렸다.

경작지를 지나 도시로 들어서자마자 루는 곧장 시장으로 향했다. 수집한 물건이 잔뜩 든 배낭을 메고 거리를 활보하고 싶지 않았다.

며칠 동안 큰비라도 내렸는지 거리가 온통 누런 뻘밭이었다. 골목마다 밀려든 토사가 언덕을 이루고 물기를 흠뻑 먹은 콘크리트 더미가 무너져 곳곳의 녹슨 철근이 그대로 드러나 있었다. 현관이 막힌 집들은 이 층 창문으로 사다리를 만들어 늘어뜨리고 이 층이 무너진 집들은 일 층으로 짐을 옮겼다. 젖은 옷가지며 가재도구들을 꺼내 말리고 창문을 활짝 열어 곰팡내 가득한 집 안을 환기시켰다. 새로 생긴 폐허 더미를 만날 때마다, 루는 질러가지 못하고 돌아가야 하는 자전거가 짐처럼 느껴졌다.

철근을 넉넉하게 대서 보강한 푸코의 가게는 이번 비에도 역시나 끄떡없었다. 가게에는 어쩐 일인지 푸코 대신 태수가 나와 앉아 있었다.

"너는 또 왜 여기 있냐?"

"루!"

태수가 얼른 달려 나와 루의 자전거를 받았다. 가게 안으로 끌고 들어가 기둥에 묶인 제 자전거와 나란히 세워 두고 묶었다.

"아버지 아시면 어쩌려고?"

"설마 죽이기야 하겠어?"

"너야 상관없겠지. 혼나는 건 우리니까."

"와아, 불룩하네."

태수가 루의 배낭을 벗겨 들고 부리나케 계산대 뒤로 돌아

들어갔다. 태수가 배낭을 들어 내용물을 바닥에 쏟는 동안 루는 허리 높이의 계산대에 팔꿈치를 올리고 기대서서 바깥을 살폈다.

"헉, 자동차라도 발견한 거야?"

"트럭."

"굉장한데! 다 가져온 거 아니지?"

"잘 묻어 뒀지."

"언제 다시 나갈 거야? 나도 데려가."

"미쳤어?"

"아버진 B지구에 가셨어. 오래 걸리실 거야."

"안 돼."

"이번 한 번만, 응?"

"꿈도 꾸지 마."

태수는 루가 수집해 온 것들을 분류하면서도 계속 졸라 대며 입을 쉬지 않았다. 어디서 어떻게 구한 물건인지, 새로 발견한 마을이나 농가는 없는지, 멀리서나마 사냥꾼들을 만나지는 않았는지, 이번 여행지의 지형과 그곳에서 지내는 낮과 밤에 대해 질문을 퍼부어 댔다. 특히나 한 번도 본 적 없는 사냥꾼에 대해서는 전에도 물었던 말들을 또 물어 대며 루를 귀찮게 했다.

"피곤하다. 그만 좀 해라."

그래도 태수는 질문을 멈추지 않았다. 한 번도 가 본 적 없는 곳에 대한 그의 호기심은 끝이 없었다. 태수는 도시 밖으로는 커녕 요새 같은 자신의 집에서도 자주 나올 수 없었다. 아버지인 현 회장의 거대한 서재 옆에 딸린 별실에서 독선생을 모시고 매일 공부에 공부, 공부만 했다. 그렇게 공부만 해서 뭐에 써 먹자는 것인지 루는 도대체 이해할 수 없었다. 물론 태수 본인의 뜻은 아니었다.

태수가 분류한 물건들을 각각의 상자에 따로 담아 놓고 홀쭉해진 배낭을 루에게 건넸다.

"푸코는 어디 갔는데 안 와?"

"푸코가 뭐냐? 형이 너보다 열 살이나 많거든!"

"늙은 게 자랑이야?"

"정말 신기해. 푸코 형 같은 사람이 어떻게 너한테는 그냥 좋아, 다 좋아야. 진짜로 좋아하나?"

"지랄을 해라."

"지랄은 네가 만날 형한테 하는 게 지랄이고."

"그니까 어디 갔냐고, 그놈의 푸코 형!"

"너한테는 형이 아니고 오빠."

"미친. 그래서 어디 갔냐고, 대체."

"사실은······."

"사실은 뭐?"

루의 눈치를 살피는 태수의 낯빛이 심상치 않았다.

"빨리 말해라."

"시몬이 아파."

"뭐?"

"그게······."

"야!"

"어디서 좀 맞고 왔어."

"맞아? 어디서?"

"맞기만 한 게 아니라."

태수의 말이 끝나기도 전에 루는 가게에서 튀어 나가 곧장 집을 향해 달렸다. 후다닥 쫓아 나온 태수가 뒤에서 뭐라 소리쳤지만 루에게는 벌써 들리지 않았다.

집으로 가는 지름길이 밀려온 토사와 콘크리트 잔해로 범벅이 되어 가로막혀 있었다. 콘크리트 더미 쪽으로만 재빨리 딛으며 뛰어올라 넘다가 튀어나온 철근 조각에 종아리를 긁혔다. 루는 아랑곳하지 않고 계속 집을 향해 뛰었다. 도시에 비가 내리면 사람들이 미쳤다. 거리로 뛰쳐나와 갈증을 해소하고 빨래를 하고 몸을 씻으며 흥분했다. 흥분한 그대로 아무 곳에서 들어가 약탈하고 아무나 붙들고 강간했다. 발각되면 그 자리에서 맞아 죽거나 수비대에 넘겨져 즉결 처분됐다. 발각되지 않으면 그대로 없었던 일이 되었다. 비가 멎으면 자행하던 쪽도 당하던 쪽도 아무 일도 없었다는 듯 툭툭 털고 일어나 집으로 돌아갔다. 죽은 사람들은 화장장으로 옮겨져 한 구덩이에서 소각되고, 다친 사람들은 다친 채로 거리 한쪽에 방치됐다.

제 이름을 부르며 뛰어들어 오는 루를 보고도 시몬은 일어나 앉지 못했다. 시몬의 얼굴은 알아볼 수도 없을 정도로 퉁퉁 부어 있었다. 머리에는 붕대를 친친 동여매고 시커멓게 피멍이 맺힌 두 눈 아래 부풀어 오른 광대뼈와 입가에도 잔뜩 피딱지가 앉아 있었다. 우는지 웃는지도 모를 표정으로 시몬이 한쪽 손만 뻗어 루를 반겼다.

"뭐야, 무슨 일이야?"

루의 목소리를 듣고 푸코가 주방에서 뛰어나왔다.

"대체 어떤 새끼냐고!"

"진정, 진정."

"지하철역 그 새끼들이지?"

주걱을 든 채로 푸코가 문 앞을 가로막았다. 아직 뛰쳐나가려고도 하지 않았는데 루의 다음 행동쯤 모두 예상하고 있다는 듯.

"내가 이미 처리했어."

"벌써? 거짓말!"

"아니, 진짜. 지금쯤 모조리 활활 타서 샛강에 뿌려졌을 거야."

"뭐야, 한 놈이 아니었어?"

"응? 응, 그게, 아이쿠 타겠다."

푸코는 이야기를 피하듯 얼른 부엌으로 들어가 버렸다.

시몬이 누워 있는 매트리스 옆으로 다가가는 루의 발에 플라스틱 대야가 채였다. 피한다고 피했는데도 이미 늦어 안에 담긴 핏물 밴 걸레가 바닥에 내동댕이쳐졌다. 루는 콘크리트 바닥이 젖든 말든 내버려 두고 시몬이 누운 매트리스 옆 카펫 위에 철퍼덕 주저앉았다.

시몬이 머리맡에 놓인 성경을 가리켰다. 루가 집어 시몬에게 건네자 누운 채로 가슴 위로 올리고 루의 손을 잡아 그 위에 얹게 했다. 루는 시몬이 하는 대로 내버려 두었다. 그러고도 기도가 나오느냐는 말이 치밀어 올랐지만 꾹 눌러 참았다.

"그나마 그래서 목숨이라도 건진 거야. 그 기도 덕분에."

푸코가 부엌에서 나오며 말했다. 그의 손에는 김이 모락모락 나는 죽 그릇을 받친 쟁반이 들려 있었다.

루는 시몬에게 잡힌 손 때문에 꼼짝도 하지 못하고 입술을 씰룩거리며 눈으로만 흘겨봤다. 푸코가 한쪽 눈을 찡긋해 보이며 웃었다.

푸코는 시몬의 기도가 끝나기를 기다렸다가 죽 그릇을 루 앞으로 밀어 주고, 한 그릇은 제 앞에 놓고 떠먹으며 시몬의 입에도 한 입씩 떠 넣어 주었다.

따뜻한 죽 냄새를 맡자 루도 갑자기 배가 몹시 고파졌다. 말린 옥수수에 짭짤한 통조림 햄까지 넉넉하게 썰어 넣고 끓인 죽이었다.

"시몬 주라고 태수가 가져왔어."

루는 그럴 줄 알았다는 듯 고개만 끄덕이고는 그릇째 들고 들이켰다. 오염되지 않은 음식을 먹는 게 얼마 만인지 기억도 나지 않았다.

태수네는 풍요롭던 시절에 백화점이었다는 건물을 통째로 사용하고 있었다. 이쪽 도시뿐 아니라 어느 구역이든 파괴되지 않은 백화점 건물은 모두 태수네처럼 무기를 가진 군인 출신의 부자나, 그들의 비호를 받는 정부 인사들의 소유였다. 섹션을 나눠 세를 놓기도 하고 통째로 사용하기도 했다. 창문도 하나 없고 정문을 제외하고는 출입문도 없는 폐쇄적인 구조가 도시의 무법자들로부터 신변의 안전과 재산을 지켜 줬다. 그러고도 사람들을 고용하여 밤낮으로 건물 주변을 순찰하는 곳도 있었고, 태수네처럼 소속된 군인들이 아예 초소를 쌓아 놓고 지키는 집도 있었다. 시민 자치회를 결성하고 오랫동안 그쪽 일을 맡아 했던 터라 여전히 현 회장이라 불리는 태수 아버지도 대재앙 당시에는 군의 고위 장성이었다. 부대의 무기를 점거하여 폐허가 된 도시의 쓸 만한 물건들을 모조리 긁어모아, 그걸 바탕으로 사람들을 끌어모으고 정착시키며 도시의 정리와 재건을 주도했다. 하지만 그 과정에서 걸림돌이 되는 것들을 얼마나 가차 없이 처리했는지 지켜봤던 사람들은 모두 그를 두려워했다. 게다가 그에게는 여전히 대량의 진짜 무기가 있었다.

"아직도 이런 게 남아 있다니, 믿어지냐?"

푸코가 투덜거렸다. 접시의 바닥까지 핥다가 루는 문득 전에도 이런 일이 있었던 것 같은 기분이 들었다.

"도대체 얼마나 많은 것들을 끌어모아 놓은 거냐고."

시몬이 다치고 태수가 가져온 통조림으로 푸코가 죽을 끓이고, 그때도 여행에서 돌아온 자신은 혓바닥으로 죽 접시를 바닥까지 핥았다.

"그 집 지하 창고를 언젠간 꼭 열어 보고야 말겠어."

물론 삼 년 전 할아버지가 루와 시몬을 푸코에게 맡기고 광야의 동굴로 떠난 뒤, 셋이서만 살게 된 이후로 그런 일은 수도 없이 많았을 것이다. 그런데 문제는 이렇게 사소한 일상이 한 치의 오차도 없이 똑같이 반복되는 듯한 느낌이었다. 그런 느낌이 전부터도 종종 있기는 했지만 요즘 들어 부쩍 잦아지며 깊어지고 있었다. 푸코는 미쳐 가는 사람들의 증상 중 하나라고 놀려 댔지만 지속 시간마저 길어지고 있었다.

"하긴, 요즘은 태수도 특별한 날 아니면 못 먹는다고 하긴 하더만."

이 말 역시 언젠가 푸코가 했던 말이었다.

"창고의 물건들이 슬슬 떨어져 가고 있는지도 몰라. 며칠 전엔 태수네 집사가 말린 고기를 대량으로 좀 구할 수 있느냐고 묻더라고."

루는 이 기묘한 느낌을 떨쳐 버리려는 듯 가볍게 진저리를 쳤다. 어차피 푸코에게 말해 봐야 또 놀림이나 받을 게 뻔했다.

"아 참, 이번엔 좀 다른 길로 왔는데, 트럭이 하나 있더라. 그것도 아주 멀쩡한 게."

"트럭?"

"응, 상태도 아주 좋았어. 작은 부품들만 대충 분해해서 들고 왔는데, 나머지는 다시 가서 가져와야 해."

"우와, 수확이 아주 좋은데."

"응, 하지만 시몬이 이러고 있으니 당분간은 못 움직이겠네."

"그것도 그렇고, 그냥 몇 놈만 보낸 게 아니라, 놈들 아지트를 아주 작살내 놨거든. 조만간 이쪽으로 쳐들어올지도 몰라."

푸코의 말이 끝나자마자 루가 시몬을 향해 눈을 부라렸다.

"그러게 이 자식아, 아무리 전도도 좋고 봉사도 좋지만 그쪽으로 절대 가지 말라고 했잖아!"

앉은 채로 매트리스 옆구리를 냅다 발로 차자 시몬이 아픈지 얼굴을 찡그렸다. 푸코가 기겁을 하며 루를 시몬에게서 멀찍이 떼어 놨다.

"엉덩이랑 허리 쪽도 좀 다쳤어."

"뭐야, 맞기만 한 게 아냐?"

푸코가 굳은 표정으로 고개를 끄덕였다. 루는 벌떡 일어섰다가 꾹 참고 다시 앉았다. 푸코가 이미 처리했다고 말릴 정도면 그쪽은 거의 죽어 나갔다고 봐야 했다. 전쟁이 난다고 해도 어차피 늙어 빠진 부랑자들뿐인 그쪽 패거리와는 싸움이 안 됐다. 그래도 당분간은 집과 가게를 지키고 있어야 했다.

푸코는 때마침 루가 돌아와 다행이라고 말하며 웃었다. 그리고 시몬을 루에게 맡겨 두고 서둘러 가게로 다시 나갔다. 루는 태수가 정리해서 넘겨준 배낭의 남은 물건들을 함석 상자에 넣고 무기들도 벽에 잘 걸어 두었다. 양동이에 담긴 물을 대야에 퍼서 얼굴과 손만 대충 씻고 카펫 위에 허리를 쭉 펴고 누웠다. 배도 든든하니 집으로 돌아왔다는 나른함이 그제야 밀려들었다.

설핏 잠이 들려는데 시몬이 더듬더듬 손을 뻗쳐 오는 게 느껴졌다. 루는 얼른 윗몸을 일으켜 시몬을 들여다봤다. 어디가 불편하냐고 물었다. 여전히 웃는지 우는지 모를 표정으로 시몬이 고개만 가로저었다. 단지 루가 진짜 거기 있는지 확인해 보고 싶었을 뿐이라는 듯. 루는 시몬의 손을 담요 속으로 넣어 주고 어깨까지 꼭꼭 여며 덮어 주고, 도로 자리에 누워 눈을 감았다.

7

갑자기 쏟아져 들어오는 빛에 잠을 깼다. 커튼을 열어젖힌 아내가 돌아서며 "굿모닝!" 하고 밝게 인사했다. 혁은 팔뚝으로 눈을 가렸다. 얼결에 "응, 굿모닝." 하고 대답했지만 잠이 깊었던 듯 몸과 의식의 감각이 좀처럼 돌아오지 않았다.

아내가 곁에 걸터앉았다. 침대가 출렁거렸다. 옆구리로 파고드는 아내의 묵직한 엉덩이와 따뜻한 감촉으로, 혁은 그제야 조금씩 현실 감각을 회복했다.

"몇 시야?"

"5시 32분."

"오후?"

"그럼 새벽이겠어?"

눈을 가렸던 팔뚝을 내렸다. 환하게 미소 짓는 아내의 눈가가 젖어 있었다.

"울어?"

"아니."

"울고 있는데?"

혁은 손을 뻗어 아내의 뺨을 어루만졌다. 역시나 축축했다.

"일어나, 영화 보러 가자."

금세 표정을 바꾼 아내가 책장 앞에 걸려 있는 옷을 옷걸이째로 가져와 혁을 향해 흔들어 보였다.

"내 거?"

"응, 어때?"

짙은 감색의 벨벳 원단에 팔과 다리에만 은색으로 줄무늬가 들어가 있는 트레이닝복이었다. 새로 사 왔는지 상품 태그까지 그대로 붙어 있었다.

"색감 참 좋다."

"그치? 점심 먹고 잠깐 백화점 갔다가, 이걸 보자마자 당신 생각이 나서 샀어."

혁이 상체를 일으켜 옷걸이를 받으려 하자 아내가 등 뒤로 감추며 안방에 딸린 욕실 문을 가리켰다.

"세수라도 좀 하고."

"아, 그래. 세수라도 좀 하고."

대충 씻고 나와 새 트레이닝복으로 갈아입었다. 입고 보니 어쩐지 익숙했다. 모양도 감촉도 사이즈도 오래 입어 길들여진 듯 편안했다. 아내에게 똑같은 옷이 하나 더 있지 않느냐고 물으려다 말았다. 아내가 그것도 모르고 똑같은 옷을 또 사 왔을 리 없었다.

포장된 길 위를 걷는 다리의 감각이 이상했다. 허공을 붕붕 나는 듯 가볍기도 하고 땅으로 푹푹 꺼지는 듯 무겁기도 했다. 마지막으로 외출한 때가 언제였는지 생각나지 않았다. 아직 잠에서 덜 깬 듯 머리도 묵직했다.

혁은 아내와 함께 단지 앞의 8차선 도로를 건너 종합 스토어까지 천천히 걸어갔다. 처음 이사 왔을 때보다는 동네가 많이 정돈된 느낌이었다. 그래도 몇몇의 사람들만이 한가롭게 오가고 있을 뿐 여전히 조용했다. 이 지역을 개발한 건설회사에서 광고를 제대로 하지 않아 사람들이 입소문만으로 찾아오고 있기 때문이라고, 묻지도 않았는데 아내가 혁의 눈치를 살피며 말했다.

"잘됐지, 뭐. 당신 조용한 거 좋아하잖아."

혁을 위해 아내는 일부러 한적한 지역으로 이사했을 것이다. 아무런 정보도 없이 움직였을 리 없고 처음부터 이렇게 되리라 예측하지 못했을 리 없었다.

그런데 이곳으로 이사 온 때가 언제였더라? 혁은 기억나지 않았다. 단기 기억 상실증이라도 걸린 듯 요즘 부쩍 그런 일들이 잦았다. 당연히 있어야 할 것들이 거기 있고 당연히 그렇게 되었다는 것은 알겠는데, 그에 대한 구체적인 그림이 떠오르지 않았다. 교통사고의 후유증일 수도 있었다. 혁은 불안했지만 아내에게 말하지 않았다. 시간이 지나면 저절로 괜찮아질 수도 있는데 공연히 걱정을 끼치고 싶지 않았다. 어쩌면 아내는 혁의 이런 증상을 먼저 알아채고 일부러 한적한 지역으로 요양 삼아 이사 온 것일 수도 있었다.

종합 스토어에 당도하자마자 우선 저녁부터 먹기로 했다. 혁은 별로 배가 고프지 않았지만 하루 종일 일을 하고 돌아온 아내는 시장할 것 같아 혁이 그렇게 하자고 했다. 아내도 선선히 고개를 끄덕였다. 엘리베이터를 타고 식당가인 십삼 층으로 올라가서 저녁을 먹고 십일 층에서 영화를 본 다음 쇼핑은 거꾸로 내려오며 하기로 했다.

엘리베이터에서 내리자마자 혁이 먼저 왼쪽으로 돌아 레스토랑으로 들어갔다.

혁은 갑자기 왕성해지는 식욕을 느꼈다. 조금 전까지는 전혀 배가 고프지 않았는데, 실내에 배어 있는 익숙한 냄새가 혁의 위장을 자극했다. 지배인 배지를 달고 있는 남자가 가져온 메뉴판에는 완성된 요리의 사진 옆에 재료와 요리법에 대한 설명이 자세하게 적혀 있었다. 모두 혁이 좋아하는 것들이었다. 아내가 어패류가 들어간 샐러드를 주문한 뒤에도 한참 동안 고르지 못해 망설이는 혁에게 지배인이 삶은 채소와 감자를 곁들인 스테이크를 권했다. 메뉴판에 있는 음식을 다 먹어치울 수도 있을 것 같았지만, 혁은 일단 그것부터 먹어 보기로 했다.

레스토랑의 인테리어도 익숙하고 편안했다. 적당히 푹신한 좌석에 씌운 푸른 벨벳의 감촉은 부드러웠고, 하얀 리넨 원단을 덧씌운 테이블에는 얼룩 한 점 없었다. 적재적소에 놓인 장식품과 화분들은 과하지도 부족하지도 않았다. 심플한 메인 조명과 벽을 따라 일정한 간격으로 매몰된 간접 조명이 밝지도 어둡지도 않게 적당한 빛으로 실내를 은은하게 밝히고 있었다.

잠시 후에 나온 음식도 기대했던 대로였다. 어릴 때 양어머니가 해 주시던 음식 같기도 하고, 사고 전에 아내와 자주 가던 레스토랑에서 즐겨 먹던 단골 메뉴 같기도 했다. 아내도 자기 몫의 샐러드와 혁의 스테이크를 번갈아 먹어 보며 연신 맛있다고 칭찬을 늘어놨다. 하지만 먹는 속도에 비해 음식이 좀처럼 줄지 않았다. 결국 양쪽 모두 절반 이상 남긴 채로 자리에서 일어나 계산하고 레스토랑을 나왔다. 나오면서 혁은 욕심껏 주문하지 않기를 잘했다고 생각했다.

에스컬레이터를 타고 영화관이 있는 십일 층으로 천천히 내려갔다. 기분 좋은 포만감이 혁의 발걸음을 느긋하게 만들었다. 거리와 식당의 한산했던 풍경에 비해 영화관은 제법 많은 사람들로 북적이고 있었다. 대부분 같은 아파트에 사는 사람들이었고 벌써 인사를 나눈 사이인지 몇몇이 아내에게 아는 체를 해왔다.

"남편분이신가 봐요?"

"네, 그쪽은……."

"맞아요, 우리 딸 예라."

"아, 정말 예쁘네요. 사진이랑 똑같아요."

"예라야, 아줌마한테 인사해야지?"

"안녕하세요."

"반가워요. 엄마한테 얘기 많이 들었어요."

제 엄마 옆에 서서 웃고 있는 소녀의 표정이 투명했다. 너무 투명해서 그 안의 순순한 뼈와 뇌의 주름까지 죄다 들여다보일 것만 같았다. 그런데 그 눈빛은 어쩐지 공허했다. 조금은 겁을 먹고 있는 듯도 했다. 눈이 마주치면 짧게 웃다가도 이내 고개를 떨어뜨릴 때마다 미간에 잡히는 엷은 주름을 혁은 놓치지 않고 보았다.

영화는 혁이 기대했던 것과 달리 그저 그랬다. 소녀가 엄마와 함께 보러 온 영화라서 소녀 취향의 감성영화이거나 따뜻한 가족영화일 거라고 생각했는데, 폭력 수위가 너무 높았다. 등장인물들은 주연과 조연을 가리지 않고 시시때때로 아무 데서나 벗고 섹스했다. 그런 장면들을 삽입하기 위해 잘라먹은 프레임 탓인지 앞뒤 전개마저 허술했다. 전에도 혁은 아내와 종종 함께 보던 장르의 영화였기 때문에 딱히 불편한 것은 아니었지만, 뒤쪽에서 같은 화면을 응시하고 있을 소녀의 시선이 의식되어 몰입할 수 없었다. 누구의 제안으로 함께 보러 왔는지, 등급 확인도 하지 않은 그 엄마의 무신경이 한심했다. 소녀는 많이 봐줘도 열대여섯 살 정도로밖에는 보이지 않았다. 별다른 확인과 제재도 없이 들여보낸 상영관 측의 허술한 관리에도, 혁은 자꾸만 화가 났다.

영화가 끝난 뒤에도 혁은 그들과 마주치기 싫어서 바로 일어서려는 아내의 손을 잡고 잠시 앉아 있었다. 그쪽도 뒤늦게 곤혹스러워하며 후회하고 있을 것이다.

"조금만 더 앉아 있자."

"응?"

돌아보는 아내의 눈빛에 담긴 의혹이 너무 커서 당황했다.

"지금 뭐라고 했어?"

"아니 그냥, 조금만 더 앉아 있자고."

혁은 아내가 어떤 오해를 하고 있나 싶어 빠르게 덧붙였다.

"영화 수위가 너무 높아서. 예라라고 했나? 아까 그 애를 만나면 좀 겸연쩍어질 것 같아서."

"아, 그래. 맞다. 그래, 조금만 더 앉아 있다 가자."

그래도 아내의 표정은 풀리지 않았다. 여느 때 같으면 둘만의 공범 의식으로 눈빛이 오가고 동시에 마주 보며 웃음을 터뜨렸을 텐데, 아내는 빈 스크린을 쳐다보며 애써 울음이라도 참고 있는 듯한 표정으로 굳어 있었다.

혁은 무슨 말이든 하여 아내의 기분을 풀어 주려다 그냥 모르는 척하기로 했다. 요즘 부쩍 이런 식의 어긋남이 잦았다. 예를 들어 보라면 딱히 꼬집어 말할 수는 없었지만 어쩐지 그랬던 것 같았다.

앞자리에 앉았던 사람들까지 모두 자리에서 일어나 나간 후에야 혁은 아내의 손을 잡고 영화관을 빠져나왔다.

영화관 밖에서도 아내는 아는 사람들을 만났다. 예전 동네에서는 회사 일로 바빠서 같은 동 같은 라인에 사는 사람들과도 인사를 나누지 못했는데, 새로 이사 온 동네에서는 언제 이렇게 많은 사람들을 사귀었는지 의아했다. 아파트까지 걸어오면서 아내가 혁의 표정을 의식했는지 변명처럼 이 동네는 월례회에 참석하지 않으면 벌금을 물린다고 투덜거렸다.

"그래도 덕분에 오며 가며 사람들과 인사하며 지내니까 좋더라. 다들 정말 좋은 사람들이야. 당신도 친해지면 알게 되겠지만."

혁은 갑자기 몹시 피로해졌다. 너무 많이 보고 듣고, 너무 많이 돌아다닌 탓인 듯했다. 아내가 계속 무슨 말인가를 했지만 들리지 않았다. 빨리 돌아가 눕고만 싶었다. 회사에 다시 나가 봐야 하는데 괜찮겠느냐고 묻는 아내의 말이 차라리 고마웠다. 더 이상 아내가 무슨 말을 하는지 신경을 곤두세우며 듣고 적

절하게 대답하려 노력하지 않아도 된다는 것에 안도했다.

아내와 길에서 헤어져 집으로 돌아왔다. 어떻게 돌아와서 어떻게 잠자리에 들었는지 기억할 수 없을 만큼, 혁은 너무 지쳐 있었다.

8

접속을 끊자마자 일대일 대화 신청이 들어왔다. 예라 엄마였다. 예라 엄마는 계속 울고 있었다. 보이지는 않지만 줄줄이 문장을 쳐 올리다가 잠시, 침묵하는 행간에서 세영은 예라 엄마의 깊은 흐느낌 소리를 들었다.

예라는 예라 엄마가 갖고 있는 사진 속에서 금방 빠져나온 듯한 모습이었다. 예라의 이미지가 여러 장의 사진을 바탕으로 만들어졌고, 3D 입체 영상이긴 하지만 그것을 구현해 내는 방식은 평면의 모니터였으니 당연한 일이었다. 그런데도 세영은 남편이 사용했던 서재의 책상에 앉아 모니터로 들여다보며 자판을 치고 있다는 사실을 잊었다. 미지의 회로 속으로 빨려 들어가 남편과 함께 예라와 예라 엄마를 만났던 세영에게도 '똑, 같, 다.'라는 느낌과 생각이 만들어졌다. 예라 엄마도 여러 자료를 바탕으로 정교하게 업데이트되어 다시 깨어난 예라를 보며 그렇게 느끼고 생각했을 것이다.

'실제로 만지고 있는 것 같았어요. 진짜 예라와 함께 있는 것처럼, 그 애의 모습을 보고, 그 애의 목소리를 듣고, 그 애의 볼과 팔을 만지고 있는 것처럼 느껴졌어요.'

세영은 영화가 끝난 뒤 남편이 자리에서 일어나는 자신의 팔을 잡아 다시 앉히던 순간을 떠올렸다. 예라 엄마의 말처럼, 실제로 세영의 팔뚝에서도 남편의 생생한 손길이 느껴져 소름이 돋았다. 이후로도 세영은 집까지 걸어오며 다른 회원들을 만날 때마다 보인 남편의 표정과 말투가 생전의 모습과 너무 똑같아서 당황했다. 모니터 속의 남편은 단지 정밀하게 프로그래밍된 그의 아바타일 뿐이라는 사실을 뻔히 알면서도 변명을 했고, 그런 자신이 당황스러워 서둘러 접속을 끊으면서도 구실을 댔다.

세영은 대화창에 '나도 그랬어요.'라고 쳤다가 지웠다. 갑자기 예라 엄마가 접속을 끊고 창에서 사라졌기 때문이었다. 실수로 클릭을 잘못한 게 아니라 일부러 재빨리 빠져나간 것 같았다. 모니터 하단의 시계를 보니 이미 자정이 넘어 있었다.

예라 엄마는 남편이 돌아오는 소리를 뒤늦게 알아챘을 것이다. 급하게 전원 버튼을 눌러 강제 종료시키고 무슨 일이 있었냐는 듯 눈물을 닦고 남편을 맞았을 것이다. 삼 년이라는 시간이 흘렀는데도 여전히 죽은 예라에게만 붙들려 사는 그녀가 개발비까지 대면서 아이의 아바타를 프로그램 안에 심었다는 사실을 안다면, 예라 아빠가 취할 조치는 뻔했다. 예라 엄마를 다시 정신병원으로 보내거나 카멜을 상대로 소송을 걸거나. 어느 쪽이든 예라 아빠는 그동안 예라 엄마로부터 흘러나온 돈을 추적하여 회수하려 들 것이다. 절반의 비용을 댄 세영도 그것은 원하는 바가 아니었다.

카멜이 처음 서버를 구축하자고 제안했을 때 세영은 거절하려고 했다. 카멜의 메일을 확인하고 분위기를 보기 위해 바로 들어가 본 카페에서 예라 엄마와 일대일 대화로 이야기를 나눠보고 결심했다. 그녀도 시험 프로그램을 사용하고 있고, 앞으로 들어갈 개발비 중 일부를 대기로 했다는 것을 알게 됐기 때문이었다. 예라 엄마는 3D 영상으로 만들어지고 서버까지 구축되면 더욱 생생해질 거라면서 잔뜩 들떠 있었다. 어차피 이제 서로 다 알게 될 일이라면서 현재 프로그램을 공유하고 있는 몇몇 사람들의 이름까지 댔다. 한 번도 본 적은 없지만 게시판의 글이나 채팅을 통해 세영도 알고 있는 사람들이었다.

세영은 카멜의 그런 방식이 마음에 들지 않았다. 비밀리에 프로그램을 사용하게 하여 깊이 빠져들게 하고, 아이템을 삽입해주어 자진해서 기부하게 하고, 점점 더 다른 비용을 대게 하는 일련의 방식이 다른 이의 슬픔을 이용하는 것 같아 비열하게 느껴졌다.

그러나 한편으로 달리 생각하면 이해되는 면도 없지 않았다. 카멜 역시 그만큼 이 프로그램이 절실하기 때문일 것이다. 비행기 사고로 바다 한가운데에 떨어져 시신도 찾지 못한 아내를 다시 만나는 일. 그래서 카멜은 이 프로그램에 집착하며 판을 키우고 싶어 하는 것인지도, 자신이 만든 세상에 자신이 먼저 깊이 중독되어 있는 것인지도. 어쩌면 세영의 머지않은 미래의 모습일 수도 있었다.

세영은 카멜에게 답장을 보내는 대신 버그가 난 채로 방치되어 있는 프로그램을 그대로 삭제했다.

그러나 종합 스토어의 쇼룸에서 새 트레이닝복으로 갈아입고 나온 남편의 마지막 영상이 머릿속에서 지워지지 않았다. 오히려 생전의 모습 그대로 자꾸만 다시 어른거리기 시작했다. 길을 걸을 때에도 옆에 와 함께 걷고, 밥을 먹을 때에도 앞자리에 와서 앉았다. 잠을 잘 때에도 곁에 와 누워 팔베개를 해 주며 속삭였다. 갑자기 혼자가 됐지만 한동안 그 사실을 받아들일 수 없어 정신을 놓곤 했던 그때처럼, 화면 속에서나마 살아 움직이는 남편의 아바타를 다시 볼 수 없다는 사실이 믿기지 않아 자주 멍해졌다. 남편의 죽음을 마치 처음인 듯 다시 경험하게 된 것이었다. 그 슬픔마저 너무 생생하여 날마다 자다 깨어 어둠 속에서 혼자 울었다.

세영은 결국 열흘 만에 돈을 대기로 결심하고 카멜에게 메일을 쓰면서, 괜찮은 사업에 투자하는 것일 뿐이라고 자신을 달랬다. 괜찮은 사업이라고, 괜찮은 아이템에 돈을 대고 돈을 댄 만큼의 지분을 달라고 하면 된다고, 즉흥적으로 생각해 낸 말들을 적어 내려가면서, 처음부터 그렇게 생각하여 결정한 듯한 착각에 빠져 흡족해졌다.

사실 그리 나쁜 투자도 아니었다. 날마다 사람들은 죽고 날마다 유족인 회원이 늘었다. 죽은 아이 때문에 정신병원에 드나들며 완전히 일상을 잃어버린 예라 엄마와 같은 사람들은 물론이고, 자신처럼 꽤나 이성적이라고 자부하는 사람마저 정신없이 빠져드는 것을 보면 분명 잘 만든 프로그램이었다. 절반의 비용을 대고 절반의 지분을 받기로 했다.

사무실이 꾸려지고 일주일 만에 서버가 구축됐다. 카멜은 이제 와서 생각해 냈다는 듯 말했지만, 사실은 꽤 오래전부터 계획되어 있던 일임이 분명했다. 어느 쪽이든 세영은 이제 상관없었다. 남편과 함께 찍은, 혹은 남편 혼자 찍은 여러 장의 사진과 생각나는 대로 적어 내려간 남편의 식성과 습관들을 카멜에게 보냈다. 카멜은 그 자료를 바탕으로 개개인에 맞는 아바타를 생산했다. 입소문이 나며 회원이 몰려 사무실 인원을 보충했는데도 한 달 이상 걸렸다. 드디어 사용해도 좋다는 메시지와 함께 서버 주소를 첨부 파일 형태로 받고 세영은 남은 일정을 모두 취소했다. 바로 집으로 들어와 서버에 접속하여 회원 가입을 하고 프로그램을 다운받아 설치했다. 아이디와 비밀번호를 치고 입장하니 거짓말처럼 남편이 다시 깨어났다. 모니터 속의 세영은 더욱 정교해진 모습으로 깨어난 남편을 보며 웃고 있었지만, 모니터 밖의 세영은 흐르는 눈물 때문에 자판이 잘 쳐지지 않아 자꾸만 오타를 냈다.

예라 엄마는 남편이 잠들면 몰래 컴퓨터 앞으로 돌아올 것이다. 하지만 세영은 예라 엄마를 기다리지 않기로 했다. 그녀의 넋두리는 이미 충분히 들었다.

대화창을 닫고 바탕 화면에 깔아 놓은 서버의 바로가기 아이콘을 클릭했다. 메인 화면에서 '부재중' 모드로 바꾸고 아이디와 비번을 치고 들어갔다. 집 안의 불은 모두 꺼져 있고, 어두운 방에서 남편이 혼자 잠들어 있었다. 마우스로 클릭하여 화면 속의 침실을 확대하고 자고 있는 남편의 모습을 확대하여 전체 화면으로 띄웠다.

모로 누워 두 손을 무릎 사이에 끼워 넣고 자는 버릇까지 남편은 생전의 모습과 똑같았다. 얕은 숨을 들이쉬고 내쉬는 어깨마저 가만히 들썩거렸다. 화면 속의 남편이 무릎 사이에서 손을 빼내 기지개를 켜고 다시 내리고 뒤척이다 반대편으로 돌아누웠다. 이내 고른 숨소리, 가볍게 코를 고는 소리까지, 프로그램에 심은 그의 아바타를 보고 있는 것이 아니라, 마치 살아 있는 그의 방에 몰래 설치한 화질 좋은 CCTV 화면을 보고 있는 것만 같았다.

세영은 손을 뻗어 따뜻한 모니터 속의 남편을 어루만져 봤다. 바로 거기에 그가 누워 있었다. 살갗이 찢기고 뼈가 부서져 의식마저 잃은 채로 중환자실에서 견디다 끝내 숨을 놓은 남편이, 화장장의 불길 속에서 두 시간 만에 재가 되어 나온 남편이 바로 그 안에서는 여전히 숨을 쉬며 살고 있었다.

세영은 불현듯 자리에서 일어나 집 안 청소를 하기 시작했다. 남편의 서재에 있는 책장의 먼지를 털고 옷장 속의 구겨진 옷들도 잘 펴서 다시 걸었다. 잠옷과 트레이닝복과 외출복 한 벌로 버티고 있는 남편이 생각나서 베이지색 면바지와 보랏빛 폴로셔츠를 찾아 걸어 놓고, 디테일이 잘 보이도록 스마트폰으로 찍어 바로 카멜에게 보냈다. 전송 버튼을 누름과 동시에 누군가의 메시지 알림을 울리기에는 너무 늦은 시간이라는 것을 깨달았다. 남편의 아바타는 직원에게 맡기지 않고 카멜이 직접 관리하고 있었다.

쿠션 커버를 바꾸고 침대 커버를 바꿀 때 카멜로부터 접수되었다는 메시지가 왔다. 그도 아직 작업 중이거나 서버에 접속해 있거나, 어느 쪽이든 깨어 있는 듯했다. 세영은 내일이나 모레쯤 그 옷을 입고 자신을 맞을 남편의 모습을 상상하며 흐뭇해졌다.

청소기로 먼지를 빨아들이고 스팀 걸레로 바닥을 닦았다. 속옷까지 모두 벗고 욕실로 들어가 전용 세제를 풀어 샤워 부스와 변기까지 닦고 샤워 볼에 거품을 내 몸을 씻었다. 가볍고 편안한 실내복을 걸쳐 입고 간단하게 음식을 준비했다. 책상 앞에 미니 테이블을 펼치고 이 인분의 식탁을 차렸다. 두 개의 양초에 불을 붙이고 붉은 와인과 와인 잔을 준비하여 각각의 자리에 놓고 앉아 잔을 채웠다.

그리고 모니터 속의 잠든 남편을 향해 잔을 들어 보였다.

"웰컴 투 더 홈."

알코올 기운이 혈관을 타고 심장으로 번졌다. 오랜만에 느껴보는 기분 좋은 두근거림이었다. 장난기가 발동하여 '부재중' 모드 그대로 남편의 아바타를 깨웠다. 어두운 방에서 혼자 일어난 남편이 어리둥절한 표정으로 주위를 살폈다. 그런 그가 우스워 세영은 소리 내어 웃었다.

"선물을 보냈어. 마음에 들면 좋겠네."

모니터를 들여다보며 술잔을 입으로 가져갔다. 한 모금 들이 켜고 남편의 방에 불을 켰다. 모니터 속에서는 남편이 일어나 스위치에 손을 대고 켜는 것으로 나타났다. 새로 바뀐 기능들 을 이것저것 시험 삼아 클릭해 봤다. 세영의 입가에서는 시종일 관 미소가 떠나지 않았다.

집 안을 서성이다가 베란다를 통해 밖을 내다보던 남편이 갑 자기 주섬주섬 트레이닝복으로 갈아입고 집을 나섰다. 세영은 당황하여 얼른 모니터 하단의 상태를 확인했다. '산책' 모드에 불이 들어와 있었다.

남편은 신발을 신고 현관문의 손잡이를 잡고 비틀어 열고 닫 고, 엘리베이터를 타고 내려가 거리로 나갔다. 저쪽 세상이 어 느새 부옇게 밝아 오고 있었다.

세영도 술잔을 든 채로 창가로 가서 커튼을 열고 밖을 내다 봤다. 이쪽 세상도 부옇게 날이 밝고 있었다. 책상 앞으로 돌아 와 스토어를 지나면 나오는 강 쪽으로 가고 있는 남편의 방향 을 뒷산으로 전환했다. 그쪽에는 뭐가 있는지 새로 생긴 서버의 환경이 궁금했다. 책상 의자를 치우고 일인용 소파를 컴퓨터 앞 으로 끌고 왔다. 남편이 생전에 글을 쓰다가 쉬며 책을 읽기도 하고 깜빡 잠이 들기도 하던 소파였다.

모니터 속 남편은 가파른 산길을 따라 올라가고 있었다. 세영 은 소파에 눕다시피 깊숙이 몸을 묻고 바닥이 거의 드러난 술 을 병째 들이켜며 모니터를 올려다봤다.

산세가 점점 더 깊어지고 있었다. 남편은 희끗하게 잔설이 박힌 산길을 헤매고 있었다. 튀어 나온 나무뿌리를 헛디뎌 앞으로 고꾸라질 뻔하기도 했다. 세영은 또 웃음을 터뜨렸다.

"것 봐, 혼자 돌아다니니까 위험하잖아."

취기가 오르며 졸음이 몰려왔다. 올라가던 길을 되짚어 내려오는 남편을 향해 중얼거렸다.

"힘들어? 이제 그만 돌아올래?"

말은 그렇게 했지만 세영은 책상까지 손을 뻗을 힘이 없었다. 모드를 '집으로'로 전환시키고 로그오프해야겠다는 생각만 하다가, 남편의 체취가 배어 있는 소파에 몸을 묻은 채 그대로 잠이 들었다.

시선은
위로부터 왔다

9

아직 어둠이 가시기 전에 혁은 잠을 깼다. 아내는 돌아와 있지 않았다. 해외에 본사가 있는 에이전시의 큐레이터로 일하는 아내에게는 흔한 일이었다. 이쪽의 밤이 그쪽의 낮이었다. 본사 간부들과의 화상 회의도, 그쪽 클라이언트들과의 통화나 거래도 주로 밤 시간대에 이루어졌다.

텅 빈 집 안의 적막이 깊었다. 집 안을 서성이다가 베란다를 통해 창밖을 쳐다보다가, 동쪽 하늘이 푸릇하게 밝아오는 것을 확인하고 가볍게 산책이라도 할까 하고 집을 나섰다. 아무도 깨지 않은 마을의 적막도 깊었다.

종합 스토어 쪽으로 가다가 발길을 돌려 마을 뒷산으로 올라갔다. 막상 오르다 보니 보기와는 다르게 제법 높고 가팔랐다. 안개까지 자욱하게 낀 산길이 구불구불 사방으로 뻗어 있었다. 잘못하면 길을 잃을 수도 있을 듯하여 그만 내려가려고 돌아섰는데, 이미 길을 잃은 듯 가도 가도 산길이 끝나지 않았다.

그래도 혁은 당황하지 않았다. 길은 어디로든 통하게 마련이었다.

한참 동안 헤매다 보니 약수터로 가는 길이라는 안내 팻말이 나타났다. 누구든 만나면 길을 물을 수도 있으리라. 혁은 그쪽으로 발길을 돌렸다.

그러나 혁은 자신이 사는 아파트의 이름을 떠올릴 수 없었다. 종합 스토어의 상호도, 마을의 지명도 생각나지 않았다.

기대와 달리 약수터는 텅 비어 있었다. 누군가가 약수를 뜨러 오기에도 아직 이른 시간인 듯했다. 날은 이미 완전히 밝았지만 몇 시나 됐는지 가늠할 수 없었다.

돌 틈 사이로 흘러나오는 물을 보자 갑자기 갈증이 났다. 그러고 보니 잠에서 깨어 여태 한 모금의 물도 마시지 못했다. 돌확의 살얼음을 깨고 손부터 씻은 다음 흐르는 물을 받아 들이켰다. 가슴까지 얼얼해지도록 시원하고 달았다. 젖은 입가를 손등으로 훔치고 남은 손의 물기를 털어 바지에 문질러 닦았다.

혁은 주변을 살피다가 아래로 내려가는 길을 발견했다. 걷기 좋도록 나무 계단을 박아 놓은 산책로였다. 산책로가 끝나자 자동차를 십여 대쯤 주차시킬 수 있는 너른 공터가 나타났다. 한쪽은 아스팔트로 포장된 언덕길로 이어지고, 다른 한쪽은 가파른 절벽이었다. 그 끝에 서서 산 중턱부터 시작되는 마을의 정경을 내려다봤다. 혁의 마을과는 사뭇 다른 형태의 분지 마을이었다.

혁의 마을은 병풍처럼 둘러쳐진 산을 등지고 들판 쪽을 향해 세워져 있었다. 넓은 아파트 단지와 하나의 대형 스토어 건물로 이루어져 있었는데, 스토어 건물을 지나면 깊고 넓은 강이 흐르고, 강 건너로 펼쳐진 푸른 들판이 지평선과 맞닿아 있었다.

그런데 이곳은 주둥이가 좁은 항아리를 세로로 잘라 눕혀 놓은 것 같은 모양의 분지였다. 마을은 항아리의 바닥에 해당하는 안쪽으로 바짝 들어앉아 있었다. 혁이 서 있는 산자락 쪽이었다. 산의 중턱에 세워진 학교 건물을 시작으로 소규모의 주택 단지와 아파트 단지가 나란히 계단식으로 늘어서 있고, 평지가 시작되는 기슭에서 마을이 끝나며 왕복 4차선 도로가 놓여 있었다. 도로 건너편은 야트막한 상점들이 몇 채 세워져 있을 뿐, 그 뒤로는 빙 둘러쳐진 산자락의 기슭까지 그대로 너른 들판이었다. 들판을 가르마처럼 가르며 뻗어 있는 도로는 분지 바깥의 도시와 연결되어 있었다. 항아리의 주둥이처럼 좁은 분지 입구 너머로 도시의 일부가 설핏 보였다. 마을의 규모로 보아 학교의 학생들은 대부분 도시로부터 통학하고 있는 듯했다.

혁은 나무 계단이 깔린 산책로로 도로 올라갔다. 산 하나를 완전히 넘어온 모양이라고 생각했다. 갈림길에서 산책로를 버리고 희끗하게 잔설이 깔린 샛길로 들어섰다. 한참 동안 올라가다가 길이 험하고 좁아져 다시 돌아서 되짚어 내려왔다.

그곳에서 혁은 처음으로 사람을 만났다. 자신이 입은 것과 똑같은 트레이닝복을 입은 초로의 남자였다. 남자에게 길을 물으려 무엇을 어떻게 물어야 할지 몰라 망설이는 사이에 그냥 지나쳤다. 아내 모르게 병원이라도 한번 다녀와야겠다는 생각을 하다가 발을 헛디뎌 발목을 살짝 접질렸다.

그래도 다행히 금세 다시 산책로를 만났다. 발목이 불편하긴 했지만 걷지 못할 만큼은 아니었다. 산책로를 따라 올라가니 조금 전의 그 약수터가 나왔다. 혁이 내려왔던 가파른 산길이 그 위로 뻗어 있었다.

얼마쯤을 더 올라가니 정상으로 올라가는 길에서 약간 밑으로 빠지는 샛길이 나왔다. 산허리를 가르며 에둘러 가는 길이었다. 그 길을 따라 내려가다 보니 익숙한 아파트와 스토어 빌딩이 내려다보이는 비탈이 나타났다. 혁은 그제야 안도했다. 마을로 내려가는 길을 가늠해 보고 그쪽을 향해 내려갔다. 아파트 단지로 들어가는 입구는 쉽게 찾을 수 있었다.

아내는 그때까지도 돌아와 있지 않았다.

10

눈을 떠 보니 소파에 앉은 채 그대로였다. 얼른 정신을 차리고 시간부터 확인했다. 9시 27분. 창밖이 훤했다. 아침일 터였다.

세영은 소파에서 벌떡 일어나 모니터를 들여다봤다. 로그인 상태 그대로 잠이 들었는데 남편은 어느새 집으로 돌아와 방에서 혼자 잠을 자고 있었다. 세영은 안도하며 서버와의 접속을 끊었다.

회사에 전화를 해서 10시로 예정되어 있는 약속을 오후로 미뤘다. 도시 외곽에 있는 갤러리를 방문하기로 한 일은 이쪽이 아쉬운 부탁을 하는 입장이라 미룰 수 없었다. 카멜로부터 서버가 완성되었다는 메일이 도착하자마자 취소시킨 일정들이 오늘로 줄줄이 다시 잡혀 있었다. 저녁에는 이탈리아에서 오는 클라이언트를 맞으러 공항에도 가야 했다.

삼십여 년간 자기만의 세계를 고수하던 화가의 화풍이 바뀌었다. 국내에서는 이미 최고의 반열에 올랐고, 세계적으로도 이름이 나기 시작한 작가였다. 최 화백이 그렇게 되기까지 십여 년간 세영이 들인 공이 컸다.

그의 새 그림이 곧 시장에 나올 것이라는 소문을 흘리자마자 전 세계로부터 클라이언트들이 날아들고 있었다. 전시회로 공개되기 전에 확인하여 선점하기 위해서였다. 최 화백은 그림이 마르기 전까지는 세영 이외의 누구에게도 저택 이 층에 있는 작업실 문을 열지 않았다. 그래도 클라이언트들을 데려가면 로비로 내려와 응대는 해 주었다. 조금은 거만했지만 적당히 친절했다. 어떻게 해야 그림이 더 높은 값에 더 잘 팔리는지 세영 못지않게 그도 잘 알고 있었다.

세영은 서둘러 나갈 준비를 하면서 잔뜩 어질러진 서재는 밤에 들어와 정리하기로 했다. 그러다 문득 예전에 집안일을 맡아 주었던 아주머니가 생각났다. 연락하여 다시 맡아 달라고 부탁해도 되지 않을까. 이제 아주머니를 보면서도 죄책감에 시달리지 않을 자신이 생겼다. 원망도 하지 않을 수 있을 것 같았다. 이 인분의 식탁에 의아해할 수도 있겠지만 친구가 놀러 와서 밤새 마셨다고 둘러대면 될 것이었다. 아주머니는 오히려 기뻐하며 부리나케 원장 수녀님께 전화를 걸 테고, 세영이 이제 많이 좋아진 것 같다고, 걱정하지 않으셔도 된다고 수선을 피워 댈 것이다. 세영은 그편이 낫겠다 싶었다. 주차장으로 내려가며 아주머니에게 문자 메시지를 보냈다. 차의 시동을 걸고 출발도 하기 전에 바로 알겠다는 대답이 왔다. 울면서 집 안 살림을 던지며 그녀를 쫓은 지 일 년 하고도 팔 개월 만이었다.

밀린 일을 처리하느라 하루를 정신없이 보냈다. 갤러리에 들러 이야기를 잘 마무리하고 회사로 들어오자마자 재빨리 회의를 소집했다. 오후에는 몇 건의 미팅을 날아다니다시피 해치웠다. 저녁도 거른 채 새 클라이언트를 맞으러 공항으로 가면서도 속력을 높였다.

이탈리아 지사에서 메일로 사람이 갈 거라면서 적어 보낸 비행기 편 명이 입국장 앞의 전광판에 도착으로 떠 있었다. 다행히 예정 시각보다 십여 분 늦어 불과 이 분 전이었다. 게이트가 열리고 입국 심사장 앞에 줄 서 있다가 빠져나와 짐을 찾고 세관을 통과하는 시간까지 감안하면, 세영이 거울을 보며 매무시를 고칠 시간은 충분했다. 오 분 간격으로 다른 비행기가 먼저 도착했다는 것까지 확인하고 세영은 더 느긋해졌다. 클라이언트는 입국 심사장 앞의 길어진 줄에 끼어 차례를 기다리며 더욱 지체하게 될 것이었다.

세영은 천천히 화장실까지 다녀와서 약속된 게이트 앞에 섰다. 자동문이 열리고 승객들이 나오기 시작하자 숄더백에서 회사명을 적은 피켓을 꺼내 펼쳐 들었다. 클라이언트의 소속과 이름을 미처 체크하지 못했다는 것은 직원에게 피켓을 만들라고 지시할 때 알았다. 이미 도착 시각이 얼마 남지 않았고 다시 알아보기도 번거로워 이쪽 회사명만 적었다. 대충 얼버무리다 명함을 받아 확인한 후 자연스럽게 호칭을 바꾸면 될 일이었다.

몇몇의 승객이 입국장을 빠져나가고 다시 출구가 열리고, 세영은 혼자 나오는 남자를 멍하니 쳐다보면서도 그가 미처 누구인지 알아채지 못했다. 크게 달라지지 않은 모습이었는데도 예상하지 못했기 때문이었을 것이다. 하지만 그였다. 부회장인 그가 직접 온 것이었다.

세영을 발견한 부회장이 그녀를 향해 곧장 걸어왔다. 가볍게 세영을 안았다. 세영은 여전히 얼떨떨하여 마주 안아 주지 못했다. 부회장이 어깨에 손을 짚은 채로 물끄러미 얼굴을 들여다볼 때에야 정신이 들어 얼굴을 너무 굳히고 있었던 것은 아닌가 신경이 쓰였다. 귀한 분이니 직접 마중하라 했는데도 알아차리지 못한 자신의 아둔함이 한심했다. 그는 이탈리아의 지사장이면서 본사의 부회장이기도 했다.

"큰일을 겪었다더니, 얼굴이 많이 상했구나."

"직접 오실 줄 몰랐어요."

"잘 지내고 있는 거지?"

"벌써 이 년이 다 되어 가는걸요."

"그래, 애썼다."

공항 근처의 바닷바람이 거셌다. 영종대교 위에서는 차체가 흔들려 긴장하며 운전대를 꼭 붙들고 있어야 했다. 그곳을 통과한 후에도 세영은 딱히 할 말을 찾지 못해 앞만 보며 운전만 했다. 바로 옆에 앉은 그도 말없이 어두운 차창 밖만 내다보고 있었다.

고속도로가 끝나며 고요한 강변길이 시작됐다. 오가는 차량이 늘면서 고층 건물들이 나타났다. 부회장이 먼저 입을 열었다. 호텔로 가기 전에 서울 시내를 한 바퀴 돌아보고 싶다고 했다. 세영이 시장하지는 않으시냐고 물으니 도착 직전 기내식으로 간단하게 샌드위치가 나왔다고 말했다.

국회의사당 앞을 지나고 한강철교 밑을 지났다. 한남대교를 앞에 두고 신사역 쪽으로 빠졌다. 밤이 깊었는데도 현란한 네온과 빌딩 위에 세워진 전광판과 광고탑으로 거리가 한낮처럼 밝았다. 술집과 음식점을 비롯하여 24시간 문을 여는 편의점과 카페와 패스트푸드점이 거리마다 빌딩마다 왁자하게 늘어서 있었다. 취해서 무단횡단을 하는 사람들을 피하고 길가에 정차했다가 튀어나오는 택시들을 경계하면서, 붉은 신호에 멈추고 초록 신호에 가고 우회전을 했다가 좌회전을 했다가 골목으로 들어갔다 큰길로 나왔다.

그가 이제 그만 호텔로 들어가자고 말했다. 세영은 왔던 길로 빠져나와 한남대교 위로 올라섰다. 강 건너 저편으로 높게 솟은 서울 타워의 불빛이 아직 밝았다. 그쪽을 향해 차를 몰아갔다.

"이곳이 참 그리웠다."

"몇 년 만이시죠?"

"삼 년쯤 되지 않았나?"

"그런 것 같네요."

"저 다리의 불빛도 참 아름답구나."

"지난 시장 때부터 켜기 시작했어요. 한동안 전력 낭비라고 말들이 많았는데, 이제는 다들 즐기는 분위기예요."

"인공섬도 띄웠다는 말을 들었는데."

"그건 거의 흉물로 변했어요. 모양도 그렇고, 전혀 쓸모도 없고요."

"그래."

세영은 남산의 순환도로 바로 옆에 있는 호텔로 갔다. 발레파킹을 해 주는 직원에게 차를 넘기고 부회장과 함께 로비로 들어섰다. 프런트에서 회사 이름으로 예약되어 있는 방의 카드키를 받아서 건네며 내일 아침에 다시 모시러 오겠다고 말했다. 그는 세영이 내미는 키는 받지 않고 잠깐 올라갔다 가지 않겠느냐고 물었다. 괜찮은 와인이 있는데 함께 마시지 않겠느냐고 고쳐 물었다. 세영은 잠시 머뭇거리다가 이내 키를 거두고 엘리베이터가 있는 쪽으로 먼저 걸음을 옮겼다. 그의 방은 언제나처럼 이십팔 층이었다. 세영이 먼저 문을 열고 들어가 문 앞의 전력 센서에 키를 꽂았다.

그가 잠시 창밖의 야경을 바라다보는 동안 세영은 그를 위해 욕실의 상태를 점검했다. 그가 샤워하는 동안 그의 짐을 한쪽으로 옮기고 그가 벗어 놓은 옷을 정리하여 걸었다. 룸서비스로 와인 잔 두 개와 약간의 치즈를 부탁하고 커튼을 닫으러 창가로 갔다. 그대로 서서 남산 자락에 위치한 호텔의 이십팔 층

스위트룸에서 내려다보이는 야경을 우두커니 바라다봤다. 촘촘한 시내의 불빛과 저 멀리 한강변의 도로를 따라 빛나는 노란 불빛이 아름다웠다. 그의 말대로 거의 삼 년 만이었다.

세영은 문득 자신이 이 시간 이 자리에서 보는 이 풍경을 그리워했다는 것을 깨달았다. 죽은 남편이 그리운 만큼은 아니지만, 복구되지 않아 기다리던 남편의 아바타만큼은 아니지만, 어쨌든 이곳에서의 시간을, 이렇게 내려다보는 서울의 야경을 세영은 분명 그리워하고 있었다.

세영의 인생에 있어 그를 만난 것은 분명 몇 안 되는 행운 중 하나였다. 세영은 탯줄을 뗀 자리도 아물지 않은 채로 수녀원 앞에 버려졌었다. 버려져서 수녀원에서 운영하는 시설에서 자랐다. 그곳에서 젖병을 떼고 기저귀를 떼고 걸음마를 배웠다. 그곳에서 초등학교에 가고 중학교에 가고 고등학교에 갔다. 같은 시설의 많은 형제들만큼, 수녀님과 자원봉사자의 관심을 나눠 가져야 했던 그 아이들만큼 부족했고, 그 아이들만큼 외로웠다. 꼭 그만큼만 불행했다. 하지만 고등학생이 되어 학년이 하나씩 올라갈 때마다 더 불행해졌고, 대학에 가겠다고 마음을 먹으니 더욱더 불행해졌다. 시설에서도 나가야 하고 학비도 벌어야 했다. 원장 수녀님이 아니었다면 일찌감치 포기했을 것이다. 제법 머리가 좋은 편이었던 세영을 위해 수녀님은 후원자를 만나 설득하고, 여러 기관을 통해 장학금을 타 내는 일에도 적극적으로 나섰다.

그와는 그렇게 어렵게 들어간 대학의 지도 교수로 처음 만났다. 세영의 형편을 알고 자신의 연구에 이름을 올려 연구비를 타게 해 주고 스펙을 쌓게 해 주고, 자신의 인맥을 동원하여 각종 전시회나 행사 등의 아르바이트 자리를 챙겨 주었다. 그의 연구실을 드나드는 일이 잦아지고 밤늦게까지 함께 있는 일이 잦아지고, 술도 함께 마시게 되고 어쩌다 잠자리까지 하게 됐다. 그가 먼저 이끌었는지 세영이 먼저 이끌었는지도 모를 만큼 자연스럽게. 그도 가족은 모두 미국에 두고 몇 년간 교환 교수로 나와 있었으니 무척 외로웠을 것이다. 그는 한국계 미국인이었다.

세영은 곧 그의 오피스텔로 짐을 싸 들고 들어갔다. 학교를 졸업할 무렵 본국으로 돌아가게 된 그가 함께 가겠느냐고 물었을 때에도 마다할 이유가 없었다. 유학은 덤이었다. 피붙이 하나 없는 이 나라에 미련 따위 있을 리 없었다. 그의 부인이 자살 시도를 하지만 않았다면 그의 곁을 떠나 한국으로 돌아오는 일도 없었을 것이다.

그래도 한국에서의 일자리는 이미 마련되어 있었다. 그의 하나뿐인 형이 회장으로 있는 에이전시의 한국 지사였다. 본사의 인턴사원으로 일 년 동안 일을 배우고 바로 한국 지사로 투입되어 바닥부터 시작했다. 그도 교수직에서 물러나 본사에서 형의 일을 돕고 있었다. 아버지로부터 물려받은 회사를 형이 관리하고 있었던 터라 회사의 절반은 그의 몫이었다.

세영은 그를 사랑했다. 그렇게 생각했다. 한국으로 돌아와 원장 수녀님에게 인사 갔던 자리에서, 어릴 때는 가장 친한 친구였지만 입양되는 바람에 헤어졌던 남편을 다시 만나기 전까지는. 세영은 그제야 그에 대한 마음이 사랑이 아니라는 것을 알게 됐다. 그건 조금 다른 감정이었다.

아홉 살에 입양된 남편은 양부모도 일찍 여의고 그들의 유산도 친척들에게 모두 빼앗기고, 어렵게 들어간 대학도 중퇴한 채 조그만 출판사에서 밥벌이를 하고 있었다. 그래도 그 정도면 남편도 형제들 중에선 나름 잘 풀린 케이스였다. 고등학교도 졸업하지 못한 채 일용직을 전전하거나 뒷골목에서 잔뼈가 굵어 교도소를 들락거리는 형제들이 대다수였기 때문이다. 게다가 남편은 제법 유명한 소설가였던 양아버지의 영향으로, 비록 졸업은 못했지만 국문학 공부를 하다 일찍 등단하여 자기 이름으로 된 창작집을 내고 장편소설도 낸 작가가 되어 있었다. 당연히 원장 수녀님의 자랑이었다.

미국에서 가족과 함께 본사 쪽 일만 하던 부회장이 스위스 지사를 개설하여 나가면서 세영에게 들어오겠냐고 물었을 때, 세영은 이쪽 일을 핑계로 거절했다. 이탈리아로 넘어가면서 다시 물어 왔지만 또 거절했다. 그래도 일 년에 한 번씩 한국 지사를 점검하러 오는 그의 방문마저 피할 수는 없었다.

두 남자 사이를 오가야 했던 삼 년여의 방황 끝에 결심한 결혼의 대가는 혹독했다. 공식적으로 축하 메시지와 금일봉까지 보내 왔던 부회장이 석 달 뒤 예정대로 일정에 맞춰 한국을 방문했을 때, 세영은 공항으로 마중 나갔다가 호텔 로비에서 예약된 방의 열쇠를 건네주고 그가 받음으로써 사적인 관계는 끝났다고 생각했다. 하지만 그것은 세영 혼자만의 착각이었다. 결혼 전에 약속받은 지사장 자리에 뉴욕 출신의 남자 직원이 내정되어 날아왔다. 세영은 대기 발령 상태가 되었다. 침묵하는 대신 행동하는 남자의 질투가 무서웠다.

세영이 먼저 출장을 핑계로 그를 찾아가 만났다. 다음 해에 세영은 지사장이 되었고 전처럼 일 년에 한 번씩 그가 한국으로 들어왔다. 세영은 유럽으로 나갈 일이 있을 때마다 이탈리아를 일정에 꼭 포함시켰다.

두 사람의 관계를 남편이 어떻게 알았는지 세영은 끝내 알 수 없었다. 짐작대로 수녀원의 자원봉사자 출신으로 결혼 전부터 세영의 집안일을 도와주던 아주머니가 남편에게 말실수를 했는지, 아니면 아주머니로부터 전해 들은 원장 수녀님이 둘 사이를 염려하여 남편에게 귀띔해 주었는지, 그도 아니면 남편의 지인 중 누군가가 그와 함께 호텔로 들어가는 세영을 봤는지, 무엇 하나 확실하지 않았다.

언제부터인가 남편의 말수가 줄었지만 세영은 남편의 풀리지 않는 소설과 늘 바쁜 자신 때문에 혼자 보내야 하는 시간과 해를 넘길수록 더 원하고 있는데도 자신이 미루고 있는 아기 때문일 것이라고만 생각했다.

그날도 이쯤에서 서울의 야경을 바라보다가 익숙해서 편안한 그와의 밤을 보내고 아직 어두운 새벽에 호텔방을 나오다 로비에서 남편을 만났다. 오래 기다렸던 듯했다. 남편은 아무 말도 없이 세영을 자동차에 태우고 달렸다. 집으로 가는 방향이 아니었다. 서울을 빠져나가는 톨게이트를 지나고 고속도로 위에서 새벽 미명이 밝아 올 무렵 세영이 먼저 입을 열었다.

"떠나, 제발 나를 먼저 떠나 줘."

하지만 다음 진출로에서 차를 돌려 서울로 돌아온 남편은 그 뒤로도 한마디 말이 없었다. 떠나지도 않았고 아무 일도 없었다는 듯 세영을 다시 안지도 않았다.

그 무렵부터였을 것이다. 남편에게는 한밤에 불현듯 혼자 차를 몰고 나가는 버릇이 생겼다. 그 밤으로 돌아오는 날도 있었고 몇 날 며칠 동안 돌아오지 않는 날도 있었다. 어디를 어떻게 돌아다니다 오는지 세영은 물을 수 없었다. 남편의 주머니에서 나오는 영수증으로 지나쳐 다닌 곳들을 짐작해 보고, 하이패스로 연결된 카드 명세서에 찍힌 톨게이트 비용이 늘어나는 것을 보며 계속해서 달리고 또 달리고 있다는 것만 알았다.

어느 새벽녘 처참하게 일그러진 차와 함께 남편이 발견된 곳은 남쪽의 해안도로와 연결된 절벽 아래에 있는 거대한 바위틈이었다. 아직 숨은 붙어 있었지만 의식이 없었다. 그대로 남편은 깨어나지 않았다.

언제 욕실에서 나왔는지 소리도 없이 그가 등 뒤로 다가와 세영을 안았다. 세영은 멈칫하며 잠시 긴장했다. 하지만 목욕 가운만 걸친 그의 단단한 몸이 너무 익숙했다. 등 뒤에서 부드럽게 밀착시키며 안아 오는 가슴과 팔과 다리와 목덜미에 닿는 입술의 감촉마저 너무 그대로였다. 어쩐지 따뜻하게 위로받고 있는 듯한 기분마저 들었다.

새벽녘에야 어두운 밤길을 따라 집으로 돌아왔다.

서재가 말끔했다.

아주머니의 글씨로 잘 있어 주어 고맙다는 수녀님의 전언까지 메모되어 있었다.

세영은 외출복 차림 그대로 책상 앞에 앉아 컴퓨터를 부팅했다. 부팅이 되는 동안 시시각각으로 화면을 바꿔 가는 모니터를 멍하니 쳐다봤다. 프로그램을 띄우고 '부재중' 모드로 접속하여 자는 남편을 들여다봤다. 고른 숨소리, 뒤척이는 부스럭거림. 울컥울컥 울음이 솟았다. 남편을 저 안에 두고 밖에서 혼자 본 아름다운 서울의 야경이 미안해서, 혼자 느낀 설렘과 따뜻함과 짜릿함이 미안해서, 혼자 느낀 절정의 오르가슴과 뼈와 살이 풀어지고 나른해지던 순간들이 너무 미안해서 세영은 예전처럼 혼자 울었다.

다음 날 회사에서 최 화백의 그림을 본 부회장은 매우 흡족해했다. 최 화백의 국내 입지는 이미 단단히 다져져 있고 해외로도 슬슬 이름이 알려지고 있었다. 특히 뉴욕 쪽에서 관심을 보이고 있었다. 지금까지 매겨지던 값보다 두 배 혹은 세 배를 매겨도 사겠다는 사람이 줄을 설 것이다. 그러나 부회장은 일단 본사 소유로 묶어 두자고 했다. 세영의 생각도 같았다. 삼십여 년 동안 같은 식의 그림만 그리던 화가의 화풍이 완전히 바뀌고 난 후의 첫 그림이었다. 그의 나이는 이제 예순이 조금 안됐지만 그가 그림을 그릴 수 있는 시기가 언제까지일지 알 수 없었다. 십 년, 혹은 이십 년쯤. 지금까지 뿌려 놓은 밑밥에 잘

만 공들여 낚으면 사후에 그 그림의 가격은 상상을 초월하게 될 것이다. 그렇게 먼 미래의 일이 아닐 수도 있었다.

첫 번째 그림은 일단 이탈리아로 팔려 나간 것으로 서류를 꾸며 두기로 했다. 최 화백에게는 지금까지 지불했던 가격의 두 배를 지불하고 대외적으로는 비밀에 부쳐 두기로 했다. 그래야 다음 작품의 판매와 가격 협상에 유리했다. 같은 화풍으로 그리고 있는 소품이 몇 점 더 있다고 하니 부회장은 그것도 보고 싶다고 했다. 세영은 바로 최 화백에게 전화를 걸어 본사에서 온 부회장과 함께 방문하겠다고 알렸다.

완성된 소품과 아직 작업 중인 또 하나의 소품을 확인한 그는 그것을 세영의 소유로 이전해 놓으라고 지시했다. 대금은 자신이 지불하겠다고 했다. 본사에는 따로 보고하지 않아도 된다 했다. 선물이라는 뜻이었다. 그리고 다음 작품부터 시장에 내놓기로 했다. 그전에 모든 작품을 모아 뉴욕에서 전시회를 열 수 있도록 추진해 보기로 했다. 이미 판매되었다고 알려진 작품은 빌려 오는 형식을 취하고 나머지 작품들은 그 자리에서 공개적으로 경매에 부치기로 했다. 그전에 비밀에 부쳤던 첫 작품의 가격을 미리 부풀려 흘려 놓으면 경매가는 시작부터 훌쩍훌쩍 뛰어오를 것이었다.

부회장은 최 화백의 새 그림들을 확인하고 세영과 오래 회의를 하고 본사와 연락을 취한 뒤, 완성된 최 화백의 그림을 포장해서 보내고도 삼 일 동안 서울에 머물다 갔다. 삼 일 동안 호텔 밖으로는 한 발짝도 나가지 않고 세영과 방에서만 지냈다.

지난 삼 년간의 회포를 모두 풀겠다는 듯 때로는 격렬하게, 때로는 부드럽게 세영을 탐했다. 세영은 그때마다 성난 고양이처럼, 순한 강아지처럼 그를 맞았다. 그를 맞으며 봉인된 몸의 기억을 해제했다. 너무나도 익숙하여 일상적인 며칠이었다.

세영은 공항에서 그를 배웅하고 돌아오면서 카멜과 통화했다. 집으로 돌아오자마자 남편의 책장을 훑어보며 책들의 목록을 적었다. 남편이 썼던 소설과 쓰다 만 소설도 폴더째 압축하여 따로 저장했다. 전체 파일의 용량이 커져 메일로는 보내지 못하고 카멜이 지정해 준 웹 하드에 직접 올려놓았다. 뱅킹 사이트를 열어 착수금 명목으로 얼마간의 돈을 보냈다.

적어 준 책들을 전자책 형태로 전환시켜 아이템화하려면 직원이 더 필요할 것이었다. 얼마나 많은 사람들이 매달리느냐에 따라 서버와 연결되기까지의 시간을 단축시킬 수 있었다. 서버의 용량은 당연히 커질 것이고 지속적으로 관리도 해야 하니 트레이닝복이나 면바지, 셔츠와 같은 아이템과는 비교도 안 될 액수의 비용이 소요될 것이었다. 그런데 카멜은 이왕 작업을 하는 김에 따로 전자책 사이트를 하나 개설해 두면 어떠냐고 제안했다. 일반인에게 판매하고 대여하면서 서버와도 연결하면 남편의 서재뿐 아니라 스토어에도 서점을 낼 수 있고, 마을 도서관도 설립할 수 있었다. 온오프로 수익을 낼 수 있는 아이템이었다. 얼마가 들어가든 세영은 전액 투자하기로 했다.

사실 세영은 수익이 나지 않아도 상관없었다. 혼자 쓰며 살기에 이미 돈은 충분했고, 또 다른 쪽으로도 얼마든지 벌고 있었다. 세영은 그저 남편이 전처럼 혼자서도 시간을 잘 보낼 수 있는 환경을 만들어 주고 싶었다. 이쪽 세상의 일상을 살아가는 세영이 깨우지 않으면 저쪽 세상의 남편은 날마다 잠만 잔다. '부재중' 모드로 깨워도 일일이 명령어를 입력해야 하고, 활용할 수 있는 아이템도 극히 제한적이었다. 세영은 그런 그를 깨워 스스로 움직이게 하고 싶었다. 책을 읽고 가끔은 글도 쓰는 예전의 일상을 되돌려 주고, 그런 그를 지켜보며 자신도 행복해지고 싶었다.

11

완의 그림이 변했다. 원색에 가깝게 강렬했던 색채가 뉴트럴 그레이 계열의 어두운 톤으로 내려앉았다. 주로 나이프로 표현하던 투박한 질감이 디테일을 살리기 위한 세필로 날렵해졌다. 자연히 농담은 엷어져서 표면의 입체감이 사라진 대신 원근감을 살려 마치 3D 영상을 마주하는 듯 세밀해졌다. 삼십여 년을 한결같이 사물을 발기발기 찢어 강렬하게 추상화하는 데에만 몰두하던 완의 그림이 무채 계열의 폐허를 사실적 풍경으로 묘사해 낸 것으로, 아주 돌아선 것 아니냐는 추측과 잠시의 일탈일 뿐이라는 예측 속에서 국내는 물론이고 외국의 기자들까지 인터뷰 요청이 잇따랐다.

공개되자마자 이탈리아로 나간 대형 그림이 얼마에 팔렸는지 아무도 몰랐다. 이례적으로 지사장이 그림 가격을 비밀에 부쳤고 완에게 들어오는 인터뷰 요청마다 제 선에서 모두 차단했다.

"당분간은 작품에만 집중하시도록 도와드릴게요. 산책은 매일 하시죠? 건강하셔야 작품에도 집중하실 수 있죠. 나머지는 제가 다 알아서 할게요."

지사장이 완에게 계약서를 보여 주고 필요 경비와 수수료를 제외한 나머지를 계좌로 입금시켰겠지만 완은 확인해 보지 않았다. 어떤 그림이 얼마에 팔렸는지 이제 더 이상 신경 쓰이지 않았다. 인터뷰 따위도 내키지 않았는데 하라고 들이밀기는커녕 오히려 차단해 주니 고마웠다. 이탈리아에서 왔다는 본사 쪽 사람과의 방문을 끝으로 더 이상 클라이언트와의 만남도 주선하지 않았다.

완은 이미 백이십 호짜리 대형 캔버스를 주문하여 낮게 제작된 작업대 위에 세워 두고 있었다. 소녀를 시리즈로 한 소품을 몇 점 더 그리고 난 후였다. 광야를 달리는 소녀, 벙커 속의 고무보트에 들어가 혼자 잠을 자는 소녀, 부서진 헛간에 목을 맨 시체들을 바라보고 서 있는 소녀 등이었다. 마지막 작품을 그리고 나서는 하루 낮밤을 꼬박 앓았다. 완의 넥타이로 계단 난간에 목을 매고 죽은 형석의 모습이 삼십여 년의 세월을 넘어 바로 어제인 듯 생생하게 다시 떠올랐다. 작업하는 내내 식은땀을 흘리며 견뎌야 했다. 그래도 덕분에 헛간에서 목을 맨 시체들은 별다른 상상력을 발휘하지 않고도 그릴 수 있었다. 그날의 형석이 그대로 모델이 되었다.

공개된 첫 작품은 풍경이 주를 이루고 있었고 소녀는 그저 한쪽에 정물처럼 비켜서 있었다. 그림의 주제가 풍경이 아니라 소녀라는 것을 밖에서는 아직 아무도 알지 못했다. 두 번째, 세 번째, 네 번째로 그린 소품들도 이미 완의 작업실을 떠나 지사장에게로 넘어갔지만, 그녀는 그것들을 공개하지 않았다. 완은 또 어떤 전략일 것이라 여기며 지사장에게 맡기고 다음 작품에 몰두했다.

천장이 높고 넓은 대신 창문이 너무 작아 음침한 동굴 같은 방이었다. 시멘트가 부서지고 녹슨 철근 조각들이 군데군데 드러나 있었다. 굳게 닫힌 철문 옆으로는 다른 방으로 통하는 아치형 통로가 있고, 함석 상자들이 한쪽 벽면을 따라 가구 대신 늘어서 있었다. 그 위에 걸린 칼과 활 등의 무기는 모두 손으로 다듬어 만든 것들이다. 실내 가장 안쪽에 놓인 낡은 매트리스 위에 한 소년이 머리에 붕대를 친친 감은 채로 누더기 같은 담요에 싸여 누워 있고, 바닥의 카펫 위에서 자고 있는 소녀가 그날 아침 산길에서 만난 여학생을 모델로 하여 그린 새 그림들의 주제가 되는 소녀였다.

그 여학생을 모델로 하였지만 첫 번째 그림에서는 먼 하늘을 바라보며 서 있는 소녀의 뒷모습만 그렸다. 얼굴은 표현하지 않아도 되었다. 완성해 놓고 보니 머리를 하나로 올려 묶어 드러낸 목덜미가 지사장의 가냘픈 뒷목을 닮았다. 이후의 소품들도 여학생을 다시 만날 수 없었기 때문에 생각나지 않는 얼굴을 완이 내키는 대로 그렸다. 작품마다 지사장의 어린 시절이 이런 모습이었을까 싶도록 닮아 있었다. 아직 공개되지 않아 다른 이들의 반응은 알 수 없지만 작품을 가져간 본인도 아무 말 없는 것을 보니 알아채지 못한 듯했다. 완은 작가 혼자만 아는 작가의 표식이라 여기며 내심 즐거워졌다.

지사장은 근래 들어 자주 들르지 못했다. 새로 오픈하는 대형 갤러리의 기획 전시를 맡았다더니 그 일로 바쁜 모양이었다. 그래도 하루에 한 번씩 전화로 완의 근황을 묻고 건강을 챙겼다. 완의 단골 한의원에 부탁하여 질 좋은 녹용을 첨가한 한약을 지어 보내고, 남해의 청정 지역에서 갓 잡아 올렸다는 해산물을 직원을 통해 보내 왔다. 필요한 물감도 있으면 보내겠다고 했지만 바람도 쐴 겸, 완은 직접 나가 보기로 했다.

오랜만에 나선 거리의 바람이 쨍한 햇살 속에서도 차가웠다. 초록이 죽은 거리가 완의 그림 속 색채와 닮아 있었다. 얇은 점퍼 차림으로 집을 나설 때 여주댁이 좀 더 따뜻하게 입어야 한다고 참견을 했지만 들은 체 만 체했다. 뒤늦게 후회하며 집으로 돌아갈까 망설이다 보니 어느새 큰길가였다. 완은 버스로 천천히 다녀오려던 계획을 바꾸어 택시를 불러 타기로 했다.

택시 회사로 전화를 걸고 버스 정류장에 앉아 기다렸다. 체감 온도가 더욱 떨어지고 있었다. 도시로 가는 버스가 택시보다 먼저 도착했다. 택시도 저쪽 도시로부터 와야 하니 한참 기다려야 하는데 미처 거기까지는 생각하지 못했다.

완은 먼저 온 버스를 타기로 했다. 버스에 오른 뒤 택시는 전화로 취소하면 될 터였다.

그런데 정류장 벤치에서 좀처럼 엉덩이가 떨어지지 않았다. 타야지 하고 생각만 하고 있는 사이에 승객을 모두 태운 버스가 떠났다. 한동안 그림에만 몰두해 있다 보면 멍해질 때가 있었다. 미처 생각이 미치지 못하고, 그저 생각만 하다가 무언가를 놓치고, 생각에 생각을 하지만 그 무엇도 생각하지 않고 있는 상태. 긴장감을 잃고 자기 자신마저 놓아 버린 듯 불안해지던 그런 순간마저도 완에게는 이제 기분 좋은 휴식이었다. 예약이라는 표시등을 단 택시가 버스 정류장 앞으로 와 서는 것을 보고 완은 그제야 벤치에서 일어섰다.

도시에 도착해 화방에서 물감을 고르면서도 서두르지 않았다. 수량이 모자라서 새로 주문을 넣어야 한다고 말하며 눈치를 살피는 화방 주인에게도 성을 내지 않았다. 당장 필요한 몇 가지만 포장해서 가져가고, 나머지는 주문한 제품이 입고되면 같이 집으로 보내 달라 부탁하고 화방을 나섰다. 어느새 해가 지고 푸릇한 어둠이 부드럽게 도시를 감싸고 있었다. 바람이 찼지만 익숙해졌는지 처음 집에서 나왔을 때보다는 견딜 만했다.

네온에 불이 들어오고 삼삼오오 짝을 지어 오가는 젊은이들을 보고야 오늘이 금요일이라는 것을 알았다. 완은 평생 어딘가에 속해 보지 못해 느낄 수 없었던 그들의 들뜬 열기가 새삼 부러웠다. 전화로 불러낼 만한 몇몇을 떠올려 보다가 이내 고개를 가로저었다. 먼저 잡은 약속을 포기하고 달려 나올 그들의 억지 미소와 마주하고 싶지 않았다. 마지막 전시회의 뒤풀이에서 들었던 후배와 제자들의 말까지 떠올라 씁쓸해졌다.

완은 걸음을 멈추고 둘러보다가, 바로 앞에 있는 일본식 주점의 문을 열고 들어갔다. 오픈된 주방 앞의 바 외에는 자리가 없었다. 하얀 천으로 접은 모자를 쓰고 변형된 일본식 웃옷을 입은 종업원들과 마주 앉아야 하는 것이 부담스러웠지만 다시 나가기도 겸연쩍어 완은 그쪽으로 자리를 잡았다. 따뜻한 히레자케와 날생선 몇 점을 시켰다. 술과 음식이 나오기 전까지 서비스로 놓아 준 삶은 콩을 까먹으며 부지런히 움직이는 종업원들의 상기된 표정과 팔뚝의 불끈대는 푸른 정맥을 우두커니 쳐다봤다.

완은 따뜻한 술잔에 떠 있는 복어의 태운 꼬리를 입으로 불어 가며 마시고 묽게 희석한 간장에 와사비를 풀어 날생선을 찍어 먹었다. 바로 앞의 주방에 있는 요리사가 홀에 있는 동료에게서 주문을 받고 더 안쪽의 주방으로부터 나온 음식을 전달하고 생선을 써는 사이에 손님들과 주거니 받거니 나누는 이야기 소리를 듣다가 초생강으로 입가심을 하고, 태운 복어향이 알맞게 우러난 정종을 마시고 입안에 남은 향을 음미했다. 사람들 사이에 섬이 있다고 하더니 내가 오롯이 그 섬이로구나, 하는 생각이 들어 씁쓸했지만 활기찬 움직임과 소리들 사이에서 느껴지는 고즈넉함이 편안했다.

한 잔의 술을 더 청해 마시고 적당히 취기가 올라 술집을 나왔다. 술집을 나와 딱히 어디로 가야겠다는 생각도 없이 그냥 걸었다. 걷다 보니 눈앞에 희끗한 것이 날렸다. 발을 멈추고 하늘을 올려다봤다. 낮에는 쨍한 햇살이 쏟아지더니 어느새 구름이 몰려와 하얀 눈발을 흩날리고 있었다. 완의 입에서 아, 하는 탄성이 저절로 흘러나왔다. 첫사랑 연인이라도 만나러 가는 길인 양 가슴이 설레며 걸음이 가벼워지고, 또 무거워졌다.

연둣빛 헤드폰을 끼고 건들건들 멀어져 가던 소녀의 뒷모습이 생각났다. 섬세한 손길로 무심한 듯 어루만지던 지사장의 하얀 목덜미가 생각났다. 선배의 화실 구석에서 자다가 부스스 일어나던 형석의 해진 스웨터가 생각나고, 젊어서 한때 스쳐 지나간 몇몇의 여자들과 결혼까지 갈 뻔했다가 틀어졌던 한 여자도 생각났다. 선뜻 이름마저 떠올릴 수 없는 그녀들의 얼굴이 가물거렸다. 흩날리는 눈발을 발견하자마자 저절로 설레던 마음과는 달리 누구든 편히 만날 수 있는 사람이 없다는 것을 깨닫고 서글퍼졌다. 모두 거스를 수 없는 세월의 저쪽 사람들이었고, 이쪽 사람들과의 사이에도 건널 수 없는 강이 흘렀다. 완은 이제 그만 택시를 잡아타고 집으로 돌아가기로 했다.

택시 기사는 나지막이 라디오 방송을 틀어 놓고 있었다. 완은 뒷좌석에 몸을 묻고 라디오에서 흘러나오는 옛날 노래를 속으로만 따라 불렀다. 도시를 빠져나와 어둠에 묻힌 들판을 지나고 눈에 익은 건물들이 듬성하게 박혀 있는 마을 입구로 들어섰다. 버스 정류장 앞을 지나고, 완만한 언덕의 골목길에서 완은 미터기에 찍힌 요금의 두 배를 지불했다. 아직도 눈발이 성기게 흩날리는데 도시로 나가야 하는 택시는 빈 차로 돌아가야 할 게 뻔했다. 택시 기사는 함박웃음을 지으며 고맙다고 인사했다. 그의 높고 밝은 목소리에 흐뭇해져 비척거리며 택시에서 내려 대문 앞에 섰다. 골목 더 위쪽으로 올라간 택시가 돌아 내려와 큰길 쪽으로 가는 것을 지켜보다가, 열쇠를 찾아 주머니를 뒤져 봤지만 찾지 못하고 초인종으로 손을 뻗을 때까지 그 기분은 지속되었다.

완은 대문 옆 어둠 속에서 후다닥 달아나는 그림자의 기척에 놀라 그쪽을 쳐다봤다. 벌써 언덕 아래로 달려 내려가고 있는 그림자는 야상 점퍼를 입고 야구 모자를 눌러쓴 젊은 뒷모습이었다. 지척의 어둠 속에 서 있는 누군가를 알아채지 못하고 한참이나 비척거렸다는 것을 깨닫고 등허리가 서늘해졌다. 언론에서 떠들어대는 각양각색의 사건사고가 머리를 스쳤다. 서둘러 초인종을 누르고 대문이 열리자마자 황급히 문안으로 몸을 숨겼다.

누구였을까, 왜 거기 서 있었을까. 완만한 언덕길의 이쪽과 저쪽으로 완의 집 말고도 몇 채의 집들이 더 이웃해 있었다. 아랫집 노부부 손주의 친구일 수도 있고, 윗집 처녀애를 짝사랑하는 청년일 수도 있었다. 그런데 왜 하필 완의 집 담벼락 밑에 숨어 있다가 완이 나타나자 황급히 도망쳤을까. 완은 대문의 빗장을 지르고 넓은 정원을 돌아보며 잠시 서성거렸다. 어쩌면 완을 찾아온 청년일 수도 있었다. 적의가 아니라 호의를 품고, 선망을 품고.

지금은 뜸해졌지만 전부터 간혹 그렇게 집 앞을 지키는 사람들이 있었다. 다짜고짜 제자로 받아 달라고 매달리는 청년도 있었고, 자신의 그림을 한 번만 보아 달라고 조르는 여대생도 있었다. 지난해부터는 모두 고사하고 있지만 이십여 년 동안 각종 공모전의 심사를 해 오며 떨어진 이들의 항의를 받은 적도 있었다. 완이 자신의 그림을 표절했다고 악을 쓰다가 품고 온 주방 칼을 꺼내 휘둘렀던 초로의 무명 화가도 있었고, 선생님의 작품 속 여자가 바로 자신이라면서 몇 날 며칠을 찾아와 울던 새댁도 있었다. 그때마다 긴 시간 형석의 그림만 흉내 내며 살아온 완은 씁쓸해졌다. 형석의 그림과 비슷한 추상화에 여자 따위 있을 리 없었고, 간혹 해체하여 그렸다 해도 그 형체가 남아 있을 리 없었다. 무명 화가는 창밖으로 보고 있던 윗집 사람이 신고하여 현행범으로 잡혀갔지만 완이 자청하여 선처를 호소하는 탄원서를 써 줬다. 새댁은 따로 신고하지 않고 남편을 수소문하여 데려가게 했다.

완이 서성이고 있는 정원에 불이 켜졌다. 좀처럼 들어오지 않는 완의 기척을 살피다 여주댁이 안에서 스위치를 넣었으리라. 완은 그제야 한기를 느끼며 집 안으로 들어갔다.

언제나처럼 동이 트기 전에 눈이 떠졌다. 나이가 들수록 잠이 없어진다고 하더니 이제 슬슬 늙어 가는 게지, 하는 생각이 들어 쓸쓸했다. 완은 그대로 누워 어두운 천장만 쳐다보다가 문득 그리다 만 그림을 떠올리고 아직 그리지 못한 이미지들을 떠올렸다. 이불을 제치고 일어나 얼른 방의 스위치를 올렸다.

간단하게 세수만 하고 작업실로 건너가 그리다 만 그림 앞에 섰다. 음침한 동굴 같은 건물의 실내, 시멘트가 부서져 녹슨 철근이 드러나 있는 벽, 낡은 매트리스와 카펫과 휘장, 부상당한 소녀와 그 옆의 소녀, 한쪽 바닥에는 핏물이 밴 걸레가 떨어져 있고 대야가 뒹굴고 있고, 대야에서 쏟은 물로 얼룩진 콘크리트 바닥의 농담이 벽보다 짙다. 완은 프레임의 한쪽에 놓인 함석 상자와 벽에 걸린 무기들의 디테일을 잡고 화이트가 많이 섞인 그레이에 코랄 레드를 섞어 세필로 농담을 달리해 가며 시간을 들여 섬세하게 그렸다. 물러서서 전체적인 색채를 가늠했다. 개어 놓은 물감에 블루를 더해 그 위에 덧칠했다. 좀 더 입체적으로 표현하기 위해 블랙과 그린을 섞어 음영을 넣었다. 멀찍이 떨어져서 전체적인 구도를 보다가 앞으로 다가가 수정했다.

잠든 소녀의 얼굴은 그 흔적을 지운다고 지웠는데도 역시나 젊었을 때의 지사장을 닮아 있었다. 원하든 원하지 않든 이제 그것은 완만 하는 완의 그림의 표식이었다.

완은 문득 벽에 걸린 긴 칼의 모양과 색감이 마음에 들지 않았다. 블루를 베이스로 화이트를 섞고 블랙과 옐로우를 더해 칠하며 모양을 새로 잡았다. 블루와 그린을 좀 더 섞어 음영을 넣었다. 먼저 입힌 물감 위로 새로 칠한 물감이 뭉개지면서 자연스러운 경계가 만들어졌다. 완은 뒤로 성큼 물러서서 전체적인 색감과 모양의 조화를 살폈다. 사뭇 흡족해져서는 그림 속 소녀를 향해 중얼거렸다.

너는 어떠니, 새 칼의 문양이 마음에 드니?

12

완전히 깜깜해진 뒤에야 푸코와 태수가 돌아왔다. 루는 두 사람의 시끄러운 소리에 잠을 깼다. 일어나서 바로 옆에 누운 시몬을 더듬어 만져 봤다. 진즉에 깨어 있었는지 시몬이 자기는 괜찮다는 듯 루의 손등을 가만히 두드렸다. 누군가가 호롱에 불을 붙이자 잠들기 전과 다름없는 방 안 풍경이 어둑하니 루의 눈앞에 떠올랐다.

태수가 저녁을 준비할 동안, 루는 벽에 걸어 두었던 긴 칼을 내려서 닦다가 고개를 갸우뚱거렸다. 칼의 모양과 손잡이의 문양이 달라져 있었다. 원래 진한 회색빛이었던 칼자루의 색깔도 약간 더 푸르스름해진 듯했다. 시몬의 상처를 살피던 푸코의 눈앞에 칼을 디밀어 보이며 물었다. 푸코가 또 시작이라면서 루의 뒤통수를 때렸다. 루는 칼을 손에 쥐어 들고 불빛에 비춰 봤다. 자루도 꼼꼼히 다시 살폈다. 원래 이런 모양이었던가?

언젠가 일어났던 일이 또 일어나고 있는 듯 기시감이 들며 낯익은 사물이 순식간에 낯설어질 때가 있었다. 시공간이 아주 약간 비틀어져 미세하게 다른 차원의 틈새로 미끄러져 들어간 듯 익숙한 공간들이 낯설어지고 불안해질 때, 루는 누군가 자신을 지켜보는 시선을 느꼈다. 경계 태세를 갖추고 주위를 둘러봐도 그럴 만한 대상이 없었다. 거듭 확인해 봐도 마찬가지였다. 그래도 느낌은 사라지지 않고 한동안 지속됐다. 어쩌면 시선은 위로부터 왔다. 아니 어쩌면 자신의 내부로부터. 루는 시몬이 믿는 신의 존재에 대해서까지 진지하게 생각하다가 절레절레 고개를 저었다. 진짜 미친 거 아냐?

저녁을 먹으면서도 태수는 트럭을 가지러 갈 때 자기도 데려가라고 졸랐다. 루도 푸코도 들은 척도 하지 않았지만 포기하지 않았다.

"사실은 우리 아버지가 지금 B지구에 가신 게 헬리콥터 때문이거든."

"헬리콥터?"

드디어 반응을 보이는 푸코 쪽으로 태수가 얼른 돌아앉았다.

"응, 형. 그게 말이야."

하늘을 나는 자동차라고 했다. 서쪽으로부터 출몰하는 비행 편대와 비슷하다고 했다. 그만큼 높이 날지 못하고, 그만큼 멀리 가지 못하지만 어쨌든 날 수는 있다고 했다. 풍요로운 시절의 유산으로, 현 회장이 광야의 비밀 요새에 잔뜩 모아 놓은 것들이었다. 그동안 연료가 없어 시험 운행도 못 해 보았는데, B지구에 대체 연료가 개발 중이라는 정보가 입수되어 현 회장이 직접 알아보러 간 것이었다.

푸코는 어렸을 때 많이 봤다면서 도로 시큰둥해졌지만, 루는 태수 앞으로 더욱 바싹 다가앉았다.

"하늘을 날아?"

"응."

"서쪽의 그것처럼?"

"응."

"그럼 우리도 서쪽으로 갈 수 있어?"

"그렇게 멀리는 못 간대."

"쉬었다 가면 되잖아."

"맞아. 밤에는 쉬고, 낮에만 날면."

"연료가 없잖아."

묵묵히 밥만 퍼먹고 있던 푸코가 불쑥 끼어들었다.

"아, 연료······."

실망하는 루의 표정을 보고 다급해진 태수가 외쳤다.

"그래서 아버지가 지금 연료 구하러 가신 거라니까. 우리 집에 지도도 있어!"

"지도?"

"비밀 요새로 가는 길 말이야."

"확실해?"

"확실하지! 예전에 군부대가 있었던 곳이래. 지하에 아주 큰 벙커도 있대. 아버지가 직접 말씀해 주신 거라고."

"그런데?"

푸코가 물었다.

하늘을 난다는 말에, 서쪽이라는 말에 정신이 팔려 루는 태수 앞으로 더욱 바싹바싹 다가앉고 있었지만, 푸코는 그래서 지금 트럭을 수거하러 가는 일과 그게 무슨 상관이냐고 거듭 물었다.

"설마 너를 데려가면 거기로 안내하겠다는 말은 아니지?"

"그건데?"

"미친놈."

"아, 형엉!"

"거기까지 가서 뭐할 건데? 아, 저런 게 있구나 하면서 구경하고 돌아와? 아님, 훔쳐? 아니 그전에, 회장님이 지도를 그렇게 허술하게 두진 않으셨을 테고, 태수 네가 그걸 본다고 쳐. 그쪽 지리도 모르는 네가 그걸 외울 거야? 아님, 그것도 훔쳐서 들고 나오려고? 그러고 나서는?"

루가 느닷없이 앉은 채로 태수를 발로 찼다.

"에라이!"

"루, 너도 신경 끄고 얼른 밥이나 먹어."

"아, 몰라. 안 먹어!"

루는 들고 있던 수저도 던지듯 놓고 벌러덩 누워 버렸다.

"얼른 일어나"

"안 먹는다고!"

심통이 나서 그렇게 말했지만 금세 다시 일어나 밥상 앞에 앉았다.

"보고 싶지 않아? 누구보다 먼저 하늘을 날고 싶지 않아? 나는 상관없어. 아버지가 연료를 구하면 몰고 와서 우리 집 옥상에도 한 대 세워 둔다고 했어. 나는 매일도 탈 수 있다고. 그래 내가 형이랑 루랑 시몬 정도는 태워 줄 수도 있겠지. 하지만 누구보다도 먼저, 제일 먼저 보고 싶지 않아? 아니다, 아주 엄청 많대. 잘하면 훔칠 수도 있을지 몰라."

앞뒤가 맞지도 않는 말을 지껄여 대며 매달렸지만 푸코와 루는 들은 척도 하지 않았다. 현 회장의 물건에는 절대 손을 대면 안 된다는 것을 이 도시에 살고 있는 사람이라면 누구나, 너무나 잘 알고 있었다. 그런데 헬리콥터라니, 하늘을 나는 물건이라니. 가끔 그쪽에서 필요한 물품을 구해 달라면서 대가로 보내오는 것들이나 태수가 훔쳐 내 오는 책과 통조림, 각종 부품들과는 차원이 다른 물건이었다.

루도 풍요로운 시절에는 하늘을 날아 대륙과 대륙을 이동하는 일쯤은 간단했다고 들었다. 바다를 통해서도, 하늘을 통해서도 가고 싶은 곳으로 마음대로 갈 수 있었다고 들었다. 하지만 그것들을 실제로 본 적은 없었다. 대재앙 직전에 모두 하늘로 떠올랐고 바다로 나갔고, 그 뒤로 어떻게 되었는지 아무도 몰랐다. 언젠가 바닷가에서 떠밀려 온 잔해를 할아버지와 함께 발견한 적이 있었다. 부품이 하나도 남지 않은 껍데기였다. 그것도 산산조각이 나서 쓸 만한 철판 쪼가리들은 모두 없어진 후라 그 모양이나 크기도 가늠해 볼 수 없었다. 어른들은 땅을 통해서도 계속 북쪽으로만 올라가면 서쪽 대륙으로 가는 길이 있을 것이라고 했다. 물론 지표면이 뒤틀리기 전의 지형에 의하면. 루는 항상 궁금했다. 그쪽에도 우리처럼 살아남은 사람들이 있을까. 아니 그쪽은 아무 일도 일어나지 않아서 변함없이 풍요로운 세상으로 계속 살고 있는 것은 아닐까. 파괴되지 않은 도시의 파괴되지 않은 사람들이 이쪽으로 자꾸 정찰기를 보내오고 있는 것인지도. 그 너머 어릴 때 할아버지가 얘기해 주었던 태초가 시작되었다는 땅, 누 떼가 살았다는 그 검은 대륙은 파괴되지 않고 오염되지 않은 상태의 짙푸른 숲으로 여전히 뒤덮여 있는지도. 하지만 그쪽으로부터 날아오는 비행물체는 몇 년째 더 낮게 접근해 오지 않았고, 그쪽을 향해 떠났던 사람들도 아직은 아무도 돌아오지 않았다. 광야를 향한 태수의 호기심과 바람은 어쩌면 서쪽을 향해 품고 있는 루의 간절한 동경과 비슷한 종류의 것이리라.

"알았어. 일단 생각 좀 해 보고. 하지만 지도를 훔쳐 내 올 생각은 절대로 하지 마."

"루!"

"아, 형은 좀 가만있어 봐. 루, 정말이지? 언제 출발할 건데? 뭘 가져가지? 방수포랑 식량이랑, 그래, 식량은 내가 가져올게. 루랑 형 몫까지 전부. 그리고 또, 또 뭐가 필요하지?"

"시몬이나 나아야 가지. 이렇게 혼자 두고는 못 가."

"절대 안 돼."

푸코가 태수를 향해 눈을 부라렸지만 태수는 아랑곳하지 않았다.

"응, 기다릴 수 있어. 기다릴게. 날짜 잡히면 꼭 얘기해 줘. 저번처럼 또 혼자 몰래 도망가면 안 돼. 알았지?"

"대신, 걸리면 우린 무조건 튈 거야. 넌 그냥 혼자 간 거야. 절대 우리 이름을 불면 안 돼."

"걱정하지 마. 내가 언제 그런 적 있어? 내가 의리 하나는 끝내주잖아."

"아놔, 의리! 지금 네 무덤을 스스로 파고 있는 거 알지, 루?"

"아니, 내가 아니라 우리지."

"미치겠네, 정말."

푸코가 투덜거리며 빈 그릇들을 챙겨 부엌으로 갔다. 태수는 잔뜩 들떠서 무얼 더 준비해야 하느냐고 꼬치꼬치 물었다.

"아, 내일부터라도 미리 준비 좀 해 놓을까?"

가만히 누워 듣고만 있던 시몬이 킥킥거렸다. 루가 시몬 쪽을 돌아다봤다.

"이제 좀 살 만하냐?"

시몬이 손을 들어 엄지와 검지로 동그라미 표시를 해 보였다.

할아버지가 알면 또 어떤 반응을 보일까. 루는 할아버지를 생각했다.

할아버지의 동굴에도 이상한 물건이 많았다. 대부분 할아버지가 고치거나 새로 조립하여 만들었다. 부품은 대체로 루가 광야에서 주워 온 고물 중에서 푸코가 선별하여 챙겨 주면 루가 다시 가져다 드렸다. 단단한 철 조각을 갈아서 만든 바늘과 구리선으로 엮어 만든 조끼로 된 갑옷, 양철을 두드려 만든 상자와 같이 소소한 물건을 비롯하여 지금은 배터리를 구할 수 없어 사용하지 못하지만 무전기라는 것도 만들어 줘서 한동안 요긴하게 써먹었다. 푸코가 시장에 가게를 내고 도시에서 이만큼이라도 자리를 잡게 된 것도 모두 할아버지 덕분이었다. 할아버지가 도시에 있을 때 만든 물건들은 시장에서도 인기가 좋았다. 그때 배운 기술로 푸코도 이젠 웬만한 물건은 혼자서도 거뜬히 만들어 냈다.

그런데 할아버지는 왜 광야의 동굴로 혼자 떠난 걸까. 조용히 해야 할 연구도 있고 푸코와 루에게 보낼 곡식을 재배하기 위해서이기도 하다지만 루는 잘 이해되지 않았다. 할아버지처럼 힘없는 노인들이 살기에는 이 도시가 위험하기는 했다. 하지만 푸코와 루가 있는 한은 걱정할 일도 아니었다. 그런데도 할아버지는 한사코 도시로는 돌아오지 않았다. 어쩌면 광야의 동굴에서 혼자 지내는 게 더 위험할 수도 있는데.

태수가 아침에 다시 오겠다며 벌떡 일어났다. 푸코가 태수에게 소독약이 있으면 갖다 달라고 했다. 진통제라도 있으면 더 좋겠다고 했다. 태수가 고개를 끄덕이며 찾아는 보겠지만 아마 없을 거라고 했다. 약 종류는 이제 창고에 두지 않고 현 회장이 따로 보관하는데, 어디에 두는지는 아들인 자신에게도 알려 주지 않는다고 했다.

태수가 돌아가고 잠자리에 들어 막 호롱불을 끄려 할 때, 누군가 바깥문을 박차고 뛰어들었다. 푸코와 루는 재빨리 일어나 무기부터 챙겼다.

바로 현관문을 두드린 사람은 벌써 골목 밖으로 나갔어야 할 태수였다. 태수는 지하철역 부랑자들이 몰려오고 있다면서 서둘러 카펫을 치우고 벙커 문을 열었다. 어디서 구했는지 무기까지 잔뜩 들었는데 숫자도 제법 된다고 했다. 태수가 시몬을 업고 벙커로 내려가자마자 루는 얼른 문을 닫고 그 위에 다시 카펫을 덮었다. 그와 동시에 푸코가 밖으로 뛰쳐나갔다. 루도 그 뒤를 따라 뛰어나갔다.

바깥문을 나서자마자 맞닥뜨린 패거리는 지하철역 부랑자

중에서도 젊은 축에 속하는 치들이었다. 젊다고 해 봐야 이미 육십을 넘긴 노인들이었다. 푸코와 루의 상대가 될 수 없었다. 몇 번의 칼질만으로도 선두에 선 대여섯이 피를 뿜으며 고꾸라졌다. 뒤에서 달려오던 이들이 주춤거리며 뒤로 물러섰다. 도끼며 망치며 온갖 무기들을 양손에 잔뜩 움켜쥐고 있었지만 제대로 한 번 휘둘러 보지도 못했다.

루가 활에 화살을 먹여 재빨리 등을 보이며 달아나는 절름발이의 허벅지에 첫 번째 화살을 날렸다. 두 번째 화살은 떡 진 긴 머리의 심장 쪽 등이었다. 다음 화살은 외팔이의 머리, 그다음은 한쪽 귀가 뭉개진 대머리의 목. 방향을 틀어 골목의 반대쪽 입구를 향해 겨눴다. 어느새 그쪽 입구를 막고 있던 치들까지 말끔히 사라지고 없었다. 골목 안은 부상당한 부랑자들의 신음과 아우성과 튀기고 고인 핏물만 낭자했다.

"오늘 밤 잠자기는 다 틀렸네."

푸코가 하품을 하며 투덜거렸다.

"오자마자 이게 뭐야. 쉬지도 못하고."

루는 푸코와 함께 안으로 들어와 바깥문의 빗장을 단단히 질렀다. 벽에 세워 두었던 굵은 쇠파이프를 일렬로 문에 기대 세우고, 돌덩어리를 굴려 그 앞에 고였다. 강제로 문을 열고 들어오면 쇠파이프들이 쓰러지며 요란한 소리를 낼 수 있도록.

"아, 이 밤은 또 얼마나 길라나."

하지만 루는 아직 알지 못했다. 정작 더 길고 지루한 도시에서의 생활은 이제 막 시작됐을 뿐이었다.

무채 계열의 빨강

13

혁은 더 누워 있고 싶었다. 지난밤 아내와의 섹스는 달콤했다. 그대로 잠들었다가 꿈도 없이 이제 막 깬 참이니 아직 그 기분에 취해 벗어나고 싶지 않았다. 아내는 벌써 출근했는지 집 안 어디에서도 기척이 없었다.

덜 깬 잠의 몽롱함이 가시고 슬슬 시장기가 느껴질 때쯤 침대에서 빠져나왔다. 요리하는 것을 별로 좋아하지 않는 아내가 어쩐 일인지 식탁에 아침을 차려 놓고 나갔다. 조금씩 정갈하게 담긴 반찬들이 랩으로 잘 감싸여 있고, 밥공기와 국그릇 옆의 수저와 저분도 가지런했다.

그 옆으로 아내가 남긴 쪽지도 있었다. 오늘 밤에는 약속이 있어 늦겠지만 내일은 다시 기대해도 좋다면서, 반짝이 스티커를 다섯 개나 붙여 놓았다. 영화에 평점을 매기듯 아내와 둘만의 사이에 매기는 은밀한 별점이었다.

혁은 아내의 쪽지를 손에 든 채로 가스레인지 위에 있는 냄비의 뚜껑을 열었다. 마른 멸치와 다시마로 국물을 낸 시래기 된

장국이었다. 구수한 냄새가 훅 끼쳐 더욱 시장기를 돌게 했다. 불을 댕기고 쪽지를 잘 펴서 냉장고에 붙였다.

국이 데워질 동안 기다리지 못하고 밥통에서 밥을 퍼서 식탁 앞에 앉았다. 계란말이와 멸치 볶음과 베이컨으로 만 채소 찜으로 먼저 식사를 시작했다. 콩을 싫어하는 혁의 입맛에 맞게 흑미와 보리를 주로 하여 몇 가지의 잡곡만 넣은 밥에서는 검은빛 윤기가 흘렀다. 몰래 요리학원이라도 다니는지 아내의 솜씨가 무척 좋아져 있었다. 신혼 때부터 요리는 대부분 혁의 몫이었는데.

반 공기쯤의 밥을 더 퍼서 국과 함께 먹었다. 한 사발의 국을 더 떠서 국만 먹었다. 접시에 담긴 반찬까지 남김없이 긁어서 마저 먹었다. 남은 음식을 따로 갈무리할 필요도 없이 그릇들이 말끔해졌다. 빈 그릇을 싱크대로 가져가 세제를 풀어 닦았다. 뽀득거리도록 행궈서 식기 건조기에 넣고, 건조와 살균 버튼을 한 번씩 눌렀다. 식탁의 얼룩을 닦고 싱크대의 물기도 닦고, 행주를 빨아 전자레인지로 오 분간 돌려 잘 펴서 널었다.

내친김에 세탁기도 돌릴까 하여 베란다로 나갔다. 생각보다 빨랫감이 없었지만 저 수위로 놓고 세팅했다. 세탁기의 뚜껑을 닫고 베란다 창을 열었다. 바깥쪽이 얼었는지 잘 열리지 않아 손바닥으로 아래쪽을 탕탕 치면서 열었다. 차갑지만 맑은 공기가 훅 하고 끼쳐 들었다.

베란다의 나머지 창들도 전부 열어 놓고 거실의 유리문도 활짝 열었다. 부엌 쪽 베란다 창도 열고 침실과 서재, 손님방과 옷방, 창고 등도 모두 열어 공기를 순환시켰다. 방마다 먼지를 털고 청소기를 돌리고 스팀 걸레로 문질러 닦았다. 전용 세제를 풀어 욕실과 변기 청소까지 마치고 따뜻한 물로 샤워했다. 샤워를 하고 나오니 세탁이 다 되어 있었다. 헹굼과 탈수만으로 세팅해 놓고 섬유 유연제를 넣었다. 창문들을 도로 닫고 거실 소파에 앉아 TV를 켰다.

혁은 늘 그게 그거인 지상파 방송보다 등장하는 인물도 문화도 낯선 케이블을 더 선호했다. 광고가 많고 본방송보다 재방송이 더 많기는 하지만 덜 꾸며진 듯 어색하면서도 경직되지 않은 자유로움이 좋았다. 외국의 시골 모텔에 틀어박혀 알아들을 수 없는 언어로 지껄여 대는 그들만의 문화를 대하고 있는 듯 낯설고 막막해지며 적당히 외로운 기분에 빠져들기도 했다. 여행을 가지 않고도 여행을 떠나온 기분이랄까. 마땅한 채널을 정하지 못하고 이리저리 돌려 보는 사이에 세탁이 다 됐다는 알람이 울렸다. 뉴스 채널에 화면을 고정시키고 소리를 좀 더 키운 다음 베란다로 나갔다.

몇 개 되지 않는 빨래를 탁탁 털어서 널고 돌아와 보니 TV 화면이 하얬다. 혁은 리모컨을 들고 채널을 돌렸다. 어떤 채널도 마찬가지였다. 지상파 방송도 나오지 않았다. 수신 단자는 정상적으로 꽂혀 있었다. 접촉이 불량한가 싶어 뺐다가 다시 꼈다. 마찬가지였다. 각 가정으로 송신하는 중계 박스의 문제일 수도 있었다. 혁은 인터폰을 들고 경비실을 호출했다. 순찰 중인지 아무도 응답하지 않았다. 할 수 없이 TV를 끄고 소파에 길게 드러누웠다. 빨래에 넣었던 섬유 유연제 냄새가 열린 거실 문을 통해 베란다로부터 상큼하게 실려 들어왔다. 집안일 뒤의 기분 좋은 나른함이 온몸을 감쌌다.

하루가 어떻게 갔는지도 모르게 지나가 버렸다. 느지막이 일어나서 밥을 먹고, 집안일을 하고 낮잠을 자면서 시간 감각을 잃었다. 아내는 늦는다고 쪽지를 남겼으니 저녁도 혼자 해결해야 할 것이다. 산책도 할 겸 스토어로 슬슬 나가 보기로 했다. 저녁을 먹고 마땅한 영화가 있으면 한 편 보고, 간단하게 장을 봐와서 내일 아침은 오랜만에 자신이 준비하기로 했다.

가볍게 걷는 듯 뛰는 듯 스토어로 가는 길에 영화관에서 아내와 그 엄마와 함께 만났던 아이를 발견했다. 예라라고 했던가. 아이는 버스 정류장 벤치에 혼자 앉아 있었다. 그냥 지나칠까 하다가 느낌이 이상하여 그쪽으로 다가가 아는 체를 했다. 멀리서 본 느낌대로 제 이름을 부르자 고개를 드는 아이의 눈동자가 불안하게 흔들렸다.

"아저씨."

"어디 가는 길이니?"

"아니요."

"그런데 왜 거기 혼자 앉아 있니?"

"엄마가 없어졌어요."

"엄마가?"

"자고 일어났는데, 엄마가 없어졌어요."

"잠깐 나가셨겠지. 곧 해가 질 텐데, 금방 오시지 않을까?"

"버스도 안 와요."

"응?"

"여기 정류장에 버스가 안 와요."

"외진 곳이라 오는 시간이 정해져 있을 거야."

"오후 내내, 한 대도 안 왔어요."

정말 오래 앉아 있었던 듯 아이가 어깨를 움츠리며 떨었다.

혁은 난감했다. 고개를 떨군 채로 제 발끝만 쳐다보는 아이를 어떻게 해야 좋을지 알 수 없었다. 괜히 아는 척을 했는가 싶어 후회됐다. 그렇다고 이제 와서 모른 척 이대로 두고 갈 수도 없는 노릇이었다. 지능이 떨어지거나 정신이 온전치 못한 아이일 수도 있었다. 거꾸로 아이 엄마가 아이를 찾고 있는지도 몰랐다.

"집이 어디니? 데려다줄까?"

아이는 여전히 어깨를 떨면서 고개를 저었다.

"저녁은 먹었니?"

다시 한 번 고개만 저었다.

"아저씨 지금 저녁 먹으러 갈 건데, 같이 갈래?"

아이가 혁을 쳐다봤다.

"배고프니?"

아이는 이번에도 고개만 끄덕거렸다.

혁은 일단 데려가서 몸을 좀 녹이게 하고, 밥을 먹이면서 찬찬히 물어보기로 했다. 집은 어디인지, 전화번호는 어떻게 되는지. 번호를 알아내면 아이 엄마에게 전화를 걸어 데리러 오라 하든가, 집까지 데려다주든가, 여의치 않으면 아내에게라도 알려 의논해 볼 작정이었다.

혁은 아이를 데리고 스토어로 가서 엘리베이터를 타고 곧장 레스토랑으로 올라갔다.

배가 많이 고팠는지 아이는 제 앞으로 나온 음식을 허겁지겁 먹어치웠다. 다 먹고 나서야 사실은 아침부터 내내 굶었다면서 배시시 웃었다. 혁은 아직 반도 넘게 남은 자신의 몫을 덜어 아이에게 주었다. 그것마저 급하게 먹는 걸 보고 지배인을 불러 몇 가지를 더 주문했다.

"아저씨, 그 옷 참 잘 어울려요."

"이 옷?"

혁은 베이지색 면바지에 보라색 폴로셔츠를 입고 있었다. 작년에 아내가 뉴욕으로 출장을 갔다가 거기 백화점에서 사 온 옷이었다. 한동안 잘 입고 다녔는데 어느 날인가부터 보이지 않다가, 얼마 전에 옷장 구석에 걸려 있는 것을 혁이 찾아냈다.

"지금쯤 엄마가 돌아오셨을까?"

아이가 다시 고개를 떨어뜨렸다.

"전화 걸어 볼까?"

대답하지 않았다.

"엄마 휴대폰 번호 몰라?"

"생각이 안 나요."

"집 전화번호는?"

"그것도요."

"그럼, 집은? 찾아갈 수 있겠어?"

그때 마침 아이 엄마가 헐레벌떡 레스토랑으로 들어섰다. 혁은 얼른 일어나서 "여기요!" 하고 부르며 손짓했다. 아이도 제 엄마를 보자 얼굴이 환해졌다가 이내 왈칵 울음을 터뜨렸다. 그 엄마도 아이를 감싸 안고 함께 울었다. 역시나 꽤나 애를 태우며 찾아다녔던 모양이다. 미안하다고, 다시는 혼자 두지 않겠다고 약속을 하고 또 했다. 혁은 엉거주춤 앉지도 바로 서지도 못한 채 모녀를 쳐다보고 있었다. 레스토랑 안에 있는 사람들의 시선이 죄다 이쪽으로 쏠려 있었다.

혁에게도 고맙다는 인사를 거듭하고 두 모녀가 나갔다. 혁은 그제야 가뿐해지고 또 뿌듯해졌다. 제 몫의 음식을 천천히 마저 먹고 레스토랑을 나오며 아이 엄마가 음식값을 모두 지불했다는 것을 알았다. 혁은 어쩐지 겸연쩍었다. 그래도 묘하게 기분이 좋았다. 아내에게 오늘 일을 말하면 어떤 표정을 지을까. 공유할 수 있는 이야깃거리가 생겼다는 게, 혁은 무엇보다 즐거웠다.

영화관에서 영화를 보고, 마트로 내려가 장을 봐서 집으로 돌아왔다. 장 봐 온 것들을 손질해서 일회용 팩에 넣어 용도에 맞게 냉장실과 냉동실에 정리해 넣었다. TV를 켜 봤지만 여전히 화면이 파랬다. 나갈 때도, 들어올 때에도 비어 있던 경비실을 떠올리며, 내일 다시 경비실에 물어보든 A/S를 신청하든 해야겠다는 생각을 하다가, 같은 층 같은 라인인 옆집에라도 물어볼 걸 그랬다고 후회했다. 아무튼 오늘은 늦었으니 어느 쪽으로든 내일 아침에나 다시 확인할 수 있었다.

아내는 좀처럼 돌아오지 않았다. 늦겠다는 아내의 말은 어쩌면 밤을 새울 수도 있다는 뜻이었는지도 몰랐다. 혁은 전화를 걸어 볼까 하다가 그만뒀다. 일 때문에 바쁜 사람에게 괜한 통화로 부담을 주고 싶지 않았다. 아내 없이 잠자리에 드는 것이 하루 이틀의 일도 아닌데 새삼 자신이 왜 이러는지 알 수 없었다. 어젯밤 오랜만에 아내를 안았던 여운이 아직 가시지 않았기 때문일까. 혁은 거실에서 졸다가 안방으로 들어가 잠옷으로 갈아입고 잠자리에 들었다.

자다가 옆에 와 눕는 아내의 기척을 느꼈다. 잠결에 아내 쪽으로 돌아누워 어깨를 안았다. 어디서 무얼 하다 들어왔는지 아내의 몸에는 아직도 찬기가 배어 있었다. 혁은 잠결에도 아내를 더욱 꼭 끌어안았다. 엷게 흐느끼는 아내의 기척이 느껴져 놀라 일어나려 했지만, 하루 종일 집안일을 한 데다 외출까지 해서 피곤했는지 좀처럼 정신이 들지 않았다.

그대로 다시 깊은 잠에 빠졌다가 눈을 뜨니 아침이었다. 아내가 다녀간 흔적은 집 안 어디에도 없었다. 벌써 출근한 것인지 혁이 꿈을 꾸었던 것인지 확실하지 않았다.

식빵을 구워 오렌지 잼을 발라 먹었다. 원두를 갈아서 핸드 드립으로 내려 마시고 그릇을 씻어 놓고 TV를 켰다. 어제의 말썽은 농담이었다는 듯 채널마다 화질도 선명했다. 그 많은 채널 중에서도 마땅히 보고 싶은 프로그램을 찾지 못해 TV를 끄고 서재로 갔다.

마지막으로 글을 쓴 게 언제였는지 기억나지 않았다. 글은커녕 마지막으로 책을 읽은 게 언제였는지도 기억나지 않았다.

컴퓨터를 켜고 부팅이 되는 동안 책장에서 낯익은 책 한 권을 빼어 들었다. 무심코 페이지를 후루룩 넘겼다. 제목과 표지 그림이 있어서 책이라 여겼는데 안에는 내용이 인쇄되어 있지 않았다. 책 모양을 본떠 만든 기획 노트였다. 따로 구입했을 리는 없고, 서비스로 딸려 온 것일 터였다. 본품을 찾아봤다. 아무리 찾아봐도 같은 표지의 책이 눈에 띄지 않았다. 누군가에게 빌려주었거나 따로 구입했을 수도 있었다. 다른 책을 빼 들고 책상 앞에 앉아 펼쳐 보니 그것 역시 빈 노트였다. 자리에서 일어나 이번엔 서너 칸 건너의 다른 책을 꺼내 펼쳤다.

혁은 몇 권의 책을 더 꺼내 후루룩 넘겨 봤다. 모두 다 빈 노트였다. 혹시나 싶어 책상 바로 옆 서가에 꽂힌 책을 빼 들고 조심스럽게 펼쳤다. 페이지마다 활자가 빡빡하게 박혀 있었다. 안도의 한숨을 내쉬며 책상 앞에 앉았다. 다른 책들도 내일이나 모레쯤 다시 펼쳐 보면 빡빡하게 박힌 활자들이 디자인도 예쁘게 잘 인쇄되어 있을 것이다.

교통사고의 후유증이 길었다.

14

미리 개발해 놓은 프로그램을 서버와 연결하는 형식으로 하루에도 몇 번씩 기능이 업그레이드됐다. 부재중일 때에도 사용자가 이용하는 패턴에 따라 자동으로 작동하는 시스템이 탑재되고, 음성 인식 장치가 추가됐다. 스마트폰 사용자를 위한 애플리케이션도 출시됐다. 아바타들도 정교하게 진화하기 시작했다. 카멜은 이를 위해 얼마나 오랫동안 준비해 온 것일까. 이 모든 일들이 몇 주 만에 순식간에 이루어졌다.

세영도 처음에는 데스크톱에만 설치했던 프로그램을 노트북에도 깔았다. 이동 중에도 스마트폰을 거치대에 끼워 놓고 부재중으로 접속하여 남편을 깨웠다. 화면이 작아서 답답하기는 했지만 차가 밀리는 도로 위에서도 혼자 움직이는 남편을 볼 수 있어 즐거웠다.

차에서 내리기 전에 열어 놓은 앱을 화면에서 숨겼지만, 대기업 회장 부인이 운영하는 갤러리에 들러 그녀가 손에 넣고 싶어 하는 작품 목록을 받을 때에도 남편은 혼자 깨어 움직이고 있었다.

세영은 갤러리에서 나오자마자 폰으로 목록을 찍어 회사로 전송했다. 실소유주를 파악하라고 지시하고 정보 수집을 위해 세영도 따로 은밀하게 사람들을 만났다. 그러느라 훌쩍 점심때를 넘겼다. 커피와 샌드위치를 사 들고 회사로 들어오자마자 노트북을 켜고 서버를 띄웠다. 폰의 앱을 닫음과 동시에 노트북으로 로그인했다. '현관 앞' 모드였다.

남편이 초인종 소리를 듣고 나와 현관문을 열었다. 이 시간에 어쩐 일이냐고 반기면서도 비밀번호는 잊었느냐고 놀리는 몸짓이 다정했다. 같이 점심이나 먹을까 하고 들렀다고 말하자 남편은 그러잖아도 배가 고팠던 참이라면서 냉장고에서 샌드위치를 꺼냈다. 세영이 갤러리에 있을 때 폰 안에서 남편이 만들어 놓은 것이었다. 세영도 샌드위치의 포장을 풀어 책상 위에 올려놓고, 대화창에 '와아, 맛있겠다.' 하고 입력했다. 남편의 표정이 더없이 흐뭇해졌다. 세영은 한쪽 손으로는 샌드위치를 들고 한쪽 손으로만 마우스와 키보드를 조작해 자신의 아바타를 식탁 앞에 앉혔다. 남편과 수다를 떨며 샌드위치를 먹었다. 회의 시간이 다 되어 남편에게는 회사에 다시 나가야 한다고 말하고 '부재중' 모드로 변환했다. 화면 속에서는 남편이 현관 밖까지 나와 세영을 배웅하는 것으로 처리됐다.

회의를 진행하며 프로그램 서버 창을 조그맣게 줄여 놓고 남편을 산책시켰다. 잠깐 이야기가 길어져서 회의에 몰두하다 보니 남편이 또 산속을 헤매고 있었다. 회의가 끝나고 본사와 통화하다가 세영은 웃음을 터뜨렸다. 수화기 저편에서 잠시 침묵하며 의아해하는 기색이 역력하여, 옆에 있는 직원이 커피를 쏟아 웃었다고 해명하며 사과했다.

남편이 산속의 약수터에서 초로의 한 사내를 만나고 있었다. 언젠가 독일에 본사를 둔 브랜드의 트레이닝복 두 벌을 사 와서, 한 벌은 남편에게 선물하고 한 벌은 최 화백에게 선물한 적이 있었다. 남편이 만난 초로의 사내가 바로 그 트레이닝복을 입은 최 화백이었다. 카멜에게 보낸 자료 중에 셋이서 함께 찍은 사진이 있었을 수도 있었다. 그것을 바탕으로 만들어진 캐릭터일 것이었다. 세영은 항상 표정도 없이 굳어 있는 카멜의 숨겨진 유머가 즐거웠다.

수화기를 놓고 펜을 들어 서류를 보면서 노트북을 힐끔거리다가 작게 줄여 놨던 창을 전체 화면으로 확대했다. 남편이 돌확의 가장자리에 낀 살얼음을 깨서 손을 씻고 손의 물기를 털어 바지에 닦았다. 그 손으로 물을 받아 마시고 젖은 입가를 손등으로 훔치고, 남은 물기를 탁탁 털어 바지에 문질러 닦았다. 반면 최 화백은 점퍼 주머니에서 꺼낸 손수건으로 손과 입을 닦았다. 남편이 먼저 최 화백을 쳐다보며 말했다.

"저쪽 아랫마을에 사시나 봐요?"

최 화백이 남편을 쳐다봤다.

"저는 저 산을 넘어왔거든요."

남편의 말과 동시에 세영은 얼른 접속을 끊었다. 끊고 나서야 남편의 방향을 설정해 주지 않았다는 것을 깨달았다. 다시 접속하려 하는데 손에 쥔 마우스가 자꾸만 어긋난 포인트를 찍었다. 서버와 연결되는 시간이 유난히 길게 느껴졌다.

화면 속의 남편은 접속을 끊었을 때의 모습 그대로 혼자 샘터에 우두커니 서 있었다. 그의 시선 끝에 최 화백과 함께 어떤 노인과 노파가 걸려 있었다. 그들은 샘터 쪽을 힐끔거리며 무슨 말인가를 주고받고 있었다. 그들의 말까지는 들리지 않았다. 세영은 얼른 '집으로'로 설정을 변경하고 프로그램을 정상 종료시켰다.

물을 마시기 전에 손을 씻고 물기를 털어 낸 뒤 바지에 문질러 닦고, 입가의 물기를 손으로 훔쳐 내 다시 바지에 닦아 버리는 일련의 행동은 세영이 무척이나 싫어했던 남편의 버릇이었다. 남편은 집에서 컵에다 물을 마실 때에도 항상 똑같이 행동했다. 손이 닿는 곳에 바로 냅킨이 있고 주방 수건도 늘 제자리에 걸려 있는데도 손으로 입을 닦고 젖은 손을 바지에 문질러 닦았다. 욕실에서 세수를 하고 나서도 일단 손의 물기를 털어 바지에 닦고 나서야 수건을 사용해 얼굴을 닦았다. 어릴 때부터 수건은 항상 깨끗이 써야 한다고 말하던 양어머니에게 잘 보이려다 생긴 버릇이었다. 집안 곳곳에 수건을 걸어 두는 것으로 그 버릇을 고치는 데 거의 삼 년이 걸렸다. 그러나 세영은 잊고 있었다. 자신도 잊고 있었던 남편의 버릇에 대해 캐릭터를 구축하는 데 필요한 자료 중 일부로 첨부할 수 있었을까. 기억나지 않았다.

어쩌면 남자들은 다 그런 버릇을 가지고 있는지도 몰랐다. 카멜이나 아바타를 관리하는 직원 중 누군가의 버릇일 수도 있었다. 자신의 버릇을 재미 삼아 프로그래밍해 놓은 것인지도.

세영은 서버에 접속하는 시간을 줄여야겠다고 생각했다.

그래서 오후 내내 접속하지 않았다.

퇴근길에는 생각난 김에 한동안 들르지 못했던 최 화백에게 들러 보기로 했다. 죽은 남편과의 게임에 빠져 한동안 일을 소홀히 했다. 이제라도 정신을 차리자고, 세영은 마음을 다잡았다.

그러나 그쪽으로 방향을 잡고 가면서 전화해 보니 웬일로 최 화백이 초저녁부터 잠자리에 들어 있었다.

"전화 받으시라고 할까?"

"아니에요, 주무시게 두세요. 그냥 한 번 찾아뵈려 했어요. 따로 일이 있었던 건 아니고요."

"늦게라도 일어나실지 모르는데……."

"내일이나 모레쯤 들를게요."

"그렇게만 전해?"

"네, 그렇게 전해 주세요."

차를 돌려 집으로 돌아와서도 세영은 일찍 잠자리에 들었다. 초저녁부터 어둠 속에 누워 있으니 빈집의 적막이 실감나 쓸쓸했다. 몸은 피곤한데 정작 잠이 오지 않았다. 뒤척이다가 포기하고 일어났다. 서재로 가서 컴퓨터를 켰다. 홀로 잠든 남편을 보자 묘하게 슬픔이 솟구쳤다. 별것도 아닌 일로 하루 종일 잠만 재운 것 같아 미안해졌다.

세영은 '귀가' 모드로 입장하여 남편을 깨웠다.

오랜만에 같이 스토어로 나가서 식사하고 아이템을 쇼핑하고 짧은 영화도 한 편 봤다. 스토어 너머의 강가까지 산책을 갔다 돌아와서 카멜이 부부 사용자를 위해 만들어 봤다면서 특별히 따로 넣어 준 '섹스' 모드를 시험했다. 화면을 잡는 각도나 크기도 그렇고, 다양한 체위나 효과음 등 기대했던 것보다 생생해서 만족스러웠다. 시험 모드가 끝난 뒤에야 남편을 재우고 모니터를 켜 둔 채로 세영도 씻고 잠자리에 들었다.

다음 날은 전에 없이 늦잠까지 자 버렸다. 남편에게 출근 인사를 할 시간도 없어 '부재중' 모드로 들어가 메모만 남겨 놓고 나왔다. 여느 때처럼 출근길의 자동차 안에서 남편을 깨우려고 보니 '아침밥'이라는 버튼이 생성되어 있었다. 지난밤만 해도 볼 수 없었던 기능인데 밤새 업그레이드된 모양이었다. 호기심에 그것을 먼저 터치해 봤다. 주방으로 화면이 바뀌며 식탁에 반찬들이 차려졌다. 가스레인지 위에도 국이 담긴 냄비가 생기고 전기밥솥의 꼭지에서도 뜨거운 김이 새어 나왔다. 카멜의 아이디어인지 다른 직원의 아이디어인지, 아침밥은 남자들의 로망인가, 세영은 피식 웃고는 안방 화면으로 들어가 '완전 자동' 모드로 남편을 깨웠다. 남편은 이제 빈집에서 혼자 일어나도 어리둥절해 하지 않았다.

남편은 하루 종일 나른하게 시간을 보냈다. 집안일을 하고 낮잠도 자면서 예전처럼 혼자서도 시간을 잘 보내고 있었다. 서재까지 완벽하게 꾸며지면 더 이상 바랄 게 없을 것 같았다. 다른 기능들의 놀라운 발전에 비해 오히려 전자책 사이트의 콘텐츠를 채우는 일의 진행이 더뎠다. 전자책으로 출판되어 있는 것은 구입해 오면 됐지만 그렇지 않은 것은 새로 제작해야 했다. 예상했던 대로 저작권이나 출판권 문제에 걸려 어려움이 많았다.

세영은 오후 늦게 회사에서 나와 약속 장소로 이동하면서도 남편을 계속 지켜봤다. 지난 미술대전에서 대상을 비롯하여 입선권에 든 신인들을 불러 함께하기로 한 자리였다. 아직 이름이 나기 전에 가능성을 보고 투자를 하는 것이라 그들의 면면을 잘 살펴야 했다.

교통상황을 감안하여 시간을 넉넉히 잡고 출발했더니 십 분가량 일찍 도착했다. 먼저 들어가 있으면 젊은 친구들에게 부담을 줄 수도 있을 듯하여 주차장에서 이십 분쯤 기다리기로 했다. 세영은 남편에게도 맛있는 걸 먹이고, 이왕이면 혼자 스토어에 가서 물건도 사게 하고 영화도 보게 하고 싶었다. '완전 자동' 모드를 풀고 반자동 외출로 전환했다.

스토어로 가던 남편이 걸음을 멈추고 어딘가를 쳐다보더니 잠시 머뭇거렸다. 이내 그쪽으로 발길을 돌렸다. 화면에 버스 정류장이 나타나고 거기 혼자 앉아 있는 소녀가 나타났다. 예라였다. 세영은 예라 엄마가 근처에 있나 하고 화면의 배율을 줄여 근방을 살폈다. 어디에도 예라 엄마는 없었다.

남편이 예라에게 다가가 말을 걸고 있었다. 남편의 음성은 지원되는데 예라의 음성이 지원되지 않았다. 자막을 띄워 봐도 마찬가지였다. 세영은 남편의 말로 예라가 혼자 깨어 헤매고 있다는 것을 알았다.

얼른 폰에 저장되어 있는 예라 엄마의 번호를 찾아 통화 버튼을 눌렀다. 예라 엄마는 예라 아빠와 함께 부부 동반 모임에 나가 있었다. 아침에 접속했다가 갑자기 예라 아빠가 들어오는 바람에 재빨리 접속을 끊는다는 게 그만 모드 변환을 안 한 모양이라고, 지금 예라 상태는 어떠냐고 물었다. 일단 남편이 저녁을 먹이기 위해 스토어로 데리고 가는 걸로 처리했는데, 다행히 예라가 순순히 따라오고 있다고 전했다. 예라 엄마는 또 울먹이기 시작했다. 무슨 수든 내 봐야겠다면서 황급히 먼저 전화를 끊었다. 남편이 예라와 함께 십삼 층에 있는 레스토랑으로 올라가고 있었다.

아침부터 혼자 깨어 있었다면 점심도 굶었을 터였다. 역시나 예라는 음식이 나오자마자 허겁지겁 먹었다. 세영이 남편을 통해 음식을 더 주문하고도 한참 지난 후에야 예라 엄마가 나타났다. 그제야 예라 쪽의 음성이 지원되고 자막도 지원됐다. 예라 엄마는 예라를 안고 울었다. 남편에게도 고맙다고 말하며 울었다.

예라 엄마가 예라를 데리고 나가고 바로 전화벨이 울렸다. 방금 화면에서 사라진 예라 엄마였다. 예라는 지금 무사히 다시 재웠다고 했다. 예라 아빠에게는 뭐라 변명할 사이도 없이 집으로 뛰어들어간 모양이었다. 이제야 정신이 들었는지 어쩌면 좋으냐고 물으며 흐느꼈다. 그녀는 남편에게 들킬까 봐 폰으로는 아예 이용할 엄두도 내지 못하고 있었다. 그 울음 끝이 질겼다.

그러느라 예정 시간보다 사십 분이나 늦어 버렸다. 세영은 차에서 내려 매무시를 고치고 약속 장소로 올라갔다. 엘리베이터에서 막 내리려는데 휴대폰이 울렸다. 또 예라 엄마인가 싶어 짜증이 났다. 받지 않을까 하다가 상대를 확인해 보니 최 화백이었다. 어제 전화로 오늘이나 내일쯤 들른다고 했던 걸 잊고 있었다. 최 화백은 퇴근 후 술이나 한잔하자고 했다. 세영은 일이 있어서 오늘은 안 되고 내일쯤 가겠다고 했다.

"무슨 일 있으신 건 아니죠?"

"아니야, 그냥. 알았어. 그럼 일 봐."

"내일 뵐게요."

"그래, 끊어."

오랜만에 만나는 젊은 열기가 싱그러웠다. 그림에 대한 열정과 패기도 만만치 않았지만 놀기도 참 잘들 놀았다. 이 일을 처음 시작했던 십여 년 전에 만난 젊은이들과는 전혀 달랐다. 그때는 신인이라고 해도 세영보다 조금 어리거나 또래였다. 그래도 국제적 에이전시 소속의 세영을 어려워했는데, 요즘 젊은이들은 거리낌이 없었다. 나를 사 가시오, 당신에게 손해되지는 않을 것이오, 하는 식의 치기는 어디에서 나오는지 어이가 없지만 밉지는 않았다.

식사를 하며 곁들인 맥주에 발동이 걸려 선술집으로 자리를 옮겼다. 취기가 올라 다들 클럽으로 몰려갔다. 얼결에 세영도 휩쓸려 갔다. 부딪히고 비벼 오는 젊고 단단한 몸들에 세영은 당황했다. 정신을 차리고 보니 새벽 거리에 혼자 서 있었다. 세영의 명함을 받아 든 젊은이들은 내일이나 모레쯤 각각 제 쪽에서 먼저 연락을 취해 올 것이다. 모여 있을 때의 치기 따위는 죄다 갖다 버리고 무척이나 공손한 개인이 되어서.

세영은 집으로 돌아와 일인용 소파를 책상 앞으로 끌고 와 앉았다. 옷을 벗고 부드러운 담요만 두른 채 남편을 깨웠다. '섹스' 모드로 돌리고 자신의 아바타를 남편 옆에 뉘였다. 남편은 좀처럼 일어나지 않았다. 뒤척이다가 몸을 돌려 안기만 할 뿐 더 이상 움직이지 않았다.

몇 번이나 클릭, 클릭하다가 마우스를 던지듯 놓아 버렸다. 시험모드라 해도 처음부터 잘 좀 만들 것이지 이게 뭔가 싶었다.

세영은 눈을 감고 고개를 뒤로 젖혔다. 부드러운 담요 밑으로 손을 넣어 제 몸을 만졌다. 클럽에서 부딪히고 비벼 대던 젊고 단단한 몸들을 상상했다. 그들과의 밤을 상상했다. 어떻게 해도 달뜬 열기가 좀처럼 식지 않았다.

남편과의 밤은 이제 기억도 나지 않았다. 마지막 일 년 가까이는 거의 한 침대에서 자지 않았다. 대신 가까운 기억 속에 부회장이 있었다. 남산 자락에 위치한 호텔의 스위트룸에서 내려다보던 야경이, 등 뒤로 와서 안던 그의 단단한 가슴과 팔과 다리의 굴곡이, 그의 길고 깊은 애무가, 부드럽게 삽입되던 순간과 격렬한 운동이. 기억 속 절정의 순간에 세영도 함께 절정을 맞았다.

세영은 그가 그리웠다. 당장이라도 달려가 다시 안을 수만 있다면. 그러나 그것은 다만, 뼈와 살과 체온을 가진 현실의 누군가가 그리운 것일 수도 있었다.

세영은 자신의 아바타를 끌어안은 채로 깊이 잠든 남편을 바라보다가 울었다. 울다가 접속을 끊고 나와 씻고 잠자리에 들었다. 질긴 울음 끝이 잠자리로까지 따라 들어왔다.

15

완은 새벽마다 일찍 일어나 그림을 그렸다. 아침을 먹고 약수터까지 산책을 다녀와서는 오후에 잠깐씩 낮잠을 잤다. 잠깐씩

자던 낮잠이 깊고 길어지다가 아예 낮밤이 바뀌었다.

그림에는 좀처럼 진척이 없었다. 회색빛 도시 위로 번지는 피의 이미지가 자꾸 머릿속을 어지럽혔다. 뿌옇게 떠돌며 뚜렷하게 상이 잡히지 않는 색채이고 이미지였다. 자꾸 신경이 쓰였다. 낮밤이 바뀐 탓에 햇빛을 보는 시간이 적어져 우울하고 몸도 찌뿌둥했다. 하루쯤 붓을 놓고 술이나 한잔하고 싶었지만 혼자 나가서 마시기는 싫었다. 생각나는 사람이 지사장밖에 없었는데, 근래 들어서는 부쩍 더 바빠졌는지 얼굴도 잘 비치지 않았다.

밤새 뒤척이다 새벽녘에 슬그머니 지하 창고로 내려가 와인을 골라 왔다. 와인 한 병을 다 비우고 나니 또 아침이었다.

오후 늦게야 일어나 세수만 하고 캔버스와 마주했다. 여전히 집중은 되지 않고 속만 헛헛했다. 붓을 놓고 아래층으로 내려가니 여주댁이 마침 저녁 준비를 하고 있었다.

"아직 멀었지?"

"시장하세요?"

"아침에 먹던 거 남았으면 한술 뜰까?"

"그러실래요?"

"응, 번거롭게 뭐 또 만들지 말고."

차려진 식탁 앞에서 막 수저를 들려는데 초인종이 울렸다. 거실로 나가 인터폰으로 확인한 여주댁의 목소리가 높아졌다. 지사장인 모양이었다.

또 현관문을 열어 놓고 기다리는지 여주댁이 바로 들어오지 않았다. 여주댁은 지사장에게 유난히 살가웠다. 볼 때마다 자신의 딸이 생각나는 듯했다. 그렇다고 말한 적은 없었지만 완에게는 그렇게 느껴졌다.

여주댁의 딸은 어려서부터 워낙 춤추기를 좋아했다. 여주댁이 혼자 몸으로도 온갖 일을 다 해가며 그쪽으로 가르쳤다. 나이 스물도 되지 않아 남미에서 왔다는 춤 선생과 눈이 맞아 한동안 살다 헤어지고, 그 사이에서 난 아이만 여주댁에게 맡겨놓고 집을 나갔다. 아이 아빠를 찾아오겠다느니 그쪽에서 공부를 더 해서 성공하겠다느니, 횡설수설하는 편지만 오다가 소식이 끊겼다. 아이는 젖먹이 때부터 여주댁과 함께 완의 집에 들어와 살았는데, 자라면서 남들과 다른 외모 때문에 부침이 심했다. 이런저런 연유로 완이 외국인 초등학교를 알아봐 기숙사로 보낸 게 이태 전이었다.

아니나 다를까 여주댁이 지사장의 가방까지 받아 들고 함께 주방으로 들어섰다.

"와아, 맛있는 냄새."

"전복죽인데, 지사장도 먹을 테야?"

"네, 있으면 좀 주세요."

지사장이 코트를 벗어 한쪽 의자에 걸쳐 두고 완의 맞은편에 앉았다.

"선생님, 어제도 약주 하셨어요?"

"코트랑 가방은 거실에 갖다 놔. 음식 냄새 배."

"아유, 배면 좀 어때서. 네에, 알겠습니다."

"내가 갖다 놓을게. 식기 전에 얼른 드셔."

여주댁이 죽을 떠서 지사장 앞에 놓아 주며 말했다.

"참, 겉절이 좋아하잖아? 천천히 드시고 있어. 내 얼른 버무려 올게."

"나한테는 겉절이 해 줄 테냐고 묻지도 않고."

"아유, 선생님은 아침에도 드셨잖아요. 어째 안 하던 투정을 다 하시고."

완은 오랜만에 집 안에 깃든 활기가 싫지 않았다.

"아, 맛있겠다. 점심도 못 먹고 배고파 죽겠어요."

"뭐하느라?"

"사실 먹긴 먹었는데요, 빵 같은 걸로 대충 때웠죠."

"혼자 있을수록 잘 먹어야지."

"아침에는 조찬 모임이 있었어요. 아시잖아요, 그런 모임, 밥이 입으로 들어가는지 코로 들어가는지."

"그렇게 바빠서야, 원. 어제저녁에도 일이 있다고 하더니?"

"어제는 노느라고요."

지사장이 완을 쳐다보며 웃었다. 환하게 웃으며 죽을 떠서 입에 물고 부지런히 오물거렸다.

말은 그렇게 하지만 일을 하느라 또 밤을 새웠을 것이다. 그래도 일이 잘 풀렸는지 목소리가 밝았다. 오늘따라 유난히 수다도 길었다. 여주댁이 금세 버무려 내온 겉절이 접시를 싹싹 핥듯이 비우는 동안에도 지사장은 입을 쉬지 않았다. 빈 그릇을 제 손으로 싱크대에 갖다 넣고 여주댁이 준비해 준 차를 들고 거실로 따라 나오면서도 보고하듯 투정을 부리듯 그동안 얼마나 바빴는지에 대해 떠들어 댔다. 지나친 감이 없지 않았다. 완은 엊그제 약수터에서 한 사내를 만났을 때의 자신을 떠올렸다.

아침까지 내린 눈 때문에 아무도 없으리라 여겼던 약수터에 한 사내가 올라와 있었다. 사내는 옆으로 다가서는 완을 힐끔 한 번 돌아보고는 손을 씻고 흐르는 물을 손으로 받아 들이켰다. 완도 곁에 서서 기다리다가 손을 씻고 사내와 똑같이 물을 마셨다. 사내가 젖은 입가를 손등으로 훔치고 남은 손의 물기를 털어 바지에 문질러 닦았다. 완은 점퍼 주머니에서 꺼낸 손수건으로 손과 입을 닦았다. 사내가 완을 쳐다봤다.

"저쪽 아래에 사시나 봐요?"

완도 사내를 쳐다봤다. 어쩐지 낯설지 않은 얼굴이었다.

"저는 저 산을 넘어왔거든요."

그러잖아도 산책로가 깨끗했는데 이 사내는 어디로 올라왔을까, 하는 생각을 하던 참이었다. 그는 올라온 것이 아니라 산을 넘어 저쪽으로부터 내려온 것이었다.

"우리가 만난 적이 있소?"

"아니요, 처음 뵙는데요."

완은 얼마 전 집 앞에서 만난 정체불명의 청년을 떠올렸다. 몇 해 전 불쑥 자신을 향해 칼을 휘둘렀던 무명 화가도 생각났다. 자신이 서 있는 이곳이 어디인지에까지 생각이 미치자 문득 두려워졌다. 깊은 산속, 아무도 없는 약수터. 완은 서둘러 이 자리를 떠나고 싶었다.

마침 아랫집 노부부가 나란히 손을 잡고 약수터로 들어섰다. 그들이 그렇게나 반가울 수 없었다. 먼저 아는 체를 하며 그쪽으로 달려갔다.

"오늘은 늦으셨네요. 길이 많이 미끄럽죠?"

노인이 노파의 손을 놓고 완에게 손을 내밀어 악수를 청했다.

"오랜만이네요. 요즘 통 안 보이시더니."

그 뒤로 노파가 다가와 예의 그 어리광을 부리는 듯 쟁쟁거리는 목소리로 수다를 늘어놨다. 어제 내린 눈으로 골목이 많이 미끄럽다는 둥, 제 집 앞만이라도 제때 쓸어 놓으면 괜찮을 텐데, 요즘 젊은 사람들은 그런 일은 도통 할 줄 모른다는 둥. 완은 샘터 쪽을 힐끔 돌아다봤다. 사내가 이쪽을 쳐다보고 있었다. 완은 시선을 피해 외면하고 노파의 말에 네, 네 그렇죠, 하며 맞장구를 쳤다.

수다가 끊이지 않는 노파를 두고 노인이 먼저 샘터로 갔다. 노인을 쳐다보는 척하며 슬쩍 돌아보니 사내가 보이지 않았다. 광장 어디에도 사내는 없었다. 산책로 입구가 보이는 쪽에 완이 서 있었으니 샘터 뒤에 있는 위쪽 길로 올라간 것이리라. 완은 노부부에게 먼저 내려가 보겠다고 인사하고 서둘러 약수터를 빠져나와 곧장 산길을 내려왔다.

완은 계속 수다를 늘어놓는 지사장의 얼굴을 물끄러미 들여다봤다. 지사장도 일이 잘 풀려서 그런 게 아니라 무언가 두려워서 저렇게 떠들고 있는 것은 아닐까.

"왜요, 선생님? 뭐 하실 말씀 있으세요?"

어느새 지사장의 눈가에도 옅은 주름이 잡혀 있었다. 잠을 계속 못 잤다고 하더니 낯빛도 좋아 보이지 않았다.

"아니야. 잘 먹고, 잘 쉬며 다니라고. 얼굴이 많이 상했어."

"그림은 잘되고 계시죠? 제가 한 번 봐도 돼요?"

"안 돼."

"에이, 만날 그러신다. 저는 좀 봐도 되잖아요."

"안 돼. 다 되면 봐."

"네, 네. 알겠습니다."

지사장은 더 이상 조르지 않았다.

"참, 선생님 저 내일 출장 가요."

"출장?"

"네, 이탈리아로 가는데 일주일 예정이에요."

"잘 다녀와."

"혹시 필요한 거 없으세요? 제가 올 때 사 올게요."

"없어."

"나중에라도 생각나는 거 있으시면 전화 주시고요."

"그럴 일 없을 거야."

"그럼 이제 그만 가 볼게요. 오랜만에 선생님이랑 술이라도 한 잔해야 하는데, 내일 출장 때문에요."

"바쁘면 말지, 일부러 뭐 하러 와?"

"일주일이나 못 뵈었잖아요."

코트를 걸쳐 입고 단추를 꿰는 손마디도 다른 때보다 거칠어 보였다.

"사실은 저녁 얻어먹으러 왔어요."

그러고 보니 하나로 틀어 올린 머리카락 사이에도 보일 듯 말 듯 하얀 새치가 숨어 있었다. 아직 앳된 이십 대 후반의 큐레이터로 처음 찾아와, 바로 이 자리에서 다짜고짜 "선생님 작품은 이제 저에게 맡겨 주세요."라고 말한 때가 엊그제 같은데 벌써 십 년이 지났다. 완이 예전 같지 않게 오줌발이 시원찮고 종종 다리 힘이 풀리는 것처럼, 그녀의 까맣고 건강했던 머릿결과 섬세한 손마디와 고운 눈웃음에도 세월이 깃들고 있었다.

문단속을 핑계로 지사장을 따라 나갔다 들어온 여주댁의 눈가가 발갰다. 손자와 딸이 생각나서 또 울었으리라. 한집에서 오래 함께 살다 보면 설명하지 않아도 저절로 알게 되는 것들이 있었다.

"학교 잘 다니고 있나 모르겠네. 언제 통화해 봤어?"

여주댁도 누구를 말하는 것이냐고 되묻지 않고 "네, 어제요."라고만 대답했다.

"한번 다녀오지. 일찌감치 저녁도 먹었겠다."

"그렇잖아도 그리할까 했는데……."

"그런데?"

"수련횐가 뭔가로 다른 데 가 있다네요. 학교에 안 있고요."

"그래? 언제 온다는데?"

"내일모레나 돼야 온대요."

"그럼 내일모레 가 봐."

"네."

"한번 데리고 오든가."

"네."

완도 여주댁의 손자가 눈앞에서 고물거렸다. 지사장의 수다가 빠져나간 자리의 적막이 녀석을 더욱 생각나게 했다. 자신이 이러한데 피붙이인 여주댁은 오죽할까 싶었다. 여주댁의 딸은 또 어디에서 무얼 하며 사는지, 제 새끼도 보고 싶지 않은가, 소식이라도 전할 것이지 하는 생각까지 들어 심기가 불편해졌다. 완은 큼큼 헛기침만 하다가 곧장 작업실로 올라갔다.

밤 늦도록 그림에만 몰두했다. 곱던 그 얼굴에도 세월이 깃들기 시작한 지사장을 지우고, 주방에서 혼자 울고 있을 여주댁을 지우고, 고물고물 눈에 선한 꼬마 녀석을 지우고, 공연히 서글퍼지는 마음까지 지우고, 완은 그림 속 소녀에게만 집중했다. 소녀에게 말을 걸 듯 세심하게 그림만 그렸다.

그 밤 이후로 다시 속도가 나기 시작했다. 리듬이 깨질까 봐 산책도 나가지 않고 계속 작업실에만 틀어박혀 있었다.

보름 만에 다 그린 그림을 물감이 마르도록 놔두고 맞은편 작업대에 새 캔버스를 세웠다. 다음 그림은 아예 그동안 마음을 어지럽히던 핏빛 이미지로 가기로 했다. 무채색 도시 위에 뿌려지는 핏빛 혼란은 전쟁일까, 재앙일까. 아직 정하지 못했다. 그전에 완은 무채 계열의 빨강을 얻기 위해 여러 물감을 섞어서 연습용 캔버스에 칠해 가며 색감을 봤다. 마음에 꼭 드는 색은, 그러나 나오지 않았다.

지사장은 출장을 다녀와서도 한 번 들르지 않고 계속 전화로만 안부를 물었다. 그림이 다 되어 마르기만 하면 된다고 했는데도 보러 오지 않았다. 언제나 그림이 완성되면 한달음에 달려와 보았는데, 뭔가 다른 일에 정신이 팔렸는지 건성으로 조만간 들르겠다고만 했다. 원하는 색이 나오지 않아 새 그림도 시작하지 못했다. 사실 완은 자신이 원하는 색이 어떤 색인지 알지 못했다. 며칠 동안 무턱대고 이것저것 섞어 가며 살폈지만 도무지 알 수 없었다. 무채 계열의 빨강이라니 가능하기는 한 걸까. 하지만 꼭 그것이라야 했다.

심사가 어지러워 밤잠을 설치고 새벽부터 산길을 헤맸다. 집으로 돌아와 아침을 먹고 바로 도시로 나갔다. 화방에 들러 물감을 둘러보며 궁리해 봤지만 도무지 감이 잡히지 않았다.

별 소득도 없이 사람 구경만 실컷 하고 돌아오는 길에 대문 앞을 서성이는 청년을 만났다. 완이 먼저 발견하고 멈칫거리는 사이에 청년도 완을 보고는 제 쪽에서 먼저 다가왔다. 완은 이제 두렵기보다는 귀찮았다.

"자네, 전에도 여기 온 적이 있는가?"

어둠 속에서 뒷모습만 얼핏 봤지만 분명 같은 차림이었다.

"네."

"무슨 일로?"

밝은 곳에서 보니 아직 앳된 청년이었다. 남루한 옷차림에 초췌한 얼굴이었지만 선이 고왔다. 바지 자락에 묻은 얼룩은 유화를 그릴 때 쓰는 물감의 흔적으로 짐작됐다.

"나에게 무슨 볼일이 있는가?"

"작년에 선생님께서 심사를 보셨습니다."

"미술대전 말인가."

다음 대사는 안 들어도 뻔했다. 공모전에 작품을 냈으리라. 떨어졌겠지. 왜 떨어졌는지 알고 싶어서 찾아왔을 것이다. 자신의 작품을 다시 봐 주면 안 되겠느냐고 부탁하고 거절당하고 매달리겠지.

"선생님은 분명히 제 작품을 보셨습니다."

완은 청년의 눈을 들여다봤다.

"자네 이름이 뭔가?"

눈빛이 탁한지 맑은지, 정신이 온전한지 흐린지 먼저 알아야 했다. 몇 년 전의 무명 화가처럼 불쑥 품고 온 칼을 꺼내 휘두르면 곤란했다.

"선생님은 분명히 제 작품을 보셨습니다."

맑은 것도 같고, 흐린 것도 같고⋯⋯.

"그런데?"

"선생님이 이번에 공개하신 작품이 그때 낸 제 작품과 똑같습니다."

짐작과 달랐으나 어차피 마찬가지였다. 아무도 보아 주지 않는 그림에 매달려 미쳐 가는 것과 이미 미친 것의 차이만 있을 뿐.

"그 말을 하고 싶어서 찾아왔나?"

"구도, 색채, 크기까지 똑같습니다."

완은 청년의 눈치를 살피며 슬그머니 한 발짝 뒤로 물러섰다.

검은색 야구 모자를 눌러쓴 그가 야상 주머니 깊숙이 찔러 넣은 두 손에 무엇을 쥐고 있는지 알 수 없었다.

"그 작품, 가져와 보겠나?"

청년은 머뭇거리며 대답하지 않았다.

무언가를 생각하는 것일까.

"봐야 알 수 있는 거 아닌가. 확인해 보자는 말일세."

돌변하려는 것일까.

"어디가 어떻게 같은지, 증명해 보란 말일세."

어느 쪽과도 가깝지 않은 눈빛이었다.

"…… 여기로 가져올 순 없습니다."

"그럼 어떻게 하나?"

"제 작업실로 함께 가 주시면……."

"내가 왜?"

"혹시라도 훼손되면 저는 증명할 방법이 없어집니다."

"나를 못 믿나?"

"그런 것은 아니지만."

"오늘은 시간이 없네."

"그럼, 내일 다시 오겠습니다."

"그러겠나?"

"네, 선생님."

"기다림세."

청년이 고개를 깊이 숙여 인사하고 뒤돌아서 갈 때까지 완은 꼿꼿이 서 있었다.

멀어져 가는 뒷모습이 완전히 언덕 아래로 사라진 뒤에야 갑자기 다리에 힘이 풀렸다. 재빨리 대문을 열고 들어가 빗장을 질렀다. 이마에 맺혔던 땀방울이 관자놀이를 타고 흘렀다. 한두 번 겪는 일도 아니면서 이게 무슨 꼴인가 싶어 새삼 부아가 났다.

완은 하루 종일 붓도 들기 싫었다. 정말로 내일 다시 올까 걱정되어 이제라도 신고하는 게 좋을까 고민했다. 오후 늦게 지사장이 말린 곶감을 잔뜩 사 들고 올 때까지도 완의 기분은 풀리지 않았다.

지사장은 완성된 그림을 보며 연신 찬사를 남발했다. 눈물까지 글썽거렸다. 뉴욕에서의 개인전을 준비하고 있는데 어쩌면 이 그림이 메인이 될 수도 있겠다고 했다. 완은 지사장이 그런 반응을 보일 줄 알았다. 그만큼 자신이 있었지만 내심 불안한 것도 사실이었다. 완은 흐뭇하여 저절로 비어져 나오는 웃음을 참느라 자꾸만 밭은기침을 내뱉었다.

"이 그림에는 몇 개의 시선이 들어 있는 것 같은가?"

그림을 들여다보고 있는 지사장에게 물었다.

"시선이라뇨?"

허리를 펴며 지사장이 되물었다.

"일단은 이 잠든 소녀의 시선이 있겠지?"

"아!"

"그리고 저기 부상당한 소년의 시선도 있을 테고."

"그러네요."

"이 그림을 그린 내 시선이 있지."

"그럼 세 갠가요?"

"아니지, 자네도 이걸 보고 있잖나."

"그럼 네 개?"

"비슷한 시공간에서 살고 있다고 해도 모두 같은 세상을 사는 건 아니지. 자네의 시선과 나의 시선은 또 다를 거야. 이 그림이 다른 어딘가에 걸리면, 거기서 바라보는 누군가의 시선으로 또 하나의 세계가 열리겠지."

"그럼 모두 다섯 개의 시선으로 만든 다섯 개의 세상인가요?"

"아니지, 다른 누군가도 이 그림을 볼 테니까, 그렇게 무수한 세계들이 생겨나는 거겠지."

"아, 그러네요."

"그런데 우리가 지금 이 그림을 들여다보고 있듯이 저 아이들도 저쪽에서 어떤 형태로든 우리를 들여다보고 있는지도 몰라. 그렇다면 이쪽이 진짜일까, 저쪽이 진짜일까?"

"음……. 제가 있는 이곳이요. 여기가 늘 진짜 아닐까요? 제가 만약 저곳에 있다면 저쪽이 진짜고요."

"그럴까? 그럴 수도 있겠군. 하지만 그건 어디까지나 나를 중심에 놓고 보는 관점이고. 그 모두를 하나하나의 나로 본다면, 어느 곳도 다 진짜라고도, 가짜라고도 할 수 없는 것 아닐까? 그런 의미에서 누가 누구 흉내를 냈다고 해서 어느 것을 진짜라고도 가짜라고도 할 수 없는 것 아닐까, 이 그림을 그리는 동안 내내 그런 생각이 들더군."

"알 듯 모를 듯하네요."

"다음 그림은 일곱 개의 시선에 관한 이야기일세."

"왜 일곱 개죠? 무수히 많다면서요."

완은 지사장을 쳐다보며 빙긋이 웃었다. 지사장이 다시 알 듯 모를 듯하다는 표정으로 고개를 갸웃거렸다. 사실 완도 자신이 무슨 말을 지껄이는지 알지 못했다. 어쩌면 형석과 그의 그림을 의식한 궤변일 수도 있었다. 처음엔 그의 그림을 훔쳤지만 이후엔 스스로 그렸다고, 그것들마저 모두 가짜라고 말할 수는 없다고.

지사장이 돌아가고, 완은 새삼 열정에 들떠 새로 시작했다. 무채 계열의 빨강이니 하는 어쩌면 현실에는 없을지도 모를 색에 대한 궁리는 잠시 접어 두고, 아예 그냥 회색이면 회색, 황토면 황토, 빨강이면 빨강으로 명도와 채도를 높여 선명하게 표현해 보기로 했다. 어차피 진짜도 가짜도 없는 세상, 서로가 서로를 비추는 거울이거나 서로에게 드리워진 그림자인 세상. 그렇다면 서로 만나거나 겹치는 부분도 있지 않을까. 진짜인 줄 알았던 형석의 그림과 흉내 낸 가짜일 뿐이라며 괴로워했던 내 그림이 만나는 지점, 그가 본 세상과 내가 본 세상이 서로 겹치는 부분. 어쩌면 그것은 사실적 기법으로 매우 정밀하게 묘사된 무채색 풍경 위에 덧칠해진 강렬하고 선명한 빨강일 수도 있었다.

완은 새 그림의 밑그림을 그리느라 또 아침이 다 되어 잠자리에 들었다. 언제나처럼 오후 늦게야 일어나 아래층으로 내려갔다.

"웬 청년이 새벽부터 찾아왔던데요."

"그래서?"

"돌려보냈어요."

"잘했네."

"저녁에 다시 오겠대요."

"오긴 뭘 와."

"약속을 하셨다고."

"내가?"

완은 여주댁에게 어제의 일을 대충 설명하고, 청년이 다시 오더라도 들이지 말라고 일렀다.

"또 시작이네요. 파출소에 말을 좀 해 둘까요?"

"내버려 둬. 그러다 말겠지."

완은 서둘러 아침인지 저녁인지도 모를 식사를 마치고 작업실로 올라갔다.

새 캔버스 속 소녀가 그를 기다리고 있었다.

팔레트에 부족한 물감을 짜서 채워 놓고 세척액에 담가 놓은 큰 붓을 건져 두툼한 페이퍼 타월로 꼼꼼하게 닦았다. 브라운 레드에 프러시안블루를 섞고 넉넉하게 희석제를 더했다. 큰 붓으로 부드럽게 칠을 해 나가는 그의 머릿속에는 이미 지사장도 없고, 뉴욕 전시전도 없고, 청년도 없었다.

완은 폐허가 된 잿빛 도시에 불어닥친 선명한 빨강의 세계로, 완전히 빨려 들어가 있었다.

16

시몬은 좀처럼 회복되지 않았다. 지하철역의 잔류 부랑자들이 호시탐탐 가게와 집을 노렸다. 날마다 전쟁이었다. 저쪽의 기력이 완전히 소진되기 전까지 전쟁은 끝날 것 같지 않았다. 푸코는 이쪽에서 먼저 쳐서 아예 뿌리를 뽑자고 우겼지만 루가 망설였다. 막아 내는 것이야 어쩔 수 없지만 먼저 쳐들어가서 피를 보고 싶지는 않았다. 칼질을 할 때마다 살점을 베고 뼈를 부수는 손의 감각이 점점 더 끔찍해지고 있었다.

그사이에 대체 연료를 알아보러 갔던 현 회장이 B지구에서 두 대의 방사능 측정기를 가지고 돌아왔다. 연료는 어찌 되었는지 아들인 태수에게조차 말을 하지 않았다.

외출 금지 명령을 받아서 한동안 나올 수 없었던 태수가 어느 날 몰래 집을 빠져나와 가게로 왔다. 루와 푸코가 질겁하여 쫓아 보내려 했지만 태수는 요리조리 피하다 아예 자리를 잡고 앉았다. 태수네 집 사람들에게 들키면 태수보다도 루와 푸코가 경을 칠 게 뻔했다. 게다가 부랑자들이 언제 들이닥칠지 모르는 상황에서 태수까지 휘말리면 사태는 걷잡을 수 없이 커질 것이었다. 그러잖아도 수비대장이 푸코를 불러 아무리 상대가 부랑자들이라지만 더 이상은 봐줄 수 없다고 잔소리를 하고, 시장 어른들도 슬슬 한 마디씩 불만을 토로하기 시작하던 참이었다. 웬만하면 일이 크게 벌어지지 않도록 몸을 사려야 할 판에, 태수는 새로운 정보가 있다는 핑계로 죽치고 앉아 일어날 생각을 하지 않았다.

"네 정보 따위 하나도 안 궁금해. 너희 아버지가 측정기를 가져왔든 말든 우리랑 무슨 상관이냐고. 그러니까 제발 가라, 응?"

"너는 관심 없을지 몰라도 푸코 형은 아닐걸."

"나도 관심 없다."

그러거나 말거나 태수는 집 안에서 엿들은 말들을 주절거리며 전했다. 현 회장이 가져온 방사능 측정기를 며칠 전 시장이 와서 가져갔다고 했다. 한 대는 외곽으로 나가는 유일한 길인 남쪽 샛강의 다리를 차단하여 드나드는 사람과 물건을 검역하여 선별하고, 나머지 한 대는 도시 내에서 돌릴 계획이라고 했다.

"새삼스럽게 왜?"

루가 물었다.

"거기까지는 나도 잘 몰라."

"그렇게 해서 뭘 어쩌겠다고?"

"나도 모른다니까."

"지랄들을 해요."

"그런데 진짜 중요한 정보는 따로 있어."

"뭐?"

"며칠 뒤에 시장이 중대 발표가 있다면서 모이라고 할 거래. 절대 나가면 안 돼. 알았지? 특히 루, 너는 진짜 가면 안 돼."

"내가 왜?"

"시몬은 집에 있어?"

"응, 벙커에."

"좀 괜찮아?"

"이제 혼자 일어나서 움직여."

"시몬도 절대 내보내지 마. 이제 지하철역 노인네들이 문제가 아니게 됐다고."

"대체 뭔 말이야."

"더 이상은 말 못 해. 그러니까 그냥 그렇게만 알고 있어."

푸코도 잠자코 태수의 말에 귀를 기울이고 있었다. 표정도 점점 더 어두워지고 있었다.

그러고 나서 태수는 언제 그렇게 고집을 부렸냐는 듯 금세 갔다. 일부러 그 말을 해 주기 위해 위험을 무릅쓰고 찾아온 듯했다.

태수의 말대로 며칠 뒤 시장은 중대 발표가 있다면서 사람들을 대형 샘터가 있는 광장에 모이게 했다. 루도 대체 무슨 일인가 궁금해서 나가 보려 했지만 푸코에게 붙들려 나가지 못했다. 푸코는 한술 더 떠서 시몬과 함께 루를 지하 벙커 속에 밀어 넣고 밖에서 문을 잠가 버렸다.

얼결에 밀려 들어온 루는 철문을 두드리며 악을 썼다. 시몬은 그런 루의 눈치를 살폈다. 아직 다 낫지 않은 다리를 절뚝이며 구석에 쌓아 둔 비상식량을 가져다 루에게 먹을 테냐고 묻기도 하고, 담요를 가져다 어깨에 둘러 주기도 했다. 루는 그런 시몬에게 종주먹을 들이대며 신경질을 부렸다. 천장에 붙은 환기구를 열고 거기에 대고 고함을 질렀다. 그래도 분이 풀리지 않았다. 루는 구석 자리로 가서 담요를 뒤집어쓰고 누웠다.

저녁때가 다 되어 돌아온 푸코의 얼굴이 사냥꾼에게라도 잡혀갔다 온 것마냥 질려 있었다. 태수가 말한 그대로가 중대 발표의 내용이었다.

시장은 발표 내용을 말하기에 앞서 한 장황한 연설에서, 방사능 오염 물질의 도시 내 유입이 더 이상 방관할 수 없는 지경에 이르러 이대로라면 지구상의 인류가 완전히 멸종될 것이라고 협박했단다. 그리고 이내 검역 방법과 기준치를 발표하고, 기준치 이상으로 오염된 자는 B지구의 시설로 보내 치료받을 수 있도록 조처할 것이니 염려하지 말고 검역에 협조하라고 회유했다. 그 말을 믿는 사람은 물론 아무도 없었다.

모여 선 군중이 술렁이는 사이에 그 자리에서 바로 측정이 시작됐다. 광장은 순식간에 아수라장이 되었다. 어느새 주변을 에워싼 수비대와 군대에 의해 강제로 측정된 사람들은 선별되어 끌려가고, 소란을 피우는 사람들은 본보기로 그 자리에서 베어졌다. 쫓고 쫓기는 추격전이 시작됐다. 서둘러 문을 닫았던 광장 주변의 집들과 상점들도 숨을 곳을 찾아 뛰어든 사람들과 쫓는 군인들에 의해 부서졌다. 푸코는 대부분 어릴 때부터 한 골목에서 뛰며 놀았던 친구들인 수비대와 군인들의 도움으로 빠져나올 수 있었지만, 지금도 광장은 오도 가도 못 하고 검역 차례를 기다리는 사람들로 아주 난리도 아니라고 했다.

"갑자기 왜?"

"모르겠다. 뭔지 모르겠지만, 뭘 또 새로 정비한답시고 한바탕 청소를 하려나 보다."

"미친!"

"당분간 어디 나갈 생각하지 말고, 시몬이랑 여기 꼭 박혀 있어."

시몬이 겁에 질린 표정으로 낡은 성경을 찾아 품에 꼭 안았다. 큰소리를 치기는 했지만 루도 겁이 나기는 마찬가지였다. 푸코를 만나 할아버지와 함께 도시로 들어와 정착할 무렵, 잔류 사냥꾼을 색출한다는 명목으로 불어닥쳤던 광풍을 루는 아직도 똑똑히 기억하고 있었다. 지금의 시장이 추대되고 얼마 되지 않았을 때였다. 수비대가 늘어나고 B지구로부터 새 무기가 들어왔다. 거리의 사람들은 물론이고 전 시장과 측근들까지 사냥꾼으로 몰려 죽임을 당하거나 추방당했다. 그들이 모두 사냥꾼 일당이거나 언제든 본색을 드러낼 수 있는 잠재적 사냥꾼인지는 확실하지 않았다. 새 정부가 그렇다고 하니 그렇게 믿는 척이라도 해야 살아남을 수 있었다. 이방인인 할아버지와 루도 사냥꾼으로 몰려 죽을 뻔한 것을 푸코가 수비대원과 암시장 어른들의 도움으로 빼냈다. 광야로부터 계속 유입되어 포화 상태였던 도시 내 인구가 절반으로 줄어든 이후에야 도시는 안정을 되찾아 갔다. 그런데 그 짓을 또 하겠다는 것이었다.

광장의 혼란은 곧 도시 전체의 혼란으로 이어졌다. 집집마다 불심검문이 강화되고 골목마다 쫓고 쫓기는 추격전이 계속됐다. 하루에도 몇 번씩 묶여서 끌려가는 사람들의 행렬이 목격되고, 외곽으로 나가는 손수레에 실린 것은 대부분 사살된 시체들이었다. 화장장에서 쏟아져 나오는 풍부한 사료와 탈출을 시도하는 신선한 먹잇감으로 샛강의 물고기는 통통하게 살이 올라 순식간에 개체수를 늘렸다. 먹성 좋은 그놈들이 미처 다

먹지 못하고 남긴 몸뚱어리들이 남쪽 다리 밑으로 떠내려갔다. 형제와 친구와 부모와 자식을 잃은 이들이 창의 덧문을 닫고 현관문의 빗장을 단단하게 질렀다. 오염도가 높은 자는 광야로 호송되어 산 채로 묻힌다는 소문마저 돌았다. 측정기가 먼저 도입된 B지구에서 도망쳐 온 사람들의 말이니 아주 못 믿을 소문만은 아닌지도 몰랐다.

지하철역 부랑자들도 죄다 잡혀가거나 뿔뿔이 흩어지고 어딘가로 숨어서 전쟁은 예기치 않게 끝이 났다. 여행자인 루도 함부로 나돌아다닐 처지가 아니었다. 루처럼 여러 지역을 돌아다녔다면 누구든 정부가 정해서 발표한 기준치를 훨씬 넘을 게 뻔했다. 그래서 태수가 루더러 광장에는 절대 나가면 안 된다고 했던 것이었다. 당연히 트럭을 가지러 가는 일은 무산되고 헬리콥터를 보러 가자던 약속도 없던 일이 되었다. 태수는 더욱 집 밖으로 나올 수 없었고 루는 점점 더 자주 벙커 속으로 숨어들어야 했다.

물건의 반입에 대해 더욱 높은 기준치가 발표되고 오염 물질이 가장 많이 검출된다는 비나 눈이 내리는 날의 통행마저 통제되자 도시는 더욱 혼란에 빠졌다. 모든 유입 물품이 검역을 통해 인증을 받아야 하고, 눈비가 내리는 날에는 집 안의 문을 걸어 잠그고 들어앉아 절대 밖으로 나갈 수 없었다.

도시의 곡식과 생필품이 동나기 시작했다. 목숨을 걸고라도 탈출하려는 무리가 많아지며 샛강으로의 접근마저 금지됐다. 시민 자치로 운영하던 샛강 건너의 화장장도 수비대에게로 넘어갔다. 그곳에서 키워 시장으로 공급하던 물고기까지 정부의 관리하로 들어가게 된 것이었다.

말썽을 일으키기 싫어서 벙커 속으로 숨어들고는 있었지만 루는 이해할 수 없었다. 이제 와서 검역이라니. 어차피 정도의 차이만 있을 뿐 모두가 오염되어 있었다. 심하게 오염된 사람들은 벌써 오래전에 죽었고 또 죽어 가고 있었다. 새로 태어난 아이들은 외관상으로도 식별이 쉬워 발견 즉시 광야로 쫓겨나거나 처벌됐다. 덜 오염된 이들도 십 년, 이십 년, 삼십 년 후면 다 죽을 게 뻔했다. 그 와중에도 오염된 아이들이 태어나고, 또 죽었다. 그중 살아남은 아이들이 자라서 오염된 아이들을 낳고, 오염된 아이들이 또 오염된 아이들을 낳을 것이다. 그렇게 이어가다 보면 오염에 익숙해져서 나름으로 살아갈 방법이 생기지 않을까. 게다가 그전에 굶어 죽거나 병들어 죽거나, 서로 싸우다 죽는 경우는 더 많았다. 새삼스럽게 죽음 따위. 어차피 풍요로운 시절에도 사람들은 죽었다. 나이가 많아서 죽고 병들어 죽고 사고로 죽고. 그런데 먼저 죽어 없어질 어른들이 왜 이제 와서 오염 따위에 연연할까. 어차피 우리가 살 세상인데, 그들과는 아무런 상관도 없는.

현 회장이 푸코와 루를 부른 것은 도시의 인구가 삼 분의 이로 줄어들고, 가게의 지하 창고에 쌓인 물건과 양식마저 떨어져 갈 무렵이었다. 팔 수 있는 물건과 양식은커녕 자신들이 먹을 것도 부족하여 푸코와 루가 머리를 맞대고 심각하게 고민하고 있을 때였다. 아직 검역을 받지 않은 루까지 부른다는 것에 잠시 위협을 느꼈지만, 데리러 나온 태수네 집사가 루의 안전은 보장하겠다고 회장님이 약속하셨다면서, 그 때문에라도 꼭 같이 가야 할 것이라고 말했다.

푸코와 루는 일단 믿어 보기로 했다. 현 회장 같은 사람이 광장 옆 시장 거리에 사는 여자애 하나 잡자고 이런 함정을 팔 리 없었다.

가게는 시몬에게 맡겨 두고 푸코와 루는 자전거를 타고 집사를 따라나섰다. 그와 함께 움직이니 거리의 검문검색은 그대로 모두 통과였다. 겹겹의 철망과 콘크리트 더미로 가로막힌 경비 지역도 그냥 다 지나칠 수 있었다.

창문도 하나 없이 밀폐된 건물의 거대하고 육중한 철문 앞에 다다르니, 태수가 철문 앞 초소 앞까지 마중 나와 있었다. 거리에서 볼 때와는 다르게 말끔한 차림이었다. 나올 때마다 눈에 띄지 않으려고 옷을 갈아입는다더니, 집에서는 원래 이런 차림인 모양이었다. 루는 그런 태수가 낯설어 주춤거렸지만 안팎의 철통같은 수비로 한동안 빠져나올 수 없었던 태수는 두 사람을 보자마자 얼싸안고 눈물이라도 흘릴 기세였다.

"도대체 무슨 일들이 벌어지고 있는 거야?"

집사가 자신의 자전거를 초소 옆 기둥에 묶었다. 푸코와 루가 타고 온 자전거는 철문 앞 초소를 지키는 병사가 와서 가져갔다. 다른 병사 두 명이 푸코와 루의 몸을 수색했다. 태수가 무슨 짓이냐며 눈을 부라렸지만 병사들은 통상적 절차라며 수색을 멈추지 않았다. 푸코와 루에게는 익숙한 일이었기 때문에 아무렇지도 않았다. 시키는 대로 두 팔과 다리를 벌리고 꼼짝도 않고 서 있었다. 루의 다리춤을 더듬느라 엎드린 병사의 등 너머로 루가 태수를 넘겨다보며 말했다.

"밖은 지금 난리도 아냐. 나는 요즘 아주 벙커 속에서 산다."

"검역 때문에?"

"덕분에 거리가 깨끗해지기는 했지."

병사들로부터 먼저 놓여난 푸코가 태수 쪽으로 걸어갔다.

"그보다 나는 네 아버지가 우리를 왜 부르시는지가 더 궁금해."

"나도 몰라, 형. 나도 같이 오라던데?"

루도 몸수색을 끝내고 태수와 푸코 쪽으로 합류했다. 병사들이 철문으로 달려가 양쪽에서 열어 잡고 기다렸다.

잇따라 나타나는 몇 개의 철문을 통과하자 화려하게 장식된 다른 문들이 나타났다. 광장같이 넓은 로비를 가로질러 여러 갈래의 복도 중 한 곳으로 들어섰다. 루는 태어나서 처음 맞닥뜨리는 광경에 놀라 자꾸만 걸음을 멈췄다.

현 회장의 은밀한 심부름으로 가끔 드나드는 푸코에게 듣기는 했지만 실제로 이 정도일 줄은 몰랐다. 높은 천장이야 그렇다 쳐도 천장으로부터 내려온 샹들리에마다 켜진 전등이 몇 개인지 셀 수도 없었다. 할아버지의 동굴에도 자가 발전기가 있어 전등을 처음 보는 것은 아니었지만 그 밝기의 차이가 엄청났다. 햇볕이 전혀 들지 않는데도 실내가 한낮처럼 밝았다. 바닥에 깔린 붉은 카펫은 날마다 청소를 하는지 선명한 문양이 그대로 살아 있었다. 크고 작은 그림들을 걸어 놓은 벽면은 바로 어제

칠한 듯 하얗게 눈이 부셨다.

루는 벽에 걸린 그림 한 점을 가까이 다가가 들여다보다가 집사와 함께 앞서가던 푸코가 재촉하여 얼른 그 뒤를 쫓았다. 쫓으면서도 벽에 걸린 그림들을 연신 힐끔거렸다. 거기 풍요로운 시절의 산과 강과 도시가 있었다. 그런 곳에서 살았던 사람들이 정말로 있었다.

지나쳐 가는 복도와 로비마다 놓인 탁자며 소파들에서는 윤기가 났다. 그 위에 놓인 장신구를 비롯하여 구석구석 깨끗하고 화려한 실내에서는 좋은 냄새가 풍겼다. 파괴되고 낡아 색채를 잃은 바깥세상과 달리 태수네 집에는 온갖 화려한 색깔과 문양과 좋은 냄새들이 살아 움직이고 있었다.

풍요로운 시절에는 다들 이렇게 살았을 테고 태수와 같은 부자들은 아직도 이런 식으로 살고 있으리라는 생각이 들자 루는 갑자기 억울해졌다.

"이런 데에 사는 놈이 만날 우리 집에 와서 잠을 자고 밥을 먹었단 말이지?"

자꾸만 처지는 루와 보폭을 맞추며 가던 태수가 어깨를 으쓱해 보였다.

"이렇게 좋은 물건들을 쌓아 놓고 사는 놈이 굴속 같은 우리 가게에서 고물을 대신 팔고."

"……."

"에라이, 나쁜 놈아!"

"…… 이 집의 특징이 뭔 줄 알아?"

"크고 화려한 거? 미치도록 깨끗한 거?"

"창문이 없어."

"근데 뭐, 어쩌라고."

"밖에서도 우릴 볼 수 없지만 우리도 밖을 볼 수가 없어."

"지랄을 해라."

"이 집이 지하 벙커와 다른 점은 그저 크고 화려하다는 거, 네 말대로 미치도록 깨끗하다는 것뿐이야."

"미친놈."

태수는 한 번 더 어깨만 으쓱해 보였다.

현 회장의 집무실은 그중에서도 가장 크고 화려한 문 뒤에 있었다. 가장 크고 높은 방이라는 뜻이었다. 집사를 따라 들어가 보니 방이라기보다는 웅장한 도서관에 가까웠다. 출입문을 제외한 사면 벽은 모두 나무로 짜 넣은 서가였는데, 네 개 층으로 나뉘어 계단을 통해 오르내리며 각층마다 붙어 있는 테라스 같은 통로에서 책을 고를 수 있는 구조였다. 도시의 책들이 모조리 땔감으로 사라진 줄 알았는데 죄다 여기로 들어온 것인지, 바닥부터 천장까지 빈틈 하나 없이 온갖 책들로 빽빽하게 채워져 있었다.

홀의 중앙을 비우고 양쪽으로 나뉘어 거대한 회의 탁자와 소파가 있었다. 왼쪽 서가 앞의 길쭉한 탁자는 의자 수로 보아 족히 서른 명은 앉을 수 있는 크기였고, 오른쪽으로 비껴 놓인 보랏빛 벨벳 원단의 소파는 크고 화려하면서도 폭신폭신 편안해 보였다. 출입문과 마주 보이는 정면의 서가 앞에 놓인 커다란 책상이 현 회장의 자리였다. 두툼한 나무로 짜서 만든 책상 위에는 현재도 사용하고 있는 듯 온전히 형체를 갖춘 개인용 컴퓨터와 여러 대의 큼직한 모니터도 있었다.

책상 옆의 콘솔 위에 놓인 둥근 물체는 루에게도 익숙한 물건이었다. 할아버지의 동굴에도 크기만 다를 뿐 같은 것이 있었다. 땅이 있고 바다가 있고 산이 있고 나라마다 경계가 있는 이 땅, 이 지구를 축소해 놓은 모형이었다. 물론 대재앙 이전의 모형이었기 때문에 지금과는 다른 모양을 하고 있겠지만, 루는 할아버지에게 갈 때마다 그것을 들여다보며 자신이 정착한 이 도시와 여행을 통해 다녔던 광활한 그 땅들이 얼마나 하잘것없이 좁은 공간인지를 실감하며, 서쪽으로부터 오는 비행물체는 어디로부터 오는 것인지, 할아버지가 얘기하던 검은 땅 아프리카는 어디이고 지금은 어떤 모습일지, 손으로 짚어 가며 상상해 보았다.

루가 쭈뼛거리며 주변을 둘러보고 있을 때 현 회장이 안경 너머로 눈짓으로만 앉으라는 시늉을 했다. 태수가 보랏빛 소파 쪽으로 걸어가 털썩 주저앉았다. 집사가 목례를 하고 들어온 문으로 다시 나갔다. 푸코가 길쭉한 탁자 앞에 놓인 의자 중 하나를 소파 옆으로 가져와 앉았다. 엉거주춤 서 있는 루에게도 그렇게 하라고 눈짓했다.

서류에서 눈을 떼지 않은 채로 현 회장이 푸코에게 "자네는 지금 행복한가?" 하고 물었다. 그의 말은 곧장 홀을 건너와 닿지 못하고, 높고 둥근 천장에 부딪혀 울리며 위로부터 퍼져 내려왔다. 푸코가 얼떨떨한 표정으로 현 회장을 쳐다봤다. 루도 푸코를 따라 그쪽을 쳐다봤다.

현 회장이 서류를 내려놓고 안경도 벗어 놓고, 커다란 가죽 의자를 뒤로 밀며 일어섰다. 지구 모형 위에 한쪽 손을 올려놓고 지긋이 푸코를 쳐다봤다. 푸코는 여전히 얼떨떨한 표정으로 아무 대답도 하지 못했다. 현 회장이 책상 앞에서 돌아 나와 홀을 가로질러 걸어왔다. 루는 푸코와 현 회장을 번갈아 쳐다보다 태수를 쳐다봤다. 눈이 마주치자 태수가 또 어깨만 으쓱해 보였다. 현 회장이 태수의 맞은편 자리로 와서 앉았다. 얼굴은 푸코에게로 향한 채였다.

"자네는 풍요로운 시절에 대한 기억이 있지."

그리고 루를 한 번 쳐다보고 다시 푸코에게로 시선을 돌렸다.

"그립지 않은가? 그때가."

"아, 네. 하지만 너무 어렸을 때라서요. 지금도 나름 괜찮습니다."

"그래, 그렇겠지. 기억이란 잊히기 마련이니까. 하지만 나는 아닐세. 아직도 이 세상이 믿기지 않아."

"네, 사실은, 저도 가끔은."

"그래서 말인데, 이번에는 플라스틱을 좀 모아 줬으면 해."

"플라스틱이요?"

"그동안 하던 일의 연장이라고 생각하게. 대신 금, 은, 철, 원단, 곡식, 아무것도 받지 말고, 단지 플라스틱만."

"얼마나 필요하신데요?"

"많을수록 좋아. 어차피 플라스틱이란 건 없어도 그만이잖은가? 얼마든지 대체할 수 있는 물건이 있을 거야."

"얼마씩 받아야 합니까?"

"얼마를 받아야 할까? 지금 시장에 생필품이 동이 난 걸로 알고 있네. 식량도 거의 다 떨어졌을 테고."

"네, 그래서 다들 어떤 대책이든 강구해 주시길 목이 빠져라 기다리고 있습니다."

"음, 그럴 거야. 플라스틱 일 킬로그램에 옥수수 한 홉일세. 삼 킬로그램에 소금과 설탕 한 스푼씩. 십 킬로그램이면 비누가 반 장이고, 백 킬로그램이면 신선한 통조림을 맛볼 수 있지."

"하지만 플라스틱은 무게가 가벼워서……."

"그러니까 아주 많은 양을 모아야 하겠지. 도시 구석구석을 잘 뒤져 보면 쓸모없이 굴러다니는 것들이 있을 거야. 땅을 파고 콘크리트 더미를 헤쳐 보라고 해. 서부 개척 시대의 금광처럼 마구 쏟아져 나올 걸세. 절대 무리한 가격이 아니야. 플라스틱은 절대로 썩지 않으니까."

"그러면 저에게는."

"역시 자네는 장사꾼이야. 내가 자네를 좋아하는 이유이기도 하지. 그래서 믿고 맡기는 거고."

"감사합니다."

"물건을 두 배로 주겠네. 내가 제시한 가격은 나에게 가져와야 하는 절반이고, 나머지 절반으로 자네가 무엇을 하든 나는 상관하지 않아. 바꿔 말하면 그 절반이 바로 자네의 몫이란 말일세."

"네, 무슨 말씀인지 잘 알겠습니다."

"그런데 아버지."

궁금해서 더는 못 참겠다는 듯 태수가 불쑥 끼어들었다.

"왜요? 그걸로 뭘 하시려고요?"

"아직은 거기까지 말할 수 있는 단계가 아니구나. 때가 되면 자연히 알게 될 게다."

태수는 고개를 갸우뚱거리면서도 더 이상 묻지 못했다.

"그런데 이 일을 하는 사람이 저 한 사람뿐입니까?"

"왜, 경쟁자가 있을 것 같은가? 아닐세. 자네에게 독점권을 주는 거네."

"이유가 있을 것 같은데요."

"그동안 도와준 일들에 대한 보답이기도 하고, 태수의 친구이기 때문이기도 하고. 이 도시에서 믿을 만한 청년들이 그렇게 많지 않아."

현 회장이 이번엔 루를 쳐다보며 물었다.

"자네는, 루라고 했나?"

"네."

"그래 루, 자네 때문이기도 하네."

"네?"

현 회장은 루에게 바로 광야에 대해 물었다. 버려지거나 묻혀 있는 도시나 산업 지대를 본 적이 있는지, 사람이 사는 흔적을 만난 적이 있는지, 있다면 그곳이 어디쯤인지를 묻다가, 서가에 꽂혀 있는 옛날 지도책까지 꺼내 와 펼쳤다.

"물론 무언가 발견되면 수거는 우리가 하겠지만 값은 잘 쳐줄 거야."

현 회장이 남쪽 끝에 있는 옛 도시를 찾아 짚으며 이쪽으로도 가 본 적이 있느냐고 물었다. 루는 솔직히 다 말해도 되는지 어쩐지 알 수 없었다. 푸코를 쳐다봤지만 다른 생각에 잠겨 있는 듯 좀처럼 눈을 맞춰 주지 않았다.

루가 머뭇거리자 현 회장이 그제야 설명하기 시작했다.

"사실 우리는 지도를 다시 제작해 볼 생각이야. 물론 우리 쪽 사람들이 지금도 일을 진행하고는 있지만, 알다시피 십여 년 전 연료가 떨어진 이후로 자동차나 트럭들이 움직이지 못하고 있다네. 그래서 한계가 있어. 자네 눈이 밝다고 들었네. 광야에서 자랐다는 말도 들었고. 지금도 여행을 많이 다닌다고?"

루가 다시 푸코를 쳐다봤다. 현 회장도 푸코 쪽으로 시선을 돌리며 이어 말했다.

"그동안 보고 들은 것들이 좀 있을 듯한데, 어떤가?"

그제야 푸코가 가만히 고개를 끄덕였다. 루가 뭐라 말하기도 전에 현 회장이 자신의 무릎을 가볍게 쳤다.

"좋아! 루는 당분간 이쪽으로 출근하기로 하지. 우리 쪽 사람들과 일하게 될 거야."

이번엔 푸코가 루 대신 직접 나섰다.

"무슨 말씀인지, 잘 알겠습니다. 하지만 루는 아직 검역을 받지 못했습니다. 물론 기준치를 넘진 않겠지만."

"아, 그건 걱정하지 말게. 어디서든 통할 수 있는 통행증이 바로 발급될 걸세. 단, 밖으로는 나갈 수 없네. 일의 진행에 따라 확인차 몇 번 나갔다 와야 하겠지만, 그때도 우리 쪽 사람들과 함께 갈 거야."

"네, 잘 알겠습니다."

"그리고 태수야."

"네, 아버지."

"너도 이 일에 참여해야 한다."

"제가요?"

"그래. 이제 너도 아버지가 무슨 일을 하는지 정도는 알아야 하지 않겠니?"

"아, 진짜요? 정말이시죠?"

태수의 목소리가 높아졌다. 광야로 나갈 때에도 자신이 함께 가는 것이냐고 물었다. 현 회장이 필요하다면 그리 해야 할 것이라고 했다. 태수는 기쁜 표정을 감추지 않았다.

루는 궁금한 것이 많았지만 푸코가 묻지 않으니 루도 물을 수 없었다. 아니 무엇을 어떻게 물어야 할지 사실 알지 못했다. 태수는 벌써 무엇에 쓰려는지 서가를 부지런히 오르내리며 두툼한 책들을 꺼내 옮기고 있었다. 어쨌든 우리도 부자가 될 수 있다는 것만은 루도 알아들었다.

한껏 들뜬 태수의 배웅을 받으며 밖으로 나왔다. 얼떨떨하면서도 들떠 있기는 푸코와 루도 마찬가지였다. 하지만 방에서 나오자마자 셋이 함께 하이파이브를 날리며 드디어 기회가 왔다고 떠들어 대던 것도 잠시, 철문 밖 초소까지 배웅 나온 태수를 뒤로하고 둘이서만 자전거를 타고 경비 구역을 지나 집으로 돌아가며 루는 어쩐지 뒷맛이 개운치 않았다. 기회라는 것이 이렇게 쉽게 오는 걸까. 다른 함정이 있는 것은 아닐까.

루는 복잡한 심정이 되어 푸코를 쳐다봤다. 어른들의 세계, 특히나 풍요로운 세상에서 살았던 그들에 대해서는 아직도 이해 못 할 일투성이였다. 조금 전까지와는 다르게 푸코도 복잡한 심정이긴 마찬가지인 듯했다. 잔뜩 굳은 표정으로 천천히 자전거 페달만 밟고 있었다. 따로 짚이는 일이 있을 듯하여 물어보고 싶었지만 그가 너무 심각해 보여 루는 말을 붙일 수 없었다.

그동안 푸코에게 현 회장이 은밀하게 부탁했던 일들도 거의 이런 식이었다. 그때마다 이유를 말해 주지 않아도 푸코는 대충 짐작했고, 실제로 이후 일들은 그대로 진행됐다. 자동차 껍데기와 부서진 자전거를 구해 오라고 했을 때에는 그것이 손수레와 인력거가 되리라 예측했는데, 곧 실용화되어 도시 내를 돌아다녔다. 찢어져 쓸모없는 타이어 조각을 모아 오라고 했을 때에는 등불의 원료가 될 것이라고 장담했다. 역시나 얼마 안 가서 각 가정마다 배급제로 보급되었다. 현 회장이 B지구에 다녀와서 직접 가게에 들러 가게 안을 둘러보고 구해야 할 부품의 목록을 적어 준 적도 있었다. 푸코는 혹시 소문으로만 듣던 소형 발전기가 발굴되어 수리하려는 것 아닐까 하고 추측했는데, 이후 소수의 부자들에게만 해당하기는 했지만 전기를 사용하는 집들이 생기는 것으로 그 추측이 적중했다. 물론 그것들이 얼마에 팔리는지는 시장의 다른 어른들과 마찬가지로 푸코도 헤아려 내지 못했다. 그런데 플라스틱이라니.

루는 푸코에게 또 뭔가 달리 짐작되는 게 있느냐고 물으려다 말았다. 짐작되는 게 있다면 제 쪽에서 먼저 말을 해 줬을 텐데 푸코는 여전히 혼자만의 생각에 잠겨 있었다. 그래도 뭔가가 만들어지려 한다는 것쯤은 루도 알 수 있었다. 이런 식으로 복구되고 발전해 간다는 것도. 어쩌면 생각보다 빨리 말로만 듣던 그 풍요로운 세상이 다시 올지 몰랐다. 루는 태수네 저택에서 본 샹들리에 불빛과 거기에 비친 선명한 빛깔의 깨끗한 집기들을 떠올렸다. 이 세계에 존재하는 색채가 아직도 그렇게 선명하고 강렬할 수 있다는 게 믿기지 않았다. 눈이 부시도록 강렬한 파랑, 강렬한 노랑, 강렬한 빨강.

하지만 여행자인 자신이 검역을 받지 않아도 된다는 것은 여전히 풀리지 않는 의문이었다. 아무도 모르게 슬쩍 검역이라도 실시한 걸까. 그래서 안전한 수치라도 나오지 않은 이상 이렇게 거리를 활보하게 두는 것은 둘째치고, 집으로 부르고 태수와도 어울리게 둔다는 것은 말이 안 됐다. 루는 시장 어른들에게서 들었던 말들을 떠올렸다. 검역은 형식일 뿐이고 사실은 통제를 위한 규칙이 필요한 것이라고, 사람들에게 위화감을 주고 규칙을 지키지 않으면 어찌 되는지 본보기를 보여 주고, 깨끗한 도시와 깨끗한 거리는 덤으로 얻는 것이라고 시장 어른들은 공공연히 떠들어 댔다. 그러니까 왜, 왜 그래야 하는데? 하지만 푸코가 너무 심각해 보여서 루는 또 아무것도 물을 수 없었다.

앞만 보며 가던 푸코가 루를 돌아봤다.

"배 안 고프냐?"

"고파."

"얼른 가자. 시몬 기다리겠다."

그러고는 제가 먼저 힘차게 페달을 구르며 앞서 달려나갔다. 루는 푸코의 등을 쳐다보며 생각했다. 아무렴 어때. 아무튼 나는 이제 벙커 속으로 숨어들지 않아도 되잖아. 식량도 거의 떨어져 가는데 이제 해결되었으니 그걸로 된 거고. 게다가 부자가 될 수도 있다고? 더 이상 뭐가 필요해.

그런데 할아버지가 이 사실을 알면 좋아하실까? 어쩐지 걱정부터 하실 거 같아. 왜? 아, 몰라. 그냥 느낌이 그래.

루도 푸코를 따라 힘껏 페달을 밟았다. 나중 일은 나중에 생각하기로 했다. 루와 푸코는 전보다도 훨씬 한가하고 깨끗해진 거리를 지나 집으로 향했다.

골목 밖까지 시몬이 나와 서성이며 그들을 기다리고 있었다.

17

언제부터인가 아내가 이상하다. 아내는 아내의 형상을 한 다른 사람일 뿐이다.

혁은 가끔 현재의 시간과 공간이 낯설어질 때가 있었다. 그저 잠시 고개를 돌렸을 뿐이고 몸을 틀어 움직였을 뿐인데, 순간

이동으로 어느 먼 곳이라도 다녀온 듯 아득해지고, 오랫동안의 전신마취에서라도 깨어난 듯 막막해질 때가 있었다. 하지만 혁은 언제나 그 자리에 그대로 서 있거나 앉아 있거나 걷고 있었다.

며칠째 아내가 집에 들어오지 않았다. 전에도 종종 있었던 일이라 신경 쓰지 않다가, 어느 날 아내의 휴대전화 번호도 모르고 있다는 사실을 깨달았다. 부분적 기억 상실로 시작된 교통사고의 후유증이 더욱 심각해지고 있었다. 그래서인지 소설도 다시 써지지 않았다.

혁은 아내가 오지 않는 동안 미완의 원고를 점검하고 새로 쓰게 될 작품의 새 폴더를 만들었다. 매일 아침마다 삼십 분쯤 스트레칭으로 몸을 풀고 커피를 내려 마신 뒤 책상 앞에 앉았다. 빈 파일 위의 깜빡이는 커서를 바라보다가 쓰다 만 원고들을 불러와 읽다가, 간단하게 아침 겸 점심을 만들어 먹고 설거지를 하고, 집안 곳곳의 먼지를 닦고 몇 개 안 되는 빨래를 손으로 비벼 빨아 널고 샤워한 뒤, 책장에서 책을 꺼내 일인용 소파에 몸을 묻고 읽다가 삼십 분쯤 낮잠을 잤다. 낮잠에서 깨면 세수를 하고 베란다로 나가 가볍게 스트레칭을 하고, 다시 책상 앞에 앉아 빈 파일을 열어 놓고 쳐다봤다.

저녁에는 산책 겸 종합 스토어로 나갔다. 혼자 시간을 보내는 날도 있고, 처음 만났을 때보다는 많이 밝고 건강해진 예라를 만나서 함께 저녁을 먹는 날도 있었다. 조금 이르게 만나는 날이면 게임 센터에서 함께 게임을 하고 영화를 봤다.

일주일 만에 아내가 커다란 캐리어에 선물을 잔뜩 담아 들고 돌아왔다. 유럽으로 출장을 다녀왔다고 했다. 한마디 상의도 없이 그 먼 데를 며칠씩이나 갔다 왔으면서, 아내는 그에 대해서는 사과 한마디 없었다. 선물이라며 꺼내 보이는 물건들에 대해서만 어디에서 어떻게 구입했는지 끝도 없이 수다를 늘어놨다. 어쩌면 출장에 대해서도 아내는 떠나기 전에 이미 말했는지 몰랐다. 밤마다 국제 전화를 걸어 와 혁의 안부를 물었는데 그마저도 잊은 것일 수 있었다. 혁은 이제 자신의 기억을 믿지 않기로 했다.

출장을 다녀온 뒤로도 아내는 바빴고 매일 늦었다. 새로 기획한 전시회 일정에 차질이 생겼다느니, 화단에 막 입문한 젊은 친구들 중 몇몇을 관리하고 있는데 우리 젊었을 때와 달라서 다루기 쉽지 않다느니, 가끔 회사 일을 푸념처럼 말했지만 혁은 무슨 말인지 알아들을 수 없었다.

어느 날 점심을 만들어 먹고 나른해져서는 단지 내 놀이터에서 서성이다 예라를 만났다. 종합 스토어로 친구를 만나러 가는 길이라고 했다. 이 시간에 학교는 왜 가지 않았느냐고 물으니 학교가 뭐냐고 예라가 되물었다. 혁도 잠시 학교가 뭐지? 하는 생각을 했다. 왜 그런 단어가 생각났는지 자신이 왜 그런 말을 했는지 알 수 없었다. 예라가 다음에 보자고 손을 흔들며 가고 난 뒤에도 혁은 텅 빈 놀이터에서 혼자 서성거렸다.

앞 동에서 나온 여자가 놀이터로 들어오더니 벤치에 털썩 주저앉았다. 언젠가 아내와 함께 갔던 레스토랑에서 본 적이 있는 여자였다. 남편으로 보이는 남자와 함께였는데 무표정한 얼굴로 앞에 놓인 음식을 묵묵히 먹어치우고 있었다. 그 옆으로 쌓인 빈 접시도 수북했다. 혁의 뒤를 따라 들어오던 아내가 그들을 발견하고는 미간을 찌푸렸다. 앞에 앉은 남자가 아내를 힐끗 쳐다보더니 고개를 돌렸다. 이쪽을 의식하고 있는 듯하면서도 다시 쳐다보지 않았다. 아내와 남자 사이에 흐르는 기류가 이상해서 혁은 자리를 잡고 앉아서도 그들과 아내를 번갈아 가며 살폈다. 여자는 그런 분위기를 아는지 모르는지 무표정한 얼굴로 앞에 놓인 음식만 열심히 먹어치웠다. 혁과 아내가 식사를 마치고 나올 때까지도 두 사람은 계속 그러고만 있었다. 혁은 그래서 여자를 기억하고 있었다.

여자가 벤치에서 일어나 놀이 기구 쪽으로 갔다. 시소 옆을 지나치며 솟아 있는 쪽을 툭 쳐서 아래로 내려놓고 정글짐의 쇠파이프를 손으로 쓸었다. 그네 앞에서 머뭇거리다가 엉덩이를 걸치더니 앞뒤로 움직이다가 힘차게 발을 굴러 그네를 띄웠다. 그네에 묶인 쇠줄을 움켜쥔 여자의 팔목이 부러질 듯 가냘파 보였는데, 여자는 그네를 더 높게 띄워 하늘로 날아올랐다. 입고 있는 스커트가 바람에 부풀어 속옷이 보일 듯 말 듯 위태로운데도 아는지 모르는지, 금방이라도 까르르 웃음이 터져 나올 듯한 몸짓이었지만 표정까지는 보이지 않았다.

혁은 문득 생각했다.

'소설 감이다!'

부리나케 집으로 달려 들어와 새 폴더 안의 빈 파일을 불러왔다. 그리고 상상했다. 왜 여자는 그렇게도 무표정한 얼굴로 음식들을 먹어치우고 있었을까. 왜 여자는 한낮에 혼자 놀이터로 나와서 잘 알지도 못하는 남자가 자신을 쳐다보거나 말거나, 스커트가 부풀어 속옷이 보일 듯 말 듯 위태로운데도 그렇게 높이높이 날아올랐을까. 여자의 남편은 지금 어디에서 무엇을 하고 있으며 그와 아내는 분명 아는 사이인 듯한데 왜 서로를 외면했을까.

아무것도 떠오르지 않았다.

모든 상상력을 동원하여 쥐어짜 봐도, 어떤 식으로든 그럴듯한 이야기가 꿰맞춰지지 않았다.

혁은 베란다로 나가서 창문을 열고 내다봤다. 놀이터가 보이지 않았다. 주방 옆의 작은 베란다 쪽에서 내다봤다. 보이지 않았다. 안방 쪽에서도 보이지 않았다. 서재 쪽에서도 보이지 않았다. 현관을 나가서 엘리베이터를 타고 내려가 일 층의 출입문을 지나쳐 오른쪽으로 돌면……, 놀이터로 가는 방향이 생각나지 않았다. 종합 스토어로 가는 길도, 뒷산으로 올라가는 길도 생각나지 않았다.

혁은 직접 내려가 보기로 했다. 엘리베이터를 타고 내려가 일 층 출입문을 등지고 오른쪽으로 돌아 옆 동과의 사잇길로 빠져서 정문을 향해 나 있는 가로수 길을 지나고 앞 동을 넘어가니 놀이터가 그 자리에 그대로 있었다. 놀이터는 앞 동에 가려져 혁의 집에서는 보이지 않는 게 당연했다. 혁은 이제 방향 감각마저 잃어버린 줄 알고 잠시나마 불안해한 자신이 우스워 피식거렸다. 여자는 이미 어딘가로 가고 없었다.

저녁때가 되도록 혁은 아무것도 상상해 낼 수 없었다. 한 글자도 쓸 수 없었다. 빈 파일을 앞에 놓고 깜빡이는 커서만 노려보며 오후 시간을 보냈다.

오늘도 아내는 늦을까. 또 들어오지 않을까.

혼자 저녁을 해결해야 하나 어쩌나 망설이고 있는데 요란한 사이렌 소리가 들려 내다보니 단지 내로 구급차가 들어오고 있었다. 구급차가 앞 동의 화단가로 달려와 멈춰 섰다. 화단가에는 벌써 여럿이 모여 서서 웅성거리고 있었다. 앞 동에서 베란다 창을 통해 시선으로만 구급차를 좇던 사람들이 바로 아래를 내려다보더니 낯빛이 변했다. 이어서 경찰차가 단지 내로 들어왔다. 경찰차에서 내린 경찰들이 황급히 사람들을 헤치고 화단으로 들어갔다. 그 사이 구급차의 뒷문이 열리고 들것이 내려졌다. 구급대원이 들것을 들고 다가가자 모여 서 있던 사람들이 양 갈래로 흩어졌다. 안에서 무슨 일이 벌어지고 있는지는 나무에 가려 보이지 않았다.

한참이 지난 후에 들것이 나왔다. 하얀 시트를 뒤집어씌운, 아마도 시신일 것이었다. 혁은 시트 밑으로 삐져나와 있는 스커트 자락을 알아봤다. 낮에 놀이터에서 그네를 타던 여자였다.

혁은 생각했다.

'진짜 소설 감이다!'

연필과 노트를 챙겨 들고 부리나케 아래로 내려갔다. 구급차는 떠나고 경찰들이 주변 사람들을 상대로 경위를 묻고 있었다. 목격자라고 나선 남자의 얼굴이 하얬다. 저 위에서 무언가가 후드득 내려오는 듯하더니 순식간에 바닥으로 떨어졌다고. 화단에 깔린 잡풀 때문에 소리는 그리 크지 않았다고. 중간에 키가 큰 나무의 가지에 한 번쯤 걸렸던 것도 같다고.

"그냥 걸어가고 있었어요. 걸어가고 있었는데."

대강의 설명을 하고 난 뒤로도 남자는 계속 그 말만 반복했다. 혁은 남자가 가리키는 위쪽을 올려다봤다. 하나, 둘, 셋, 넷, 다섯, 여섯……, 창이 열린 채 비어 있는 베란다는 십팔 층뿐이었다. 언제 올라갔는지 두 경찰 중 하나의 얼굴이 빈 베란다 창에서 불쑥 나타났다. 그 뒤로 앞 동의 경비가 얼굴을 내밀고 아래를 내려다봤다. 그 높이에 질렸는지 얼굴이 하얘져서는 설레설레 고개를 저었다.

여자가 떨어졌던 장소에 접근 금지 테이프가 둘러지고 경찰들이 부근을 조사했다. 혁도 무엇을 찾아야 하는지도 모르면서 주변을 어슬렁거리며 바닥을 훑었다. 한자리에 붙박인 채로 서서 고장 난 로봇 인형처럼 같은 말만 반복하는 목격자를 부인이라는 여자가 달려와서 데려갔다. 경찰들이 돌아가고 웅성거리며 모여 있던 사람들까지 모두 흩어진 후에도 혁은 근처를 돌며 생각했다. 생각에 생각을 거듭했다. 놀이터로 가서 여자가 앉았던 벤치에도 앉아 보고 그네에도 앉아 봤다.

혁은 불현듯 깨달았다. 낮에 여자를 봤다는 말을 경찰에게 하지 않았다는 것을. 어쩌면 자신은 살아 있는 여자를 마지막으로 본 진짜 목격자일 수도 있었다.

그네에 앉은 채로 다시 생각했다.

'그런데 여자의 남편은 지금 어디에 있을까.'

여자가 했던 대로 발을 굴러 그네를 조금씩 움직였다. 앞뒤로 흔들흔들, 더 세게 굴러 그네를 더 높이 띄웠다. 쇠줄을 단단히 움켜쥐고 발판 위로 올라서서 무릎을 구부렸다 폈다 하며 앞으로 배를 쭉 내밀고 엉덩이를 뒤로 쭉 빼고, 앉았다가 일어나고 앉았다가 일어났다. 포물선을 그리며 앞으로 날아올랐다가 휘청하며 내려옴과 동시에 뒤로 날아갔다. 하늘이 멀어지고 땅이 다가오고, 땅이 멀어지고 하늘이 다가오고, 저 먼 하늘이 선홍빛으로 물들어 가고 있었다.

그쪽 하늘을 배경으로 삼각형으로 편대를 이룬 비행물체가 이쪽을 향해 날아오고 있었다. 헬리콥터일까. 비행기일까. 정찰기일까. 훈련 중인 전투기일까. 어쩌면 우주로부터 날아온 미확인 비행물체일 수도. 아직 멀어서 그 형체까지는 보이지 않았다.

여자의 눈에는 무엇이 보였을까. 여자의 남편도 지금쯤 어딘가에서 이 소식을 들었을까. 그는 지금 어디에서 무엇을 하며 무슨 생각을 하고 있을까. 아내와 그는 또 어떤 관계일까.

혁은 끝내 아무것도 상상해 낼 수 없었다.

밤이 늦어 들어온 아내에게 예전에 레스토랑에서 만났던 그 여자가 앞 동에 살았으며, 바로 오늘 자기 집에서 떨어져 죽었다고 이야기했다. 그러면서 아내의 반응을 살폈다. 하지만 아내는 시큰둥했다. 피곤하다면서 씻지도 않고 자야겠다고 바로 안방으로 들어갔다. 혁도 갑자기 피로가 몰려왔다. 피로가 몰려옴과 동시에 어떻게 침대까지 가서 잠자리에 들었는지도 모르게 그만 잠 속으로 빠져들고 말았다.

다음 날도, 그다음 날도 혁은 빈 파일을 열어 놓고 앉아 있었
지만 단 한 줄도 쓰지 못했다. 예전에 쓰던 원고들을 불러와서
읽어 봐도 무엇을 쓰려 했었는지 낯설기만 하고 자신이 쓴 원
고가 맞는지 의심마저 일었다.

18

세영은 일시 정지 버튼을 누르고 노트북을 껐다. 뚜껑을 닫
아 가방에 챙겨 넣고 바깥 사무실과 연결된 인터폰을 눌러 오
후에 지시했던 사항들을 확인했다.

"가양동 관장님께 보내라는 물건은 보냈나요?"

"네, 지사장님."

"흡족해하시던가요?"

"아주 좋아하셨어요. 한 번 들러 달란 말씀도 하셨고요."

"잘됐네요. 월요일 오후로 스케줄 좀 빼 줘요. 수고했어요."

세영은 창가로 가서 블라인드를 내렸다.

노트북이 든 가방을 메고 실내등을 끄고 바깥 사무실로 나
오니, 저마다의 책상에 앉아 있던 직원들이 일제히 일어났다.
오후에 외근을 나갔다 바로 퇴근한 두 사람을 빼고 모두 자리
를 지키고 있었다. 이 시간까지 일을 하고 있었을 리는 없고, 지
사장이 아직 제 방을 지키고 있으니 자리를 뜨지 못하고 눈치

만 보고 있었을 터였다. 누구에게랄 것도 없이 주말 잘 보내라는 인사를 건네고 서둘러 사무실을 빠져나왔다. 불 꺼진 전시실과 로비를 지나 출입 카드를 보안기에 대고 비밀번호를 눌렀다. 안내 데스크에 있는 여직원들도 아직 퇴근하지 못하고 주변을 서성이고 있었다.

그녀들의 배웅을 받으며 엘리베이터에 올라탔다. 엘리베이터 문이 닫히자마자 스마트폰 앱을 실행시켜 서버에 접속했다. 남편은 여전히 책상 앞에 앉아 있었다. 지하 주차장으로 내려와 자동차에 올라타, 시동을 걸기 전에 폰을 거치대에 끼웠다.

주차장을 빠져나와 금요일 밤의 복잡한 도로 위로 올라섰다.

근래 들어서는 거의 항상 '부재중' 모드였고 거의 항상 '완전 자동' 모드였다. 그래도 남편은 전처럼 혼자서도 시간을 잘 보내고 있었다. 정말로 혼자서 글도 쓰게 되는 것은 아닌지, 과연 어떤 글이 될지 궁금해졌다. 가끔은 작가라도 한 명 고용할까 하는 생각을 진지하게 해 보다가 이내 바쁜 일상에 묻혀 잊었다.

차는 계속 가다 서다를 반복했다. 사거리에서 앞차의 꼬리를 물고 가다 그만 교차로에 갇혔다. 신호가 바뀌자 교차하는 차들이 세영의 차 옆구리에 바짝 붙어 연신 경적을 울려 댔다. 앞뒤로 조금씩 생긴 틈으로 밀고 들어와 꼼짝도 하지 못하고 요란한 경적 소리를 고스란히 견뎌야 했다. 남편은 여전히 꼼짝도 하지 않은 채로 책상 앞에 앉아 모니터를 노려보고 있었다.

다음 교차로에서는 아예 앞차와의 간격을 떨어뜨려 정지선 안에서 기다렸다. 역시나 곧 초록불이 빨간불로 바뀌었다. 이윽고 남편이 책상 앞에서 일어나 옷을 갈아입었다. 남편은 오늘도 아무것도 쓰지 못했다.

세영은 핸드프리로 전환하여 카멜에게 전화했다. 작가를 한 명 고용해서 제대로 프로그래밍해 달라는 말을 하기 위해서였다. 하지만 카멜은 또 전화를 받지 않았다. 얼마 전에 아바타 하나를 제거했던 방식에 대해 구구하게 변명하기 싫어서 일부러 피하고 있는 것 같았다.

회원 하나가 죽은 전 부인을 서버에 그대로 두고 재혼했다. 한 달 전쯤 그런 소문이 있다면서 예라 엄마가 일부러 전화를 걸어 와 알려 줬다. 세영이 며칠 전에도 길에서 보았는데 무슨 말이냐고 묻자, 아직도 그렇게 서버를 이용하고 있어서 회원들 사이에서도 말이 많다고 했다. 예라 엄마의 목소리에도 잔뜩 불만이 묻어 있었다.

예라 엄마는 그가 금방이라도 자기 부인을 따라 죽을 것처럼 슬퍼해서 한동안 회원들을 긴장시키더니, 그렇게 바로 재혼한 것도 웃기지만 지금 부인은 어쩌고 만날 접속을 해 대는지 알다가도 모를 일이라고 비죽거렸다. 그와 그의 부인을 만날 때마다 불편하고 옆에 있는 예라에게도 민망해 죽겠다면서, 교육상으로도 좋지 않으니 어떻게 좀 해결해야 하는 것 아니냐고 투덜거렸다. 세영은 수화기 너머로 소리가 넘어가지 않게 입으로만 웃었다. 예라 아빠가 그녀를 자꾸 정신병원으로 보내려 할 만도 했다. 더 이상 말을 섞고 싶지 않아 서둘러 핑계를 대고 전화를 끊었다. 누가 재혼을 하든 말든 지금의 부인을 두고 서버에서 전 부인과 밀회를 즐기든 말든 자신과는 상관없는 일이었다.

그래 놓고 정작 레스토랑에서 그들과 마주쳤을 때에는 세영도 저절로 미간이 찌푸려졌다. 얼마나 관리를 안 하고 굶기면 이렇게까지 피폐해지나 하는 생각이 들어 못마땅했다. 뭔가 눈치가 이상한지 계속 힐끔거리는 남편에게도 미안하고 민망해서 더 모르는 척 외면하면서도 계속 화가 끓어올랐다. 서버 사용자들만의 회의에서 그 문제가 표면으로 떠올라 공론화되었을 때에도 따로 의사 표현은 하지 않았지만 내심 그를 지탄했다. 강제로 탈퇴시키는 문제에도 지지를 보냈다. 그의 현재 부인이 어떻게 알았는지 그의 아이디로 들어와 회원들을 모조리 정신병자 취급하며 휘저어 놨을 때에도 자존심은 상했지만 후련했다. 그러나 그런 퇴출의 방식은 너무 잔인했다.

그가 직접 접속하여 그녀를 밀었는지, 새 부인이 그의 아이디를 또 도용하여 들어와 대신 밀었는지, 그도 아니면 그에게 신의를 보이라고 강요하면서 자신이 보는 앞에서 밀게 했는지는 알 수 없었다. 어쩌면 카멜이 그를 강제로 탈퇴시키기 위해 그녀 스스로 떨어지게 프로그래밍하여 집행했는지도 모를 일이었다. 어느 쪽이든 서버 측에서는 아주 요란한 방식으로 죽은 아바타를 수거해 갔다. 모든 사용자와 아바타가 볼 수 있도록 구급차에 경찰차까지 동원하여 경광등까지 울리면서.

어쩌면 경고였을 것이다. 그 일로 회원들은 한 가지 사실만은 확실히 깨닫게 되었다. 탈퇴란 곧 상대 아바타의 죽음을 의미한다는 것, 죽은 사람을 없애기 위해서는 다시 죽여야 한다는 것.

미처 생각해 본 적도 없었던 문제였다. 사건을 목격한 대부분의 회원들이 충격에 빠졌다.

세영도 충격을 받았기는 마찬가지였다. 세영도 사무실에서 '부재중' 모드로 그 사태를 지켜봤고, 그래서 저녁에 남편이 앞 동에 사는 여자가 뛰어내렸다는 말을 전하는데도 적절히 반응해 주지 못했다. 게임 속 아바타일 뿐인 남편이 하는 말들이 상황에 맞게 프로그래밍된 언어인지, 카멜이 남편의 입을 빌려 보내는 어떤 메시지인지 의구심마저 일었다. 세영은 바로 남편의 아바타를 재우고 서버와의 접속을 끊어 버렸다.

그래도 카페와 서버는 금방 다시 잠잠해졌다. 아직 서버의 존재를 모르는 일부 회원이 어수선한 카페의 분위기에 불만을 품고 하나둘씩 빠져나갔지만, 대신 신입 회원이 늘었다. 기존의 서버 이용자는 물밑으로 숨어들고 조용히 서버에서만 모습을 보였다. 어느 누구도 어떤 분란도 일으키지 않았다. 세영도 이후 별로 달라지지 않은 남편의 일상을 보며 안정을 되찾아 갔다. 어차피 제대로 관리할 수 없다면 차라리 폐기하는 게 나았다. 그래서 카멜에게도 따져 묻지 않기로 했다.

스스로 그렇게 정리했지만 카멜은 여전히 세영의 전화를 받지 않았다. 부재중으로 찍힌 번호를 봤다면 나중에라도 전화를 걸어 올 텐데 며칠째 소식이 없었다. 이번에도 그럴 기미였다.

세영은 어느새 복잡한 도심을 벗어나 외곽의 한적한 도로를 달리고 있었다. 카멜에게 전화가 왔었는데 놓쳤나 싶어 화면을 내리고 확인해 봤다. 역시나 전화도 문자도 온 것이 없었다. 다시 서버 화면으로 전환했다. 남편이 종합 스토어 앞에서 예라를 만나 이야기를 나누고 있었다. 둘은 함께 엘리베이터를 타고 곧장 십일 층으로 올라갔다. 세영도 낮은 건물이 밀집해 있는 거리를 지나 어두운 들판길로 들어섰다.

요즘 남편은 예라와 부쩍 자주 만나고 있었다. 예라 엄마도 '완전 자동' 모드로 접속하는 시간이 늘어난 듯했다. 남편이 혼자서만 시간을 보내는 것보다는 차라리 잘된 일이었다. 세영은 둘이 같이 놀 수 있는 시설로 뭐가 좋을까 궁리하다가, 이제 막 회사에서 관리하기 시작한 젊은 친구들과 함께 노래방에 갔을 때 바로 카멜에게 스토어에도 노래방을 입점해 달라고 주문했다. 하지만 술집이나 클럽 같은 곳은 아직 망설여졌다. 미성년자인 예라와는 함께 갈 수 있는 곳이 아니고, 그러면 남편은 혼자가야 할 텐데, 그가 낯선 여자와 술을 마시고 춤을 추며 어울리는 모습을 보고 싶기도 하고, 또 안 보고 싶기도 했다.

신호등도 없이 왼편으로 꺾이는 갈림길에서 세영은 그쪽으로 핸들을 돌렸다. 도로 폭이 좁아졌다. 영화관에서 상영 목록을 살피던 남편과 예라가 에스컬레이터를 타고 위로 올라갔다. 세영은 잠시 이런저런 생각을 하느라 두 사람의 대화를 놓쳤다. 함께 볼 만한 영화가 없었든가, 저녁부터 먹고 다시 내려오기로 한 모양이었다.

어둠이 내린 지 얼마나 됐다고 벌써 정적이 감도는 시골 마을을 지났다. 얼마쯤을 더 가다가 오른쪽으로 숨듯이 뚫려 있는 숲길로 들어섰다. 양쪽으로 빽빽하게 심긴 나무들의 굵은 밑동만 헤드라이트 불빛에 비쳐 보이는 어둡고 좁은 숲길이었다. 완만하던 길이 점점 더 가파른 언덕길이 되어 갔지만 포장 상태가 좋았다. 레스토랑으로 들어가는 남편과 예라의 등 뒤로 문자 메시지 알림이 떴다.

'언제 오세요? 전 삼십 분 전부터 와 있는데.'

유난히 굽은 길을 따라 돌자 저 멀리로 희미하게 불빛이 나타났다. 레스토랑에서 자리에 앉아 메뉴판을 들여다보는 남편의 얼굴 위로 다시 문자 메시지가 떴다.

'빨리 오세요. 보고 싶어요.'

예라가 남편 옆으로 다가앉아 함께 메뉴판을 들여다볼 때, 세영은 색색의 전구로 장식된 아치형 입구를 지나 자갈이 깔린 마당으로 들어섰다. 독립된 방갈로로 이루어진 각 호실마다 개별적으로 넓은 주차 공간이 있었다. 서로 입구를 등진 구조라서 다른 투숙객들과는 마주칠 일이 없었다. 그래서 택한 곳이기도 했다.

세영은 거치대에서 스마트폰을 뽑아 접속 상태 그대로 가방에 넣었다. 남편은 오늘도 예라와 저녁을 먹고 게임 센터에 가고 영화를 보고 노래방에도 갈 것이다. 그리고 돌아와 씻고 책을 읽다가 잠이 들겠지.

시동을 끄고 차 문을 열었다. 상큼한 솔숲의 향기가 훅 하고 끼쳐 들었다. 자동차 소리를 들었는지 방갈로의 현관문이 열렸다. 은은하게 쏟아져 나오는 빛을 등진 큰 키의 그림자가 두 팔을 벌리고 세영을 맞았다. 세영은 서버 앱이 실행되어 있는 스마트폰이 들어 있는 가방을 들고 차에서 내렸다. 그 빛과 그림자를 향해 걸어갔다.

기시감2

19

완의 꿈은 원래 엔지니어였다. 어릴 때부터 집 안의 기계로 된 물건은 모조리 완에 의해 고장 났다. 어떻게 해체는 했지만 아직 온전히 꿰맞출 줄은 몰랐기 때문이다. 고등학교 때는 지자체 주최로 열린 로봇 경시 대회에서 우승한 적도 있었다. 공대에 가고 싶었지만 집안에 공학도는 작은 형 하나면 족했다. 어려웠던 집안을 일으키느라 좌절된 아버지의 꿈을 좇아 완은 그림을 그려야 했다. 그 삶이 행복했을 리 없다. 게다가 평생토록 남의 그림만 흉내 내며 살아온 인생이다. 그래서일 것이다.

완은 때때로 자신의 인생이 온전히 자신만의 것이 아닌 듯한 느낌에 사로잡혔다.

이를테면, 여느 때처럼 동이 트자마자 집을 나서 동네 뒷산의 약수터로 올라가다가 산책로를 버리고 샛길로 들었는데 우연히, 어젯밤 물감을 사러 갔다가 돌아오는 길에 만난 남자와 다시 마주치게 되면서 무심결에 그도 이쪽을 돌아보는지 돌아보지 않는지, 멀어져 가는 뒷모습이라도 확인하고자 하는 애매한 충동을 누르며 가던 길을 재우쳐 가다가 문득 기시감에 빠져, 어제와 오늘의 만남은 우연이 아닐지도 모른다는 생각에까지 이르기도 하는 것이다.

그러면서 완의 머릿속으로는 자신과 그 남자의 모습이 다시 그려지기 시작한다.

어젯밤 남자는 어딘가에서 누군가와 술을 마시고 돌아가던 길이었을 것이다. 완은 큰길가에서 택시를 보내고 집을 향해 올라가던 중이었다. 골목 어귀의 가로등 밑에서 완을 스쳐 지난 남자가 근처 어딘가 자신의 집 혹은 숨겨 둔 애인의 집에서 밤을 보내고 짧은 일탈의 나른함으로 낯선, 혹은 낯익은 일상의 익숙함으로 산길을 따라 이른 산책을 마치고 내려오는 길에, 혹은 길을 잃고 헤매던 중에 완과 다시 마주친다. 완은 얼마 전에 지사장이 데리고 나간 청년의 쓸쓸한 뒷모습을 떠올리며 마른 가지에 얼굴이 긁히고 나무뿌리를 헛디뎌 가볍게 발목을 접질리기도 하면서, 이 험한 길로는 왜 들어섰을까 후회하던 중이었다. 엇갈려 지나며 서로 힐끔 쳐다보고는 다시 멀어져 가는 장면에 이르러 완은 문득 이 순간의 주인공은 저 남자일까 나 자신일까 하는 생각을 한다. 차라리 그림보다는 소설을 쓰겠다고 했으면 아버지가 허락하셨을까.

어느새 길이 끝나고 약수터가 있는 작은 광장이 나타났다. 험해서 그렇지 샛길은 지름길인 셈이었다.

완은 곧장 광장을 가로질러 샘터로 갔다. 돌확의 가장자리에 낀 살얼음을 깨고 손부터 씻었다. 이마와 눈가를 적시고 가볍게 낯을 씻었다. 손의 물기를 털어 내고 돌 틈으로 흐르는 샘물을 받아 들이켰다.

주머니에서 손수건을 꺼내 물기를 닦다가, 그제야 이마를 가볍게 쳤다. 어젯밤 큰길가에서 남자를 눈여겨보았던 것은 완이 지금 입고 있는 것과 똑같은 트레이닝복을 그도 입고 있었기 때문이었다. 그는 조금 전에도 그 차림 그대로였다. 어제는 완이 도시로 나갔다 오느라 간단하게나마 차려입고 있어서 그냥 지나쳤겠지만, 조금 전에는 그도 완의 차림이 자신과 같다는 것을 알아챘을 것이다. 흔하지 않은 디자인이라고 하더니 동네에서도 마주치는군, 하는 생각이 들어 씁쓸해졌다. 완의 트레이닝복은 지사장이 뉴욕에서 열릴 다음 전시회 일정을 논의하러 와서는 "선생님 생각이 나서 샀어요."라고 말하며 제 손으로 포장을 풀어 보였던 것이었다. 유럽으로 출장 갔을 때 마음에 들어서 사려 했는데 완에게 맞는 사이즈가 없어 이탈리아에 있는 본사로 직접 연락하여 어렵게 구했다고 했다.

완은 씁쓸한 기분을 떨치듯 먼지가 묻은 바짓단을 툭툭 털어 냈다. 더 위로 올라갈지 이쯤에서 내려갈지 망설이는데, 아랫집 노부부가 나란히 산책로를 따라 올라오는 게 보였다. 완은 더 위로 난 산길로 성큼성큼 걸음을 옮겼다.

그러나 완은 얼결에 길을 연장시켜 놓고 금세 후회했다. 지금까지의 완만한 경사보다 가파르고 험해서 컨디션이 좋을 때에나 단단히 맘을 먹고 오르던 길이었다. 작업실에 박혀 그림만 그리고 있는 지금의 몸 상태로는 무리일 수밖에 없었다. 역시나 얼마 못 올라가 바로 숨이 차고 다리가 후들거렸다. 식은땀이 등줄기를 타고 죽죽 흘러내렸다.

걸음을 멈추고 숨을 고르며 뒤를 돌아다봤다. 굽이진 길의 입구가 보이지 않으니 저쪽에서도 보이지 않을 터였다. 깨끗하고 평편한 바위를 골라 그 위에 걸터앉았다.

완은 얼마 전에 이 산을 넘어왔다는 사내를 만났다. 산 너머 저쪽에도 마을이 있다는데 완은 거기까지는 가 보지 못했다. 정상까지도 올라가지 못하고 중간에 있는 둥치 굵은 나무 밑에서 쉬다 내려오곤 하는데, 사내는 어떻게 이 산을 넘어 약수터까지 왔을까.

완은 청년이라기엔 늙었고 중년이라기엔 젊었던 사내의 얼굴을 떠올렸다. 그러고 보니 오다가 샛길에서 마주친 남자가 그때 그 사내와 닮은 것도 같고 아닌 것도 같고.

완은 이내 고개를 가로저었다. 샛길에서 마주친 남자를 어젯밤에는 큰길가에서도 마주쳤는데, 그러면 그 사내가 한밤중에 산을 넘어왔거나 이 넓은 분지 바깥의 둘레를 따라 빙 돌아왔다는 뜻인데 그건 좀 말이 안 됐다.

사내고 남자고 청년이고 요즘 들어 부쩍 주변에 낯선 이들이 자주 등장하고 있었다. 완에게 새 그림에 대한 영감만 주고 사라진 연둣빛 헤드폰을 낀 소녀도 그렇고.

어쩌면 마지막 전시회에서 제자들과 후배들이 주고받는 말들을 엿들은 뒤로 단절시킨 사람들과의 관계가 그저 스치는 낯선 이들을 자꾸 돌아보게 하는지도 몰랐다.

그래서 외로운가. 완은 자문해 봤다. 그래서 청년을 불러들였는가. 오락가락하는 심사를 알 수 없어 답답했다.

처음부터 청년을 집 안으로 들일 의도는 없었다. 하루 종일 물감 냄새만 맡고 있다가 여주댁이 올려 온 팥죽 한 그릇을 먹느라 잠시 붓을 놓는다는 게 그만 창밖에 여전히 그림자처럼 서 있는 청년을 발견했다. 상대를 해 주지 않는데도 여러 날째 그러고 있는 게 딱하고 미안해서 팥죽이나 한 그릇 먹여 보내려다가 말이 길어져서는 마침 들어서는 지사장과도 부딪히게 하고 말았다. 처음부터 돼먹지 않은 설교 따위는 할 생각도 없었다. 기어이 그의 작업실로 그림을 보러 가겠다는 약속도 할 생각이 없었다. 완에게도 붓을 놓고 팥죽을 먹을 동안만의 말 상대가 필요했을 뿐이었다.

내친김에 가 보자고 일어서는 완의 팔을 지사장이 잡았다. 전날도 밤을 새웠는지 그녀의 눈 밑 그늘이 짙었다. 지사장이 따로 뵙자고 하더니 완이 직접 나서서 그럴 필요 없으며, 지금 그럴 시간도 없다는 것을 상기시켰다. 뉴욕 본사에서 전시회 일정에는 차질이 없겠느냐고 문의해 왔다는 것이었다. 둥글게 말해 문의이지 실상은 독촉이고 협박이었다. 전에 없이 빠른 속도로 작업을 하고 있었지만 본사에서는 좀 더 확실히 해 두고 싶었을 것이다. 잡아 놓은 일정을 벗어나면 뉴욕 화랑가의 임대료는 천정부지로 치솟을 게 뻔했다. 자칫 개인전이 아니라 다른 작가와의 공동 전시 형태로 전환될 수도 있었다.

"제가 갈게요, 선생님."

"자네가?"

"네, 제가 가서 보고 잘 이야기해 볼게요."

"시간이 돼?"

"혹시 모르죠. 정말로 재능이 있는 친구인지. 가서 보고 전화 드릴게요."

"그래 줄 수 있어?"

"그럼요, 그게 또 제 일이잖아요."

그렇게만 해 준다면 고마운 일이었다. 오히려 더욱 잘된 일일 수도 있었다.

거실로 먼저 나간 지사장이 곧장 청년에게 다가가 말했다.

"나 알죠?"

"네."

"내가 가서 봐 줄게요."

"네?"

"완성된 작품이 더 있나요? 다른 것들도 봤으면 하는데."

그런데 청년의 뒷모습은 왜 그리도 쓸쓸했을까.

완은 그날 지사장이 데리고 나간 청년의 뒷모습이 계속 신경 쓰였다. 그토록 바라던 일이 관철되었는데도, 최고의 에이전시에서 직접 그림을 보아 주겠다는데도, 청년의 어깨에는 힘이 들어가 있지 않았다. 거짓말이 들통날 것 같아서였을까. 계속 고집을 부리긴 했지만 사실이 아니라는 것을 본인도 스스로 잘 알고 있기 때문에?

그래도 그 뒷모습은 어쩐지 다른 말을 하고 있는 것처럼 느껴졌다. 언젠가 보았던 듯 익숙한 모습이기도 했다. 언젠가 누군가가 같은 상황에서 완의 집을 그렇게 나갔던 것도 같았다.

완은 바위에서 일어나 다시 산을 오르기 시작했다. 금세 또 숨이 차고 다리의 힘이 풀렸다. 이젠 아예 땀구멍까지 열렸는지 식은땀이 머리부터 발끝까지 쉼 없이 흘러내렸다. 마땅히 앉을 만한 바위나 풀숲이 보이지 않았다. 에라 모르겠다 하며 흙바닥에 주저앉았다. 밭은 숨을 가라앉히고 짚이는 대로 길가의 나무 둥치에 손을 대고 일어서는데 끙 하는 소리가 저절로 나왔다. 누가 알은체를 하든가 말든가 대꾸도 않고 지나칠 심사로 올라갔던 길을 허적허적 되짚어 내려왔다.

작은 광장이 벌써 사람들로 가득 차 있었다. 대부분이 노인들이었는데 저마다 하나씩 들고 온 물통을 샘터 앞에 줄지어 세워 놓고 스트레칭으로 몸을 풀고 있었다. 아랫집 노부부도 서로 등을 붙이고 양팔을 껴서, 서로의 몸을 지렛대 삼아 번갈아 가며 들어 올려 주고 있었다. 부리나케 약수터 광장을 가로질러 산책로로 들어섰다. 올라가며 흘렸던 땀이 식으며 정수리가 시려 와 점퍼에 달린 모자를 뒤집어썼다.

자꾸만 걸음이 채인다 싶더니 기어이 나무 계단 틈새의 잡풀을 밟고 미끄러졌다. 길가의 나뭇가지를 붙들고 간신히 넘어지는 것은 모면했지만, 순간적으로 허리를 삐끗했는지 내려오는 내내 불편했다.

청년을 데리고 나가며 바로 전화를 주겠다던 지사장은 그날도, 그다음 날도 전화하지 않았다. 며칠 뒤 교통사고로 입원해 있다는 소식을 회사 직원을 통해 들었다. 걱정은 되었지만 일부러 가 보기도 무엇하여 망설이다 결국 혼자 병원을 찾았다. 그래도 걱정했던 것보다는 좋아 보여 안심했다. 청년에 대해서도 물어보고 싶었지만 아픈 사람에게 심부름처럼 시킨 일을 재촉하는 것 같아 미안하고 겸연쩍어서 그냥 돌아왔다. 퇴원했다는 소식을 듣고도 완은 잠자코 기다렸다. 여러 날이 지나도록 가타부타 말이 없었다. 저도 경황이 없었으리라 여기면서도 내심 서운했다. 근래 들어서는 도통 전화도 없었다. 이삼 일에 한 번씩은 하던 안부 전화마저 하지 않았다.

그림에도 도통 진척이 없었다. 물감 냄새가 역해지고 눈이 흐려지고 붓이 무거워져 들고 있던 붓을 자꾸만 놓았다. 스케치만 해놓은 새 캔버스 위로 떠오르는 붉은 선혈 때문에 어지러웠다. 지금까지 그려 넣던 그림 속의 그런 핏빛이 아니었다. 흑백 영화 속의 붉은 피 같은 무채 계열의 빨강. 한동안 머릿속을 어지럽혔지만 딱히 마음에 드는 색이 만들어지지 않아서 미뤄 뒀던 색채이고 이미지였다. 다른 톤으로 대형 하나에 소품 두 점을 간신히 그리고 났는데도 그 이미지가 계속 머릿속에서 떠나지 않았다. 이제는 아예 캔버스 안에 들어앉아 소리치고 있었다. 눈을 감지 말라고, 바로 뜨고 쳐다보라고, 이 진짜 색채와 이미지들을.

완은 허리를 붙들고 절룩이며 골목길로 들어섰다. 완의 집 담벼락에 한 소녀가 마른 가지 사이에서 이제 막 돋아난 담쟁이 넝쿨처럼 푸릇하게 기대서 있었다. 교복이 아닌 청바지에 점퍼 차림이었고 연둣빛 헤드폰도 끼지 않았지만 의심의 여지없이 그때 그 소녀였다. 막상 보면 알아볼 수 있으리라 여겼던 자신의 짐작이 맞았다. 완은 언제 아팠냐는 듯 허리를 곧추세우고 그쪽을 향해 걸어갔다. 거리가 좁혀지자 기척을 느끼고 소녀도 벽에서 등을 떼고 똑바로 서서 완을 쳐다봤다.

"여기 사시는 분이죠?"

역시나 소녀는 완을 알고 있었다.

"그림을 그리시고요."

그래서 그때도 완을 보고 웃었으리라.

"비열한 겁쟁이."

완은 순간 잘못 들은 줄 알았다.

"비열한 겁쟁이."

그 아침의 싱긋 웃던 표정은 어디로 갔을까. 이해할 수 없는 냉소로 가득 찬 소녀의 얼굴이 갑자기 낯설어졌다.

"무슨 말이니?"

"무슨 말인지는 당신이 잘 알아요."

처음 봤을 때의 반가움이 가라앉으며 심사가 딱딱하게 굳어갔다. 느닷없이 비난을 퍼붓는 소녀가 냉기로 가득 찬 얼굴로 버르장머리 없이 노려보고 있어서가 아니라, 단지 그때 그 소녀가 아니라는 것에 화가 났다.

소녀가 다시 낮고 단호하게 말했다.

"비열한 겁쟁이."

완은 물끄러미 소녀를 쳐다봤다.

"누구니, 너는?"

20

루에게 새 옷이 지급됐다. 새 신발과 새 자전거가 지급됐다. 태수네 집에 드나들기 위해서는 루도 항상 청결을 유지해야 했다. 아침에 출근할 때마다 일 층 출입문 옆에 붙어 있는 세면장에서 씻고 지급된 새 옷으로 갈아입었다.

새 지도 작업팀이 일하게 될 방은 오 층이었다. 엘리베이터가 있었지만 태수와 함께 움직일 때를 제외하고는 사용할 수 없었다. 층마다 군인들이 경계 근무를 서고 있었기 때문이다.

현 회장 집무실의 삼 분의 일 정도 되는 크기의 방에 벽을 따라 여섯 개의 책상이 나란히 놓였다. 두 개의 책상에 컴퓨터가 한 대씩 놓이고, 방 한가운데에는 여섯 개의 책상을 모두 붙여 놓은 것보다 더 큰 크기의 테이블이 들어왔다. 그 위로 많은 양의 깨끗한 종이가 한쪽으로 가지런히 쌓였다. 루가 어릴 때 할아버지와 남쪽의 버려진 마을에서 발견했던 종이 더미보다도 더 많은 양이었다. 끝이 누렇게 바래기는 했지만 종이라는 것이 이렇게 깨끗할 수도 있다는 것이 루는 신기했다.

한쪽 벽에 붙은 커다란 옛날 지도 앞의 책상과 의자가 루의 자리였다. 글을 모르는 루를 위해 받아 적을 직원도 따로 배정됐다. 루가 낡은 자신의 지도책을 들추며 생각나는 대로 두서없이 지껄이면 그가 개인용 컴퓨터로 타이핑해 두었다가 정리했다. 타이핑 속도가 어찌나 빠른지 거의 손가락이 보이지 않았다. 그쪽으로만 훈련된 사람이었다. 두툼한 지도책의 곳곳에 표시를 하는 쪽은 태수의 사촌 형이었다. 방 한가운데 놓인 테이블에서 새 지도를 그리고 수정하여 이어 붙이는 일을 맡은 아저씨는 대재앙 이전에도 그런 일을 했던 사람이라고 했다. 태수는 안쪽에 있는 작은 방에서 따로 일했다. 태수의 심부름을 하는 꼬마까지 포함해서 모두 여섯 명이 새 지도 작업팀의 일원이었다.

때마다 나오는 식사와 간식 때문에라도 루는 하루하루가 즐거웠다. 만날 이런 것만 먹고 살았을 태수에게 심통이 나서, 태수가 제 컴퓨터를 들여다보거나 서가에서 무언가를 찾거나, 식당에서 식사를 하고 있을 때면 공연히 뒤통수를 치고 달아났다. 매일 몸을 씻고 좋은 냄새가 나는 새 옷으로 갈아입고 저택 안을 돌아다니며 혹시 꿈을 꾸고 있는 것은 아닌가 불안해지기도 했지만, 복도의 벽마다 걸린 풍요로운 시대의 풍경과 생활을 담은 그림들을 멀리서 쳐다보고 가까이서 들여다보며 다시 행복해졌다.

다들 바쁘게 움직였지만 무슨 일을 하고 있는지 루는 설명해 줘도 알아들을 수 없었다. 대체로 한가한 사람은 이야기를 풀어놓기만 하면 되는 루뿐이었다. 타이핑하는 직원이 다시 정리할 동안 루는 태수의 방에서 놀았다. 태수가 틈틈이 컴퓨터 사용법을 가르치려 했지만 별로 흥미가 일지 않았다. 글을 모르니 소용도 없었다. 그래도 게임만은 예외여서 시간이 어찌 가는지도 모르고 있다가 집에 돌아와서도 손이 근질거려 다음 날 일어나자마자 부리나케 태수네로 달려갔다. 일은 뒷전이고 게임만 하다가 태수에게 지청구를 듣고 어른들에게 혼나기도 했다.

푸코는 그동안 현 회장이 보낸 물건들을 창고에 쌓아 두고 곳곳에 연통을 놓아 도시 내 플라스틱을 긁어모았다. 집집마다 구석구석 플라스틱으로 된 물건들이 의외로 많았다. 부서져서 못 쓰게 된 것도 받아 준다고 하니 특히 거리에서 고물을 줍는 아이들이 신이 나서 돌아다녔다. 하지만 곧 도시의 콘크리트 더미에도 대량의 플라스틱이 묻혀 있으리라 짐작되는 구역은 힘이 센 남자들의 점유지가 되었다. 거리에서는 아직도 물리적인 힘이 곧 화폐이고 문서였다.

식료품과 생필품을 찾느라 파헤쳐졌던 곳이 플라스틱을 찾느라 다시 파헤쳐졌다. 한쪽으로 옮겨졌던 콘크리트 더미가 다른 한쪽으로 옮겨지며 도시의 지형이 시시각각으로 재배치되었다. 힘이 센 남자 어른들이 큰 덩어리들을 줍고 난 자리에 여자와 아이들이 몰려들어 부스러기를 주웠다.

그 와중에도 측정기는 계속 도시를 돌아다녔다. 간헐적이나마 쫓고 쫓기는 추격전이 이어졌다. 여전히 사람들은 추방되거나 죽어서 실려 나갔지만 이제 대부분은 거리의 잔류 부랑자들이었다. 덕분에 거리는 사뭇 선명하게 깨끗해지고 안전해졌다.

할 일이 있든 없든 루는 아침마다 태수네 저택으로 출근했다. 푸코는 하루 종일 도시 곳곳에서 가져온 플라스틱을 받고 물건을 내주고 제 창고까지 채워 넣느라 바빴다. 시몬도 덩달아 신이 나서 마음 놓고 전도를 하네, 구호활동을 하네 하며 밤늦게까지 돌아다녔다.

처음에 루는 태수가 주절거리는 말을 건성으로 들었다. 게임을 할 때면 등 뒤에서, 식사를 할 때면 입에 뭔가를 가득 물고서, 태수는 늘 무슨 말인가를 주절거렸지만 루는 알아들을 수 없었다. 그런데 매일 듣다 보니 그 말들이 조금씩 들리기 시작했다.

예전에도 태수는 "책에서 봤는데……" 혹은 "풍요로운 시절에는……"으로 시작되는 이야기들을 주절거렸지만 루는 다 흘려들었다. 그 시절을 살았던 어른들의 허풍이라면 아주 신물이 났다. 그런 종류의 말인 줄 알았다. 그런데 새 지도를 함께 제작하면서 루가 일정한 지역의 지형과 그쪽 도시와 공장들을 본 대로 설명하면, 태수가 그곳의 지리적인 옛 형태와 역사와 환경과 산업과 특산물과 현재 묻혀 있을 가능성이 있는 자원까지 한 번에 주르르 읊었다. 루가 코웃음을 치며 네가 그런 것까지 어떻게 아느냐고 비웃으면 어느 곳에 어떤 부분이 있는지 제 컴퓨터에서 무언가를 찾아 보여 주거나, 여러 책을 가져와 펼치며 자신의 말을 증명하려 애썼다. 물론 글을 모르는 루는 확인할 길이 없었다.

하지만 그것들이 지금 그들의 작업에서 아주 중요한 부분을 차지하고 있다는 것쯤은 루도 알 수 있었다.

태수는 지금까지 현 회장에게 붙들려 독선생까지 두고 읽은 책과 공부를 바탕으로 여러 자료를 찾아가며 새 지도를 만들고, 그 지도에 나타난 지역마다의 옛 특성을 정리해서 현재를 추측해 내고 미래의 가능성을 찾는 것이 이 작업의 목적이라고 했다.

"말도 참 더럽게 어렵게 하네. 누가 그래?"

"아버지가."

"아버지가?"

"응. 풍요로운 세상을 향한 복구와 발전이라고, 들어는 봤냐?"

루는 게임을 하던 손을 멈추고 태수를 돌아봤다.

태수는 이미 언제 그런 말을 했냐는 듯 자료를 들여다보며 또 뭔가에 골몰해 있었다. 루는 기분이 묘해졌다. 뭔가 굉장한 일이 벌어지고 있었다. 그 중심에 자신이 있었다.

광야 저편의 할아버지에게도 달려가 자랑하고 싶었다. 하지만 도시 밖으로는 아직 나갈 수 없었다. 태수도 정찰과 확인을 위해서라도 한 번쯤 나갔다 와야 하는데 아버지 허락이 떨어지지 않는다면서 조바심을 냈다. 하루라도 빨리 도시 밖으로 나갈 수 있기를 고대하기는 태수도 마찬가지였다.

태수가 가르쳐 준 게임에도 싫증이 날 때쯤 시장이 새 도시 계획안을 내놨다. 광장에 있는 대형 샘터는 물론이고 인근 주민들이 힘을 모아 파 놓은 거리 곳곳의 샘터까지 정부가 직접 관리하겠다는 내용이 포함된 계획이었다. 오염도가 기준치를 넘어 이대로는 식수는커녕 생활용수로도 사용할 수 없기 때문이라고 했다.

곧바로 대형 정수 장치가 샘터 옆에 세워졌다. 그러느라 도시의 장정들이 동원됐다. 특수하게 제작된 부품은 B지구에서 공수해 왔다. 빗물을 여과할 수 있는 휴대용 여과 장치도 보급됐는데 집집마다 플라스틱을 가져가서 교환해 와야 했다. 정기적으로 교체해야 하는 특수 필터도 마찬가지였다.

루와 푸코는 개인용과 가정용으로 크고 작은 정수 장치를 갖고 있었다. 할아버지가 도시에 있을 때 만들어 놓은 것으로, 시장 어른들도 오래전부터 만드는 법을 배워 대부분 사용하고 있었다. 그것마저 금지한다는 지침이 내려왔다. 안정성이 검증되지 않았다는 이유에서였다. 샛강으로의 접근은 오래전부터 금지되었으니 물은 이제 정부를 통해서만 사 먹을 수 있게 되었다.

어른들은 여태 괜찮았는데 왜 새삼 지랄인지 모르겠다고 욕을 해 대면서도 공식적으로는 누구도 문제 삼지 못했다. 검역을 위한 검문검색을 통해 정부 정책에 불응하면 어찌 되는지 두 눈으로 똑똑히 보고 체험했기 때문이었다.

여전히 풍요로운 태수네 집에서 하루 종일 있다 나와 보면 도시는 아침과 또 다른 모습으로 루를 맞았다. 늘어난 수비대의 막사를 짓고 창고를 짓고, 새롭게 조직된 관공서 건물을 정비하느라 도시 곳곳은 내내 공사 중이었다. 공사 중인 도시의 거리를 플라스틱을 줍거나 물을 길러 다니는 사람들이 바쁘게 돌아다녔다. 정수 처리 시설 앞에 길게 늘어선 줄이며 부랑자들이 사라진 거리는 언뜻 깨끗하고 활기차 보였지만, 골목 안쪽으로 조금만 돌아 들어가면 더욱 처리하지 못하게 된 오물로 악취를 풍겼다.

게다가 정부가 풀어놓는 곡식은 어디로부터 어떻게 흘러나오는지 알 수 없었다. 안전한 지역에서 재배한 것이라고 하지만 믿는 사람은 아무도 없었다. 현 회장이 플라스틱과 교환해 주는 생필품이나 통조림도 풍요로운 시절에 만들어져서 신선하다고 하지만 아직도 그런 것들이 남아 있다는 게 믿기지 않았다. 광장 옆 시장 어른들은 광야의 어딘가에 새로 가동되기 시작한 공장이 있는 것 아니냐는 추측들을 내놨다. 서쪽으로부터 오는 비행 편대가 B지구에는 수시로 드나들며 구호물자를 뿌린다는 소문도 번졌다. 푸코도 그에 대해서는 아는 바가 없었다. 도시 안에만 오래 갇혀 있다 보니 정보에 어두워진 탓이었다. 언젠가 태수에게 넌지시 물어봤지만 태수도 잘 모르겠다고 했다.

함께 일을 하면 할수록 루는 태수가 낯설어졌다. 지금까지 알았던 태수가 맞는 것 같다가도 간혹 그답지 않게 터무니없이 진지해졌다. 그럴 때의 태수는 푸코와 분위기가 비슷했다. 루에게는 항상 관대하고 장난스럽기까지 하지만 가게 일을 처리할 때나 어른들과 회의를 할 때면 풍기는 진지한 어른의 풍모가 태수에게도 있었다. 게다가 풍요로운 시절의 역사와 지리와 수학과 과학까지 실로 태수가 가진 지식의 양은 끝이 없었다. 그런데 정작 본인은 잘 느끼지 못하고 있는 것 같았다. 비교 대상이 없기 때문이었다. 태수네 저택에는 아직도 읽어야 할 책이 쌓여 있고 독선생들에게서는 여전히 배워야 할 지식이 흘러넘쳤다.

루는 깨끗한 공간과 부드러운 옷과 신선한 음식에도 진력이 나기 시작했다. 루가 풀어놓을 수 있는 것들은 거의 다 풀어놓았지만 그것을 바탕으로 지도를 그리고 책을 만드는 태수와 직원들의 질문에 대답해 주고 확인해 주느라 내내 곁에 붙어 있어야 했다. 수많은 책에 둘러싸여 읽지 못하는 것에도 갑갑증이 일었다. 할아버지의 동굴에서는 느낄 수 없었던 이상한 열망이었다. 어쩌면 태수의 머릿속에 든 지식이 탐나는 것인지도 몰랐다.

이제라도 글자를 배워 볼까 했지만 쉽지 않았다. 태수가 적어 준 낱자들을 들여다보고 있는 것만으로도 머리가 아팠다. 햇볕도 들지 않는 요새 같은 그곳에서 읽을 수도 없는 책들과 강렬한 색채의 온갖 사물 사이에 갇혀 있다 나와 보면, 잿빛 콘크리트와 검붉은 녹으로만 뒤덮인 도시가 매일매일 더 선명해져서는 루를 맞았다. 매일 같은 날의 연속이었다.

어느 날 태수네 집에서 나와, 루는 하늘을 올려다봤다. 현 회장에게 일의 진척을 보고하는 태수 곁에 붙어 서 있다가 늦은 저녁까지 먹고 나온 참이었다. 구름이 많이 꼈는지 하늘도 컴컴했다. 거리에는 눈과 귀가 밝은 아이들이 오가고 더러 어둠에 익숙지 않은 어른들이 남의 집 창에서 흘러나오는 호롱 불빛에 의지해 장님처럼 더듬거리며 걸었다. 하루 종일 전깃불 밑에 있다 나와서인지 루의 눈도 침침했다. 낮부터 들리던 이명도 심해져서 바로 앞에 있는 집 안에서 하는 이야기도 잘 들리지 않았다.

루는 집으로 가려다가 자전거를 가게로 돌렸다. 아무도 없는 집에 혼자 덩그러니 들어가 있고 싶지 않았다.

가게에는 어쩐 일인지 푸코는 없고 시몬만 혼자 문을 잠그고 지하 창고의 물건들을 정리하고 있었다.

"어디 갔냐?"

"회의."

"무슨 회의?"

"나도 몰라. 아, 마침 잘 왔다."

시몬이 구석에 있는 상자에서 깡통 하나를 꺼내서 루에게 건넸다.

"아까 들어온 건데, 너 주려고 챙겨 놨지."

옥수수 통조림이었다.

"이딴 거 태수네서 만날 먹어."

"그래도 좀 먹어 봐. 진짜 맛있어."

"더 맛있는 것도 만날 먹는다니까!"

루는 버럭 소리를 지르고 창고에서 나와 버렸다. 가게로 올라와 한쪽으로 접어서 세워 둔 군용 침대를 펴고 드러누웠다. 계속 이명이 들리고 눈이 뻑뻑했다.

푸코는 이 시간에 어떤 모임에서 무슨 회의를 하는 걸까. 회의는 핑계고 따로 몫을 챙겨 놓은 지하 창고가 포화 상태라고 하더니 다른 창고라도 알아보러 간 걸까. 없으면 그냥 없는 대로 살면 되지, 우리가 언제부터 그렇게 풍족하게 살았다고, 그깟 물건들 만날 쌓아 놓고 뭐하자는 건지, 루는 그런 푸코에게도 짜증이 났다.

시몬이 창고 정리를 끝내고 가게로 올라왔다. 창고 입구의 철문을 잠그고 자물쇠를 채웠다. 루는 괜히 소리를 지른 게 미안해서 먼저 말을 걸었다.

"근데 너는 어째 이 시간에 가게에 있냐?"

"오늘 할 일은 다 끝냈어."

"쳇, 네가 무슨 일을 하는데? 하나님 사업?"

"넓은 의미로 보면 그렇지."

"좁은 의미로 보면 뭐, 다르냐?"

"그런 게 있다."

"너는 성경 말고 또 읽은 책 있냐?"

"책?"

"그래, 공부한답시고 본 거, 그런 거 있냐고."

"어머니가 살아 계실 때는 이것저것."

"그 후론?"

"없어."

"태수네 집에 책 많던데. 하나 훔쳐다 줄까?"

"아니. 난 이제 다른 지식은 필요 없어."

"잘났다. 이 예수쟁이야!"

할아버지는 왜 글자를 가르쳐 주지 않았을까.

루는 괜히 할아버지마저 원망스러웠다.

광야를 떠돌던 시절이야 그렇다 쳐도, 루가 열세 살 때 들어와 정착한 이 도시에서도 할아버지는 루에게 글자를 가르치지 않았다. 대신에 광야에서 저절로 익혀 몸에 밴 습성을 잊지 않게 하기 위해 정기적으로 루를 광야로 보냈다. 처음 서너 계절은 할아버지와 함께 나갔지만 이후로는 내내 혼자 다녔다. 명목은 어디 어디의 무엇을 가져오라는 심부름이었지만 실상은 광야에서의 생활을 잊지 않게 하기 위한 훈련이었다. 그래 놓고 정작 할아버지는 삼 년 전에 혼자 떠났다.

시몬이 그만 집으로 가자고 해서 몸을 막 일으키는데 푸코가 가게로 들어왔다.

"어디 갔다 와?"

"회의."

"무슨 회의?"

"그런 게 있어."

"야!"

"나중에 말해 줄게."

더 이상 묻기도 귀찮아서 그쯤에서 입을 다물어 버렸다. 근래 들어서 푸코와 시몬은 루에게 비밀이 많아졌다. 왠지 그런 느낌이었다.

집으로 돌아와 잠자리에 들기 전에 시몬이 기도하자며 손을 잡아끄는데도 뿌리치고 먼저 벽을 향해 돌아누웠다. 태수네 집에서는 해가 뜨는지 달이 뜨는지도 몰랐다. 벽에 걸린 시계로 시간이 그렇게 흘러가고 있다는 것을 알게 될 뿐이었다. 자연의 리듬에 몸을 맡기고 사는 루에게는 그런 것 역시 낯선 세계였다. 몸의 리듬이 깨지며 정신의 감각마저 묘하게 일그러지고 있는 걸까.

루는 괜히 태수도 밉고 시몬도 밉고 푸코도 미웠다. 할아버지는…… 너무 보고 싶었지만 역시나 미웠다. 루는 울컥울컥 짜증이 솟구쳐서 자꾸만 눈물이 났다.

21

혁은 오랜만에 뒷산을 넘었다. 이젠 제법 익숙해진 길이어서 쉽게 넘을 수 있었다. 내친걸음으로 약수터를 지나 마을까지 내려갔다. 아스팔트길을 따라가다 골목으로 들어서니 양쪽으로 늘어선 주택들이 완만한 언덕을 이루며 큰길까지 이어졌다. 큰길인 왕복 4차선 도로를 건너자 몇 채의 건물이 늘어서 있었다. 그 뒤로는 사방을 둘러싼 산기슭까지 그대로 너른 벌판이었다.

황량하고 낯선 거리를 헤매다 보니 돌아갈 일이 막막했다. 어느새 해가 져서 항아리 모양의 분지 마을에도 어둠이 내리고 있었다. 어두컴컴한 산길을 따라 험준한 산을 넘을 일을 생각하니 저절로 한숨마저 나왔다. 어쩌자고 여기까지 넘어왔을까 후회했다. 그래도 다행히 달빛이 밝아 산속에서 길을 잃지는 않았다.

하루하루가 한지에 스미는 먹물처럼, 그렇게 스며들 듯 흘러갔다.

혁은 일찌감치 눈을 떴지만 또 종일토록 무엇을 하며 지내면 좋을지 알 수 없었다. 침대에 누운 채로 뒤척이다 햇살이 집 안 깊숙이 들어올 때쯤에야 천천히 몸을 일으켰다. 식욕이 일지 않아 아침도 걸렀다. 컴퓨터도 켜기 싫었고 책도 읽기 싫었다. 간단하게 세수만 하고 옷을 갈아입었다.

스토어 너머의 강변까지 나갔다가 예라와 예라 친구를 만났다. 그 애들은 잠자리를 잡고 있었다. 표본으로 만들어 학교에

숙제로 내야 한다면서 강변의 풀숲을 뛰어다녔다. 딱히 할 일도 없고 하여 혁도 돕기로 하고 예라의 잠자리채를 빌렸다. 주위를 둘러봤지만 잠자리는커녕 날개가 달린 그 무엇도 눈에 띄지 않았다. 그제야 이렇게 추운데 잠자리가 있을까, 하는 의문이 들었다. 예전에 예라와 나눴던 대화도 떠올랐다.

"그런데, 학교가 뭐니?"

까르르 예라가 웃었다. 그 뒤로 친구가 제 몸을 숨기며 경계의 눈빛으로 혁을 쳐다봤다. 예라의 옷깃을 잡아끌며 그냥 가자는 몸짓까지 해 보였다.

"걱정하지 마. 이상한 아저씨 아냐."

예라가 친구를 안심시켰다. 혁은 왠지 겸연쩍어져서는 아이들과 멀찍이 떨어져 강변을 뒤졌다. 저만치에서 신기루처럼 잠자리가 날아올랐다. 잠자리채를 움켜쥐고 그쪽으로 내달렸다.

"여기다, 여기."

예라가 있는 쪽에서도 잠자리가 떼를 지어 날아올랐다.

예라와 친구가 몇 마리의 잠자리를 잡아 채집망에 넣고 돌아갔다. 혁은 혼자 강변을 거닐다가 둥그렇게 풀이 누운 자리에 앉아 풀잎을 씹었다. 어딘가에서 흘러와 어딘가로 흘러가는 강물, 비릿한 물 냄새, 푸른 하늘에 유유히 흩어져 가는 새털구름…… 아내와의 어린 시절 그녀도 혁에게 잠자리를 잡아 달라고 졸라 대곤 했었다. 그때는 잠자리채를 구할 수도 없어서 모기장을 뜯어 나뭇가지에 실로 묶어서 만들었다. 그날 밤 원장 수녀님께 얼마나 혼이 났던지, 아직도 그 표정과 말투가 생생했다. 그러고 보니 오랫동안 수녀님을 뵙지 못했다. 혁이 입원해 있는 병원으로 면회 오셨을 때가 마지막이었으니 얼마나 지난 걸까. 혁은 자신이 날짜 감각마저 잃었다는 것을 깨달았다. 어제와 같은 오늘, 오늘과 같은 어제. 이곳으로 이사 오고 얼마나 지났는지도 헤아려지지 않았다.

천천히 집으로 돌아와 달력을 찾았다. 아내가 인테리어를 해친다고 하여 벽에 거는 달력은 없었지만 책상에는 항상 스케줄을 메모하는 탁상 달력이 있었다. 그 달력이 보이지 않았다. 컴퓨터를 켜고 시계와 함께 내장된 달력을 찾았지만 그것도 없었다. 프로그램이 지워졌는지 프로그램 폴더를 아무리 뒤져 봐도 찾을 수 없었다. 혁은 시간이 멈춘 어느 낯선 곳으로 혼자 뚝 떨어져 버린 듯 막막해졌다.

서랍에서 예전에 쓰던 휴대폰을 꺼내 전원을 켰다. 항상 집에만 있다 보니 사용할 일도 없고 걸려 오는 전화도 없어서 그대로 놔두었다가 서랍 속으로까지 들어가게 된 것이었다. 다행히 배터리가 남았는지 로딩이 되었다. 다른 서랍을 뒤져서 충전기를 찾아봤지만 충전기는 찾을 수 없었다.

휴대폰에도 날짜 기능은 지워지고 없었다. 시간 표시도 되지 않았다. 혁은 사진첩을 열어 봤다. 어떤 사진도 남아 있는 게 없었다. 전화번호부를 뒤져 봤다. 아직 저장되어 있는 번호들이 있었다. 예전에 근무했던 출판사의 번호를 찾아 전화를 걸어 봤다. 몇 번 벨이 울리지도 않아 여보세요, 하는 목소리가 들리자 갑자기 목이 멨다. 혁에게는 친형이나 다름없는 그 출판사의 대표였다.

"형, 나야."

"누구십니까?"

"나, 혁이."

"누구시라고요?"

"혁이라고. 벌써 내 목소리도 잊었어?"

"누구니, 너."

"형!"

"다시 이런 장난하면 죽는다."

"그동안 전화 안 해서 화났나?"

그대로 전화가 끊어졌다.

혁은 다시 휴대폰의 발신 버튼을 눌렀다.

"미안해, 형. 진즉 연락했어야 했는데."

"야 이 새끼야!"

"네, 네, 잘못했습니다. 이제 자주 전화하겠습니다."

"이 미친 새끼야! 사람이 말이야, 칠 수 있는 장난이 있고 칠 수 없는 장난이 있어!"

"알았다고요. 진짜 미안해요, 형."

"뭐? 혁이? 혁이는 죽었어. 이 년 전에 죽었다고. 그런데 뭐? 네가 혁이야?"

"형……."

"어떤 새끼인지 너 걸리면 내 손에 죽는다. 알겠어?"

"형……."

전화가 또 끊겼다. 그를 부르는 혁의 마지막 목소리는 그에게 가 닿지 못했다. 혁은 손에 쥔 휴대폰을 가만히 내려다봤다. 얼마나 화가 나면 이런 말을 할까. 그의 진심이 느껴져 마음이 아팠다. 그래도 혁의 사정을 모르지 않을 텐데, 안다면 이렇게까지 화를 낼 사람이 아닌데. 혁은 내일 아침에 다시 통화를 시도해 보기로 했다. 일단 목소리라도 들었으니 내일쯤이면 화를 풀고 뭔가 다른 이야기를 해 볼 수도 있으리라.

그날따라 일찍 들어온 아내가 조금도 반갑지 않았다. 이렇게 외진 곳으로 이사한 그녀가 원망스러웠다. 오랜만에 잠자리에 들어 몸을 밀착시켜 오는데도 혁은 모르는 척 돌아누워 버렸다. 아내에게서는 먼 곳까지 다녀온 사람 특유의 바람 냄새가 났다.

22

세영은 아침에 치른 또 한 차례의 정사로 나른해진 기분 그대로 테라스에 나가 앉았다. 테라스 너머로 흐르는 강물이 연둣빛 기운이 돋아나는 건너편 산 그림자에 비쳐 푸르렀다. 함께 밤을 보낸 젊은 친구는 세영의 손을 잡아끌며 같이 나가자고 조르다가 혼자 강가로 나갔다. 세영은 강변의 모래사장을 걷고 있는 그를 바라보다가 무릎 담요를 덮고 노트북을 켰다. 서버 속 세상에서도 남편이 스토어 너머의 강변을 걷고 있었다. 그곳에서 예라를 만났는데 이번에는 친구라는 아이와 함께였다.

세영은 노트북에서 시선을 떼고 젊은 친구를 눈으로 좇았다. 그는 강을 따라 제법 멀리까지 내려가 있었다. 모래사장에서 허리를 구부리고 뭔가를 주워 강으로 던졌다. 테라스에 나와 앉은 세영을 발견하고는 손을 흔들었다. 세영도 마주 흔들어 주고 노트북으로 눈을 돌렸다.

세영은 예라가 부쩍 컸다는 느낌을 받았다. 남편을 보며 웃는 예라의 눈매가 예사롭지 않았다. 꼭 끼는 점퍼에 짧은 치마를 입고 나풀거리며 뛰어다니는 몸짓도 신경 쓰였다. 친구라는 아이는 벌써 아이라기보다는 여자에 가까웠다. 남편을 의식하며 새초롬하게 눈을 내리깔고 자꾸만 예라 뒤로 숨는 몸짓에 이르러서는 가벼운 현기증이 일었다.

세영은 남편을 이제 그만 집으로 돌아가게 하고 싶었다.

모드 변환이 되지 않았다. 몇 번이고 거듭해서 시도해 봐도 마찬가지였다. 예라 쪽과 부딪혀 버그가 난 것일까. 화면을 들여다보며 예라 엄마에게 휴대폰으로 전화를 걸었다.

"집이세요?"

"아, 어디 좀 나와 있어요."

"예라가 지금 혼자 있는데, 알고 계세요?"

"아니오, 그럴 리가 없을 텐데."

방갈로 쪽으로 되돌아온 젊은 친구가 물가의 넓은 바위 위에 올라서서 혼자 물수제비를 뜨고 있었다. 돌조각이 파문을 일으키며 강물 위를 날았다.

"지금 제 남편이랑 강변에서 잠자리를 잡고 있어요."

"잘못 본 거 아니에요? 며칠 통 접속도 못 했는데. 사실은, 저 지금 병원이거든요."

"병원이요?"

모니터 속의 강변에서는 남편이 예라에게로 달려가고 있었다.

"정신과 상담을 다시 시작했어요."

풀숲에서 예라가 계속 남편을 소리쳐 부르고 있었다.

"약 때문에 시도 때도 없이 졸려서 접속도 잘 못 해요. 병원에서도 게임은 당분간 멀리하는 게 좋겠다고……."

예라가 맨손으로 잠자리를 잡은 모양이었다.

"상담하면서 이야기를 했나요? 서버에 대해?"

"그럼요, 당연한 거 아니에요? 그것 때문에 간 건데."

예라의 손에 어설프게 들린 잠자리를 남편이 조심스럽게 집어냈다.

"그러면 안 되는 거 아시죠?"

그러느라 서로 이마가 부딪히고.

"에이, 괜찮아요. 의사들은 환자의 비밀을 지켜 줘야 하잖아요."

웃음을 터뜨리는 예라의 맑은 얼굴.

"아무튼 알아서 잘하시겠죠. 그런데 예라를 너무 혼자 두시는 것 같아요. 요즘 저희 남편과 계속 어울려 다니네요."

마주 보고 웃어 주는 남편의 환한 표정.

"우리 예라가요?"

친구도 달려와 셋이 함께 이마를 맞댄다.

"오늘은 친구라는 아이까지 함께 있어요."

예라의 손가락에 남편이 잠자리를 끼워 주고,

"친구요?"

그 친구가 남편의 어깨를 치며 웃는다.

"네, 친구요."

저도 그렇게 해 달라고 조르는 듯.

"친구라는 것도 금시초문이고요, 지금 접속 상태가 아니라니까요. 잘못 보셨어요. 그리고 전 곧 탈퇴할 거예요."

친구가 뒤돌아서 가려다가,

"탈퇴요?"

풀숲에 넘어진다.

"늦둥이라도 가져 볼까 해요."

남편이 손을 내밀어 일으켜 주면서,

"남편이 계속 원했던 일이고, 의사 선생님도 권해서요."

어깨가 부딪힌다.

"가능하겠어요?"

가슴이 부딪히고,

"그럼요, 저 아직 마흔도 안 됐잖아요."

남편은 괜찮으냐는 듯 그 애의 어깨를 두드려 주고,

"그냥은 탈퇴가 안 되는 거 아시죠?"

"네, 알아요."

가벼운 포옹.

"탈퇴하려면 예라를 죽여야 한다는 것도 아시죠?"

스피커에서 터지는 예라의 웃음소리.

"그런데도 탈퇴를 하겠다고요? 저 애를 죽이겠다고요?"

풀숲을 뛰는 예라와 그 친구의 등 뒤로,

"그건 그냥 게임일 뿐이에요."

흐르는 강물.

"예라 엄마!"

환하게 웃는 그 맑은 아이들의 머리 위로,

"사실은, 남편에게도 이미 얘기했어요."

파란 하늘과

"이것 보세요, 예라 엄마!"

새털구름과

"산 사람들은 살아야죠."

투명한 햇살.

"그래요, 차라리 그게 낫겠네요. 죽여 버리세요. 지금 예라가 무슨 짓거리를 하고 있는지 아세요? 잘 알지도 못하는 남자 앞에서 치마를 나풀거리며 희희낙락. 그냥 죽여 버리세요. 그리고 나가서, 애를 낳든지 입양을 하든지 산 사람들끼리 한번 잘 살아 보시라고요!"

언제 전화가 끊겼는지 몰랐다. 예라 엄마가 어디까지 들었는지도 몰랐다. 통화하는 동안 화면을 들여다보며 잘근거린 입술이 기어이 터져 버렸다. 화장지를 뽑아 닦아 보니 피가 배어 있었다.

언제 들어왔는지 등 뒤에서 젊고 단단한 몸이 세영을 끌어안았다. 세영은 있는 힘껏 그를 밀쳐 냈다. 여전히 다른 어떤 모드도 먹지 않는 노트북을 강제로 종료시키고 벌떡 일어섰다. 테라스 난간을 붙잡고 강 너머 절벽과 그 아래 푸른 강물을 쳐다보고 하늘을 올려다봤다. 솔향과 물비린내가 섞인 차가운 공기가 폐부 깊숙이 들어오고 나가며 머리끝부터 발끝까지 새로 피가 돌았다. 잠시 잊었던 젊은 얼굴 하나가 당황하여 주춤거리며 세영을 쳐다보고 있었다.

세영은 성큼성큼 그에게로 다가가 거칠게 키스했다. 머뭇거리던 그가 덥석 세영의 머리채를 휘어잡아 고개를 뒤로 젖혔다. 남은 한 손으로 허리를 감아 당기며 드러난 목덜미를 더듬어 물고 빨고 핥았다. 그의 입술이 알몸에 걸쳐 입은 가운을 젖히며 어깨와 겨드랑이와 젖무덤 사이로 파고들었다. 크고 단단한 근육을 가진 다리 사이로 세영의 몸이 밀착됐다. 고개를 한껏 뒤로 젖혀 굳게 닫힌 성문 사이로 신음 같은 탄성이 흘렀다.

세영은 테이블 위로 밀쳐 눕히는 그에게 몸을 맡겼다. 테이블이 흔들리고, 몸이 흔들리고, 파란 하늘과 새털구름과 투명한 햇살…… 풀숲에서 뛰놀던 아이들의 싱그러운 웃음과 그 애들을 바라보던 남편의 환한 얼굴과 그 뒤로 흐르던 강물…… 절정에 절정을 거듭해도 갈증이 채워지지 않았다. 한 번 끓어오른 화가 좀처럼 식어 내리지 않았다.

젊은 친구는 콧노래까지 부르며 먼저 욕실로 들어갔다. 세영은 그가 샤워하는 동안 옷을 입고 가방을 챙겼다. 작별 인사도 하지 않고 나와 차의 시동을 걸었다.

펜션을 빠져나와 산길을 내려왔다. 마을을 지나쳐 삼거리에서 시내와는 반대 방향으로 길을 바꿨다. 일직선으로 뻗은 국도로 들어서 가속 페달을 밟은 발에 힘을 줬다. 진로를 방해하는 차가 나타나면 경적을 울리며 추월했다. 교차로의 신호를 무시하고 고속도로의 톨게이트도 그대로 통과했다. 어디로 가고 있는지는 중요하지 않았다. 길이 있으니 달렸고 그 길은 끝도 없이 이어졌다.

고속도로와 국도를 갈아타며 달리다가 푸른 바다 앞에서 차를 멈췄다. 차 안에 앉은 채로 휴대폰을 꺼내 들었다. 부재중 전화가 열 통도 넘게 들어와 있었다. 문자 메시지도 잔뜩 들어와 있었다. 펜션에 혼자 남겨진 젊은 친구로부터 온 것이었다. 전부 삭제하고 카멜에게 전화했다. 카멜은 또 전화를 받지 않았다. 끈질기게 전화했다.

이윽고 카멜이 전화를 받자마자 어떻게 된 거냐며 목소리를 높였다. 카멜은 지난번에 수거해 간 아바타 건에 대해 구구하게 변명을 늘어놨다. 세영은 소리쳤다.

"그건 나와 상관없는 일이에요. 내가 알고 싶은 건 버그라고요. 프로그램 말이에요. 예라 쪽인지 우리 쪽인지, 버그가 너무 잦다고요!"

침착하게 상황을 묻는 카멜에게 한참 더 소리를 지르고서야 세영은 제대로 설명할 수 있었다. 카멜은 확인해 보겠다고 했다. 세영은 전화를 끊고 운전대에 얼굴을 묻고 울었다. 소리치며 울었다. 세상 끝까지 달려와서 세상 끝에서 울었다.

바닷가를 떠나기 전에 카멜로부터 다시 전화가 걸려 왔다. 예상했던 대로 예라 쪽의 로그아웃 기록이 없었다. 남편의 모드가 변환되지 않은 것도 그쪽과 부딪혀서 생긴 사소한 버그였다. 카멜은 자신이 직접 예라 엄마와 얘기해 보겠다고 했다.

　바닷가를 빠져나와 길을 되짚어 국도로 나갔다. 이정표를 쫓아 고속도로로 진입했다. 얼마쯤을 달리다가 나타난 휴게소로 들어갔다. 화장실에서 오줌을 누고 낯을 씻었다. 거울 속의 퀭한 얼굴이 낯선 시선으로 세영을 쳐다보고 있었다.

　화장지를 둘둘 말아 얼굴의 물기를 닦고 밖으로 나왔다. 쨍한 햇살에 눈이 부셨다. 갑자기 몹시 배가 고파 식당가로 들어갔다. 우동과 김밥을 주문하고, 주문한 음식이 나올 때까지 멍하니 앉아 있었다. 두 개의 테이블을 사이에 두고 마주 앉은 꼬마가 세영을 쳐다봤다. 눈이 마주치자 아이가 먼저 세영을 향해 배시시 웃었다. 엄마로 보이는 여자가 젓가락으로 면발을 말아 수저에 받쳐서 아이에게 먹였다. 아이가 면발을 오물거리며 단무지 그릇을 가리켰다. 여자가 단무지를 집어 반쯤 베어 물고 나머지를 아이의 입에 넣어 줬다. 이쪽으로 등을 보이고 앉은 남자가 냅킨으로 아이의 입가를 닦았다. 세영은 다시 아이를 갖기로 했다던 예라 엄마의 말을 떠올렸다. 이제 그만 우리의 아이를 가졌으면 좋겠다고 말하던 남편의 그 간절했던 표정을 떠올렸다. 배식구 앞의 전광판에서 세영이 들고 있는 번호표에 찍힌 숫자가 점멸했다. 세영은 자리에서 일어나서 식당가를 빠져나왔다.

휴게소를 나오며 가솔린을 채웠다. 남쪽을 향해 달리다가 서쪽으로 방향을 바꿨다. 톨게이트를 빠져나와 국도변을 달리다가 고속도로 이정표를 보고 그쪽으로 올라탔다. 하루 종일 달리고 또 달렸다. 어깨가 뻐근했다. 허리가 아파오고 다리가 경직되어 가속 페달을 밟을 때마다 경련이 일었다. 더 이상 달리기 싫었다. 그런데도 멈출 수 없었다. 남편도 그래서 그때 그 절벽 아래로 방향을 바꿨을까. 하지만 세영에게는 용기가 없었다. 얼마나 극한 한계에 다다라야 남편처럼 절벽 아래로 몸을 던질 수 있을까. 세영은 이제 그만 집으로 돌아가고 싶었다.

집에 들어오자마자 옷도 갈아입지 않고 서재로 들어가 컴퓨터를 켜고 남편 옆에 누웠다. 남편을 깨웠지만 남편은 일어나지 않았다. '섹스' 모드로 전환해 봐도 작동되지 않았다. 서둘러 가방을 뒤져 휴대폰을 찾아 들었다. 재발신 버튼을 누르려다 그만뒀다. 이번엔 또 무엇에 대해 화를 낼 것인가. '섹스' 모드가 작동되지 않는다고?

데일 것처럼 뜨거운 물로 샤워하고 가운을 걸쳐 입었다. 가운 주머니에 두 손을 찔러 넣은 채로 머리카락에서 뚝뚝 떨어지는 물기를 흘리며 서서 모니터 속의 잠든 남편을 우두커니 쳐다봤다.

세영은 서버와의 연결을 끊었다. 제어판에서 프로그램을 찾아 지우고 노트북에 있는 프로그램도 지웠다. 스마트폰에 깔아놓은 앱도 삭제했다.

다음 날 아침 카멜로부터 전화가 걸려 왔지만 받지 않았다. 펜션에 혼자 남겨진 젊은 친구로부터 걸려 오는 전화도 받지 않

았다. 다음 날도, 또 그다음 날도 세영은 누구의 전화도 받지 않
았다.

버스가
오지 않아요

23

"누구니, 너는?"

소녀는 대답하지 않았다.

"진짜 나를 찾아온 거 맞니?"

"오빠가 죽었어요."

"누가 죽어?"

"우리 오빠가 죽었어요."

"무슨 말인지, 천천히 이야기해 보겠니?"

소녀의 눈에서 갑자기 후드득 눈물이 떨어졌다.

소녀는 오빠가 죽었다는 말만 거듭했다. 입술을 깨물고 눈물을 흘리면서. 너는 누구고, 네 오빠는 누구냐고 물어도 완을 노려보며 울기만 했다.

완은 난감했다. 그때 그 소녀가 아니어서 화가 나던 기분도 누군가의 죽음과 질긴 울음 앞에서 온데간데없이 사라졌다. 무시하고 들어가 버릴 수도 없고 그렇다고 마냥 그 앞에 우두커니 서 있을 수도 없었다. 마침 대문을 열고 나오는 여주댁이 완은 그렇게나 반가울 수 없었다.

여주댁은 소녀를 알고 있었다. 며칠째 내리 집으로 찾아왔다고, 그때마다 돌려보냈더니 오늘은 아침부터 대문 앞을 지키고 서 있었나 보다며 혀를 찼다. 완은 소녀를 여주댁에게 맡기고 얼른 집으로 들어와 버렸다.

들어오고 나서 후회했다. 좀 더 기다렸다가 찬찬히 물어볼 걸 그랬지 싶었다. 이 층으로 올라가 작업실 창문으로 대문 밖을 내다봤다. 계속 울고 있는 소녀를 여주댁이 달래고 있었다. 머뭇거리다 마당으로 내려가 대문 앞에 섰다. 큼큼 헛기침을 하고 대문을 열었다.

"잠깐 들어오라고 하지."

얼굴도 내밀지 않고 마당에 서서 그렇게만 말하고 먼저 집 안으로 들어왔다.

주방에서 추출해 놓은 커피를 컵에 따랐다가 다시 부었다. 냉장고에서 캔으로 된 주스를 꺼냈다가 다시 넣었다. 작게 줄여놓은 불 위의 냄비를 열어 보니 성게를 듬뿍 넣은 미역국이 끓고 있었다.

"뭐 필요하세요?"

주방으로 들어서며 여주댁이 물었다.

"아니, 그게 아니라……"

"아이는 거실에 있어요."

"아침은 먹었대?"

"네?"

"그 아이 말이야. 아침은 먹었대냐고."

"안 물어봤는데요, 물어볼까요?"

"이제 안 울어?"

"네, 그쳤네요."

"왜 그런대?"

"도통 말을 안 해요."

"일단 아침이나 좀 먹이자고. 나도 시장하네."

"같이 드시게요?"

"그럼 상을 따로 봐? 여기 같이 차려."

"네."

여주댁이 식탁을 차리는 동안 완은 주방에서 서성거렸다. 식탁을 다 차린 여주댁이 거실로 나가 뭐라고 말했는지 소녀가 쭈뼛거리면서도 따라 들어왔다. 완은 소녀와 눈도 마주치지 않고 말도 걸지 않고 앞에 놓인 국과 밥만 부지런히 떠먹었다. 새벽부터 남의 집 대문 앞을 지키고 섰던 소녀도 순식간에 밥 한 그릇을 비워 냈다. 여주댁이 좀 더 먹을 테냐고 묻자 소녀가 가만히 고개를 저었다.

"국이 참 맛있어요."

완과 여주댁이 동시에 소녀를 쳐다봤다. 소녀는 언제 그런 말을 했냐는 듯 멍한 표정으로 제 앞의 빈 그릇을 내려다보고 있었다. 여주댁이 소녀의 국그릇을 가져다가 반쯤 더 채워 왔다. 소녀의 눈가에 그렁그렁 눈물이 맺혔다.

"오빠가 그랬어요. 아줌마가 주신 팥죽도 정말 맛있었다고."

"팥죽?"

"며칠 동안 계속 그 얘기만 했어요."

"아니, 너……."

"죽기 전날에도요."

"그 청년 동생이야? 친동생?"

"친동생은 아니고요."

"그런데, 그 청년이 죽었다고? 어쩌다가?"

소녀가 또 흐느껴 울기 시작했다. 여주댁은 국그릇을 받쳤던 쟁반을 든 채로 굳어 서 있었다. 완은 가만히 일어나 거실로 나왔다.

완이 자기 그림을 표절했다고 주장하던 청년이었다. 자신의 작업실로 한 번만 같이 가서 봐 주면 안 되겠냐고 애원하던 청년이었다. 완은 지사장을 따라 이 거실을 나가던 청년의 뒷모습을 떠올렸다. 어깨가 축 처져 내내 신경이 쓰였었다. 따로 말이 없어 서운했지만 그래도 지사장이 잘 처리했으리라 믿었다. 그런데 그 청년이 죽었다는 것이었다. 어찌 된 일인지는 소녀가 울음이라도 그쳐야 알 수 있을 터였다.

한참이 지난 후에야 여주댁이 새로 추출한 커피를 들고 거실로 나왔다. 완은 창가의 안락의자에 앉아 우두커니 정원을 내다보고 있었다.

"옥상에서 떨어졌다네요."

여주댁이 내미는 커피 잔을 받아 먼저 향을 음미하고 천천히 한 모금 들이켰다. 향도 온도도 적당했다.

"어쩌다가?"

"경찰에서는 자살이라고 한대요."

"언제 그랬대?"

"꽤 여러 날 됐나 봐요."

"그런데 나는 왜 만나러 와?"

"저 애가 그 청년하고 똑같은 말을 하네요."

"무슨 말?"

여주댁은 대답하지 않았다.

"그거 때문에 죽었대?"

"그렇다네요."

"미친놈."

말은 그렇게 하면서도 가슴이 뻐근했다. 완은 뜨거운 것이 목울대를 치고 올라와 그것을 누르듯 자리에서 벌떡 일어섰다.

"붙들고 얘기 좀 더 해 봐. 위에 있을 테니까."

"네."

완은 이미 몇 달 전에 완성한 그림 앞에 섰다. 폐가를 개조한 낡디낡은 방 안에 누워 있는 부상당한 소년과 그 옆의 누더기 같은 카펫 위에 잠들어 있는 소녀를 그린 그림이었다. 이른 아침에 연둣빛 헤드폰을 끼고 언덕 아래에서 솟아오르듯 나타난 소녀를 생각하며 그렸다. 완성해 놓고 보니 지사장을 닮았다. 이제 와 다시 보니 영락없이 아래층에서 울고 있는 소녀였다. 가냘프지만 야무진 몸피며 한쪽 팔을 이마에 대고 자는 얼굴에 깃든 지친 기색마저 같았다.

소파에 눕듯이 깊숙이 기대앉아 두 손을 맞잡고 배 위에 올렸다. 그리다 만 새 캔버스 위의 그림이 바로 보이는 자리였다. 얼마나 높은 곳인지는 모르지만 떨어져서 죽을 정도라면 피를 꽤나 흘렸을 것이다. 폐허로 변한 도시 위로 떠오르던 무채 계열의 핏빛이 다시 보였다. 자꾸만 이미지를 어지럽혀 붓을 놓게 했던 색이었다. 청년의 죽음과 머릿속 핏빛의 이미지가 맞아떨어지는 것도 같고 아닌 것도 같고.

한참 만에 여주댁이 작업실로 올라왔다.

"좀 재웠어요. 제 방에다."

"……."

"잠도 제대로 못 자고 식사도 제대로 못했나 봐요, 그동안. 얘기를 하면서도 자꾸 졸더라고요."

완의 침묵을 어찌 해석했는지 여주댁이 변명하듯 덧붙였다.

"잘했어."

"같이 살았대요."

"그놈이랑?"

"네, 아직도 그 집에서 혼자 살고 있나 봐요."

"저 어린 게?"

"그래도 보기보다는 나이를 먹었더라고요. 열아홉이라네요."

"부모는? 학교는 안 다녀?"

"사연이 좀 있나 본데, 거기까지는 말을 안 하네요."

아르바이트하는 곳에서 일을 하고 있는데 경찰이라며 연락이 왔더란다. 병원으로 달려가 보니 안치실의 냉동고 속에 들어가 있더란다. 오 층짜리 건물의 옥탑방을 작업실 겸 살림집으로 얻어 살고 있었는데, 그 위에서 뛰어내려 이미 숨이 끊긴 청년을 지나가던 사람이 발견했다고.

경찰은 금세 자살로 결론을 냈지만 소녀는 믿지 않았다. 청년은 자기 그림을 유명 화가에게 표절당해 한동안 절망했지만 이제 그 화가가 자기 말을 들어 주기 시작했다면서 희망을 가졌다. 지사장이 와서 보고 완도 와서 보고, 어떤 식으로든 인정해 주리라 믿었다. 바쁜 지사장이 잊었을까 봐 청년은 하루에 한 번씩 전화하며 기다렸다. 꼭 표절이 아닐 수도 있다고, 완이 심사를 하면서 본 그림이 머릿속 이미지로 남아 마치 본인의 것인 양 착각하고 그렸겠지만, 다시 보면 알 수 있을 것이라고, 생각나게 될 거라고. 그런 사람이 자살했을 리 없다는 게 소녀의 주장이었다.

완도 비슷한 이야기를 청년에게서 들었다. 일부러 그러셨을 거라고는 생각하지 않아요, 라고 하던 청년의 어눌한 말투. 그게 마음에 걸려 완이 따라나서려 했고 지사장의 만류로 그녀를 대신 보냈다. 그런데 그 뒷모습은 왜 그리도 쓸쓸해 보였을까. 그때 이미 청년은 다시 건너올 수 없는 강으로 한 발짝씩 걸어 들어가고 있었던 걸까.

지사장은 연락이 되지 않았다. 휴대 전화를 받지 않아 회사로도 걸어 봤지만 연결되지 않았다. 그녀는 오전 내내 출타 중이었다.

저녁때가 다 돼서야 소녀가 쭈뼛거리며 방에서 나왔다. 저녁도 먹고 가라는 여주댁의 말에 인사만 꾸뻑하고 나가려는 소녀를 완이 직접 데려다주겠다며 따라나섰다. 아침에 대문 앞을 지키고 섰다가 비열하다고 들이대던 독기는 다 어디로 가고, 소녀는 앳된 그 연둣빛 헤드폰으로 돌아와 있었다. 소녀는 기억하지 못해도 완은 알 수 있었다. 그때 그 소녀가 분명했다.

택시를 불러 타고 분지 바깥의 도시를 가로질러 끄트머리까지 갔다. 청년도 소녀도 매일 이 먼 거리를 오갔었나 싶어 완은 새삼 먹먹해졌다. 오 층 위의 옥탑이라는데 건물에는 엘리베이터가 없었다. 한 번에 오르지 못하고 삼 층에 멈춰 서서 잠시 쉬었다. 소녀가 사 층 난간에 기대서서 기다렸다. 아침부터 무리해서 산길을 헤매 다니더니 저녁에는 도시의 빌딩 숲을 지나 낯선 동네에서 헤매고 있었다. 마음은 어느 언저리를 헤매고 있는지 오락가락 도무지 종잡을 수 없었다.

낡기는 했지만 제법 큰 건물이라 옥상이 넓었다. 방수 페인트가 벗겨져서 시커먼 시멘트 바닥이 드러나 보이는데도 스티로폼 상자에서 기르는 채소와 화분 덕분에 나름 운치가 있었다. 무엇보다도 먼 곳의 빌딩 뒤로 넘어가는 석양이 일품이었다. 구석에 조립식으로 지은 가건물이 소녀와 청년의 집이자 작업실이었다. 주변으로 물감 냄새가 희미하게 떠돌고 있었다. 바로 얼마 전까지도 작업을 했다는 뜻이었다.

소녀가 미닫이로 된 유리문을 열고 바로 신발을 벗고 들어갔다. 완은 그 앞에 놓인 평상과의 사이에 서서 멀찌감치 방 안을 살폈다. 실내는 바깥보다 먼저 깃든 어둠으로 침침했다.

"들어오세요."

선뜻 들어갈 수 없었다. 완이 들어갈 수 있는 공간이 있을 것 같지 않았다. 소녀가 안쪽 벽을 더듬어 스위치를 올렸다. 구석진 자리에 놓인 싱글 침대를 제외하고, 방 안은 작업 중인 그림과 붓을 빠는 양동이와 쓰다 만 물감과 이미 오래전에 말라 겹쳐 세워 놓은 그림들로 어지러웠다. 유리문 옆의 싱크대와 화장실 문 앞에도 최근에 작업한 듯 보이는 그림들이 비스듬히 세워져 있었다.

완은 그것들을 살펴보다가 뒷걸음질을 쳤다. 뒷걸음질을 치다가 평상에 오금이 걸려 그대로 털썩 주저앉았다.

"오빠 말이 맞았죠?"

완은 그렇다고도 그렇지 않다고도 말할 수 없었다. 안에 있는 것들까지 다 보지는 못했지만 문가에 있는 것만 봐서는 몹시 흡사했다.

완은 천천히 일어나 유리문 앞에서 신발을 벗었다. 손발이 후들거리는 게 아침부터 산길을 헤맨 탓인지, 오 층까지 올라오며 기력을 소진시킨 탓인지, 저 그림들 탓인지 알 수 없었다.

"저기 그림 속에 있는 여자애가 바로 저예요. 저를 모델로 스케치를 아주 많이 해 보고 그린 거예요. 배경은 오빠가 상상해서 만들어 냈지만."

말라비틀어진 빈 튜브가 발에 밟히는 줄도 모르고 하나씩 찬찬히 들여다봤다. 아직 미숙하기는 하지만, 색을 쓰고 붓을 놀리는 기법과 배경을 두고 사물을 배치하고 인물을 놓은 구도 까지 완전히 같다고는 할 수 없지만, 그림들은 하나같이 지금도 완의 머릿속에 들어 있는 이미지의 장면, 장면 또 장면이었다. 이미 말려서 보낸 몇 점의 작품과는 거의 흡사한 것마저 있었 다. 누가 봐도 같은 인물이 젊은 시절에 그렸을 법한 습작품이 었다. 거반 다 그려 마무리만 남겨 놓은 작업대 위의 그림도 마 찬가지였다. 그 옆으로 팔레트에 잔뜩 짜 놓은 물감이 빳빳하게 굳어 가고 있었다.

"이렇게 물감을 짜 놓고 죽었을 리 없잖아요."

완의 시선 끝을 따라 같이 쳐다보던 소녀가 말했다.

"오빤 꼭 쓸 만큼 짜요. 물감은 비싸니까."

"……."

"당신이 죽였어요."

"얘야……."

"완전히 똑같은 그림도 있었다고요. 당신이 발표한 그 그림과 완전히 똑같은 그림이요."

"그래, 비슷하기는 하구나. 하지만 내 작품은 이미 공개되었 지. 거꾸로 네 오빠가 내 작품을 흉내 냈을 수도 있지 않겠니?"

"아니요, 나는 알아요. 그게 언제 그려졌는지. 내가 모델이라 니까요. 저를 그린 거라고요. 여기 있는 그림 하나하나, 모두 다 언제 어떻게 그렸는지 내가 다 안다고요!"

완이 보기에도 자신의 작품이 공개된 후에 흉내 내서 그렸다 고 하기에는 완성된 작품들이 너무 많았다. 소녀를 모델로 그린 것들 말고도, 같은 색감과 기법으로 오래 공들인 작품들도 있었다.

"근데 없어졌어요. 당신 그림과 똑같은 거. 오빠가 제일 오래, 제일 공들여 그렸고 자신 있어 했는데, 그게 없어졌다고요."

완은 아무 말도 할 수 없었다. 눈앞에 펼쳐진 이 현실이 믿기지 않았다. 지금 내가 꿈을 꾸고 있는가, 아니면 또 어떤 소설, 혹은 영화 속에 들어와 있는가.

"아무도 내 말을 믿지 않아요. 경찰은 아예 상대도 해 주지 않아요."

"……"

"당신이 죽인 거예요."

"얘야……"

"당신이 죽인 거라고요."

"나를 만난 적이 있지?"

"아니요, 없어요."

"있다. 몇 달 전에, 약수터로 가는 너를 본 적이 있어. 짧게 줄인 교복을 입고, 연둣빛 헤드폰, 그래 그걸 끼고 춤이라도 추듯 몸을 흔들면서 네가 걸어왔지. 그리고 나를 보며 웃었다. 마치 인사라도 하듯. 그때 떠오른 거야. 그래서 너를 생각하며 그렸다. 그러니까…… 같을 수도 있지 않겠니?"

어쩌면 소녀에게보다는 자신에게 해 주고 싶은 말이었다. 그래, 그렇게 된 거야.

"아니요, 전 그 동네엔 가 본 적도 없어요."

"아니, 왔었다."

"며칠 전에 찾아갔을 때가 처음이었다고요. 게다가 교복이요? 내가 학교를 그만둔 게 언젠데. 연둣빛 헤드폰? 내가 시간당 얼마를 버는지 아세요? 이 집, 이 방, 안 보이세요? 내게 그런 게 있을 리 없잖아요!"

"……."

"당신이 죽였어요."

"나는……."

"당신이 죽였다고요!"

완은 그제야 소녀가 왜 자꾸 그렇게 말하는지 그 의미를 깨달았다.

"그래, 그런 것 같구나."

완강하던 소녀의 눈빛이 흔들렸다. 금방이라도 다시 눈물을 쏟을 것처럼. 완은 슬며시 고개를 돌렸다. 밖이 제법 어두워져 있었다.

"나도 알아요. 방에 돈이 있었어요. 오빠가 어딘가에 팔았겠죠. 모작으로 팔았을 텐데도 아주 많은 돈이었어요. 우린 돈이 필요했어요. 나 때문에요. 그래도 그건 그렇게 팔리면 안 되는 거잖아요. 그러면, 안 되는 거였다고요. 그러니까, 그게…… 오빠를 죽였어요. 당신이 한 번만 와서 봐 줬더라면…… 당신이 죽인 거라고요. 아니…… 그래요, 맞아요. 내가 죽였어요. 나 때문에, 오빠가…… 그 그림을 팔았어요."

소녀가 또 무슨 말인가를 했지만 완에게는 더 이상 들리지 않았다.

어떻게 방에서 나와 어떻게 어둠이 깊어진 옥상을 가로질러 그 많은 계단을 내려와 골목길을 따라 큰길까지 나왔는지, 무엇을 타고 어디로 가서 얼마만큼 마셨는지, 또 집까지는 어떻게 돌아왔는지 아무것도 기억할 수 없었다. 완의 머릿속에 또렷이 남아 있는 것은 오로지 연둣빛 헤드폰을 낀 소녀의 몸짓과 웃음과 지사장을 따라나서던 청년의 축 처진 어깨와 삼십여 년 전 목을 매기 전날 밤 작업실에서 완을 배웅하던 형석의 마지막 모습뿐이었다.

청년이 형석과 닮았던가. 오랜 세월이 흘러 표면적으로는 잊히고 무의식 안쪽으로 침잠해 들어간 그 모습이 청년을 보며 언젠가 본 적이 있다, 라는 느낌으로 되살아난 것일까.

다음 날 숙취로 오후 늦게까지 자리에서 일어나지도 못하고 있는데 지사장이 전화를 걸어 왔다. 어제 많이 찾으셨다고 들었는데 무슨 일이시냐고 물었다. 완은 별일 아니라고 대답했다. 그때 그 청년이 죽었다는군 하는 소식도 전하지 않고, 그때 왜 바로 가지 않았느냐고 책망도 하지 않았다. 지사장은 "어제도 약주 많이 하셨다면서요?"라고 말하며 웃었다. "뭐 좋은 일 있으셨어요?"라고 말하며 또 웃었다. 여주댁도 청년과 소녀의 이야기는 아직 전하지 않은 듯했다. 어쩌면 지사장은 완이 먼저 말을 꺼내지 않아 모르는 척하며 기다리고 있는지도 몰랐다. 하지만 완은 더 이상 아무 말도 하고 싶지 않았다. 수화기 저편에서 지사장이 "좋은 일 있으시면 저도 좀 불러 주세요, 선생님!" 하면서 다시 웃었다.

소녀는 이제 찾아오지 않았다. 대신 완이 소녀를 찾아갔다. 건물 앞을 서성이며 청년이 발견되었다는 길 위에 서 보기도 하고 건물 외벽을 따라 위를 올려다보며 그 높이를 가늠해 보기도 했다. 삼 층에서 한 번쯤 쉬었다가 오 층까지 올라가서 굳게 잠긴 유리문 앞의 평상에 앉아 저 먼 빌딩 숲 너머로 스러져 가는 주홍빛 석양을 바라보기도 했다. 팔레트 위에서 딱딱하게 굳어 가는 물감처럼 흙이 말라 굳어 가는 화분의 화초와 채소에 물을 주기도 하고, 시내에 있는 화방 옆의 악기점에서 산 연둣빛 헤드폰을 문고리에 걸어 놓고 오기도 했다. 소녀는 거의 대부분의 시간을 일하는 데에 쓰는 듯했다. 항상 아침 일찍 나갔다가 밤이 깊어 돌아왔다.

어느 날 밤 그날따라 일찍 들어온 소녀와 마주쳤다. 소녀는 평상에 앉아 있는 완을 무심한 눈길로 힐끔 한 번 쳐다보고는 집 안으로 들어갔다. 그래도 가끔 문고리에 걸어 놓는 물건들이 처음 몇 번은 그대로 있었는데 차츰 안으로 들여가는지 보이지 않게 되자, 완은 그거면 충분하다고 생각했다. 뭘 어쩌겠다는 작정도 없이 그저 그것만으로도 위안이 되었다.

그러는 동안 완은 지사장의 성화에도 더 이상 붓을 들 수 없었다. 삼십여 년간 머릿속 이미지를 텅 비워 버렸던 형석의 저주가 다시 시작되었다. 어쩌면 형석의 저주는 끝난 적이 없었는지도 몰랐다. 지금까지는 고작 연습이었고 진짜 시작은 이제부터인지도.

24

다음 날도, 그다음 날도 매일 같은 날의 반복이었다. 여전히 사람들은 끌려가고, 대부분의 물품이 반입되지 않았다. 물은 계속 사 먹어야 하고 경작지의 얼마 안 되는 작물마저 정부의 손으로 완전히 넘어갔다. 이런저런 복구 공사에 동원되어 지친 사람들이 플라스틱을 구하려고 끊임없이 돌아다니며 가뜩이나 파헤쳐진 사방을 또 파헤쳐 놓았다.

루는 자주 눈이 침침해졌다. 햇빛은 거의 보지도 못하고, 하루 종일 전깃불 아래에서 너무 선명한 색채들에 노출되어 있기 때문이었다. 밀폐된 실내에서 종일 들어야 하는 소음으로 귀가 약해져서 이명도 자주 들렸다. 두통도 심해져, 태수가 현 회장에게서 받아다 주는 아스피린도 이젠 소용이 없었다.

두 차례에 걸쳐 꾸려진 원정팀에서도 루와 태수는 제외됐다. 푸코는 거의 밤마다 회의가 있다면서 늦었고, 시몬도 새로 전도에 성공해서 포섭한 사람들과 구호 활동을 펼친답시고 밤늦도록 뒷골목을 누볐다.

혼자 벽을 향해 돌아누워 잠드는 밤이 늘었다. 집에 혼자 있어도 도시의 소음이 끊임없이 루를 괴롭혔다. 루는 순순한 빛깔의 하늘과 땅이 끝없이 펼쳐진 광야의 적막이 그리웠다. 하루 종일 뛰어다닌 날의 기분 좋은 근육통과 물을 얻어 정수하고 끓여 마시며 바라보던 선홍빛 저녁노을과 몇 날 며칠을 걷다가 사람들이 사는, 혹은 살지 않는 농가를 발견했을 때의 기쁨은 이제 다시 없을지 몰랐다. 축축하지만 좋은 흙냄새가 나는 할아버지의 동굴과 곡식이 익어 가는 동굴 앞 들판까지, 루는 모든 게 너무 그리웠다.

진즉 눈을 떴지만 일어나기 싫어 뒤척이고 있었다. 똑같은 하루일 게 뻔한 아침이었다. 푸코가 나갈 준비를 하며 루를 재촉했다. 시몬은 진즉에 나가고 없었다.

루는 담요를 뒤집어쓰고 앉아 푸코에게 말했다.

"나, 그냥 갈래."

"뭐?"

"할아버지한테 갈래."

"일 다 끝났어?"

"아니."

"허락 안 하실 거다."

"그냥 갈 거야."

"통행증은?"

"내가 샛강쯤 못 건널 것 같아?"

"상황이 변했어. 어젯밤에도 두 사람이나 사살됐다고. 물고기 밥이 된 시체들은 이제 떠오르지도 않아."

"그래도 갈 거야."

"가면 못 돌아와. 예전의 도시가 아니라고. 모르겠어?"

"못 돌아오면 그만이지."

"풍요로운 세상을 다시 만든다면서? 신이 나서 다닐 때는 언제고."

"이제 그딴 거 필요 없어. 풍요로운 세상? 그게 어디 있는 건데? 태수네 집에? 시장네 집에? 그런 거라면 뭐 별로 좋지도 않더만."

"……."

"어차피 처음부터 난 그게 뭔지도 몰랐어. 사실 지금도 잘 모르겠고."

"…… 조금만 기다려 봐."

"뭘?"

"계획이 있어. 조금만 기다리면 내보내 줄게."

"무슨 계획인데?"

"아직은 때가 아니고……. 아무튼 조금만 더 참아 봐, 응?"

밤마다 하고 있다는 회의가 그것일까. 푸코는 도대체 무슨 일을 꾸미고 있는 걸까.

루는 더 이상 묻지 않고 얌전히 자리에서 일어났다. 그래도 자꾸만 울음이 나올 것 같았다. 덮었던 담요를 개서 매트리스 한쪽에 던져 놓고 돌아서려는데 푸코가 등 뒤에서 가만히 루를 안았다.

"나만 믿어. 정말로, 금방 나갈 수 있게 해 줄게."

기어이 왈칵 눈물이 쏟아졌다.

"머리 아픈 건 좀 어때?"

입을 열면 소리 내어 울어 버릴 것만 같아 루는 대답하지 않았다.

"귀는?"

푸코가 루의 몸을 돌려세워 안았다.

"죽을 것 같아"

"알아."

루는 이제 푸코의 가슴에 얼굴을 묻고 울었다. 마음껏 소리 내어 울었다.

"다 알아."

푸코가 단단하게 품어 안으며 뒷머리를 쓰다듬고 등을 토닥거렸다.

"근데."

"응?"

"콧물은 좀 묻히지 말지?"

"아이씨!"

루의 목소리가 푸코의 가슴에 묻혀 웅웅거렸다.

"더러워 죽겠네, 정말."

한바탕 울고 웃고 나서 푸코와 함께 집을 나와 태수네로 향했다. 뭔지는 모르겠지만 푸코가 그렇다면 그런 것이었다. 그렇게 해 준다고 했으니 그렇게 해 줄 것이었다.

푸코가 세 번째 비밀 창고를 마련했을 무렵 시장이 오염도 허용치를 완화했다. 두 번의 조정 끝에 더욱 유연해져 이제 끌려가는 사람도 없어지고 물품의 반입도 비교적 자유로워졌다.

그래도 시민들의 고충은 줄지 않았다. 정수 시설의 확충과 관공서 재가동을 위한 정비 등 각종 복구 공사에 끊임없이 동원됐다. 수비대의 인원이 늘어나며 그에 따른 비용이 늘어나고, 정수 시설을 가져오고 유지하느라 B지구에 진 빚도 만만치 않왔다. 모든 게 다 시민들의 몫이었다. 플라스틱 외에도 각종 연구를 구실로 정부에서 필요로 하고 B지구에서 요구하는 물품들을 긁어모아야 했다. 그 몫의 절반이 광장 옆 시장 거리와 뒷골목 암시장에 할당됐다. 어른들은 길거리에 모여 목소리를 높이다가도 수비대가 오면 재빨리 흩어져 자신들의 가게로 숨어들었다.

그러거나 말거나 정부는 또 새로운 도시 계획안을 내놨다. 샘터의 물만으로는 생활용수가 부족하니 샛강의 물을 끌어들여 보충하고, 오물로 범벅이 된 뒷골목까지 정비하기 위해 인공 하천을 따로 만들겠다는 계획이었다. 상류 쪽의 물을 끌어 쓰고 하류 쪽으로 흘려보내겠다는 것인데, 두 개의 인공 천을 따로 파야 했다. 게다가 샛강의 물을 끌어들이기 위해서는 도시와 샛강 사이에 놓인 경작지를 가로질러야 하고, 식인 물고기의 유입을 막기 위한 특수 보도 설치해야 했다. 실로 방대한 계획이 아닐 수 없었다.

루는 이제 태수네 집에도 자주 아프다는 핑계로 가지 않았다. 맥없이 거리를 헤매거나 샛강 근처까지 갔다가 돌아오거나, 여전히 바쁜 푸코 대신 가게를 지키고 앉아 있었다.

설마 진짜 하랴 싶었던 인공 하천 공사가 실제로 시작되며, 시장 거리를 중심으로 도시는 금방이라도 무슨 일이든 벌어질 것처럼 술렁거렸다. 가게에 가만히 앉아만 있어도 들려오는 중얼거림과 불안한 웅성거림 때문에 루는 고통스러웠다. 그래도 루는 푸코의 약속을 믿고 기다렸다.

정부가 각종 공사에 필요한 비용을 충당하기 위해 대형 샘터를 민간에 매각한다고 발표하자 거리의 술렁임은 극에 달했다. 도시 내에서 샘터를 사들일 수 있는 사람은 현 회장밖에 없었다. 현 회장이 대부분의 생필품을 풀어 도시 사람들을 먹여 살리고는 있지만 다른 물건으로든 노동으로든 그에 대한 대가는 충분히 지불됐다. 그런데 이제 물마저 현 회장에게 사 먹어야 할 판이었다. 광장 옆 샘터는 원래 근처 주민들이 공동으로 작업하여 정비해 놓은 것이었다. 외곽에 있는 몇 개의 작은 샘터들도 마찬가지였다. 그런데 정화 시설을 핑계로 정부가 점유하더니 이제 한 개인에게 되팔려 하고 있었다. 정부를 통해 사 먹을 때에는 그럭저럭 참을 만했던 억울함이 새삼 치밀어 어른들은 정치하는 놈들의 옛날 버릇이 다시 나오는 거라며 더 자주, 더 거세게 울분을 터뜨렸다.

루는 잘 이해되지 않았다. 옛날이라면 대재앙 이전을 말하는 것일 터였다. 그런데 거의 지상 천국이었던 듯 만날 추억하고 그리워하던 그때를 새삼 욕하고 있었다. 풍요로운 시절이란 그렇게 불합리하고 답답하기도 했던 걸까. 그런데 왜 그렇게도 기를 쓰고 돌아가려고 하지?

아침 일찍부터 푸코가 회의에 가야 한다면서 서둘렀다. 한껏 굳은 표정이 어쩐지 비장해 보이기까지 했다. 루는 푸코의 눈치를 살피다가 이제 때가 된 것이냐고 물었다. 푸코가 고개를 끄덕였다.

루는 푸코의 목을 끌어안고 뺨에 입맞춤을 퍼부었다. 징그럽다면서 푸코가 루루를 떼어 놓고 돌아서자 루루가 그의 등에 훌쩍 올라타 업혔다. 앞으로 고꾸라지려다 겨우 중심을 잡은 그의 목을 끌어안고 등에 얼굴을 마구 부비며 머리카락을 흩뜨렸다.

"언제, 언제?"

푸코의 목을 더욱 세게 끌어안으며 물었다.

"어우야, 좀!"

"나 이제 태수네도 가지 마?"

"당분간은 아무 일도 없는 듯 행동해. 태수한테는 아직 비밀이고."

"왜? 현 회장 때문에?"

"아니, 그런 게 아니고."

"그래도 태수한테는 알려 줘야 하지 않아?"

"그런 게 아니라니까. 아무튼 나중에 다 얘기해 줄게."

"알았어. 어쨌든 일 터지면 난 바로 튈 거야."

"알았으니까, 이거 좀 놓고 얼른 내려와라, 무겁다."

루루의 눈앞으로는 벌써 광야의 먼 지평선과 밤하늘의 별들과 할아버지의 동굴이 어른거렸다. 뺨에 스치는 바람과 거친 듯 다정한 할아버지의 목소리마저 들렸다. 도시에서 폭동이 일어나든 전쟁이 일어나든 이제 자신과는 상관도 없는 일이었다.

루루는 오랜만에 태수네로 신나게 달려갔다.

그런데 태수네 집도 어쩐지 분위기가 이상했다. 루루도 알아듣지 못할 만큼 낮은 웅성거림이 집 안 곳곳에서 들려왔다. 루루는 태수에게 넌지시 무슨 일이 있느냐고 물었다.

"일은 무슨 일. 또 놀 궁리만 하지 말고 이거나 확인해 봐."

태수는 루를 책상 앞으로 끌어다 앉혀 놓고 그동안 표시해 둔 것들을 펼쳐 보였다. 태수가 묻는 것들을 다시 설명해 주면서도 루는 계속 고개를 갸우뚱거렸다. 수상한 웅성거림이 끊임없이 들려왔다. 태수는 루가 게으름을 피우는 통에 일이 밀렸다면서 연신 투덜거렸다.

점심때가 되어 식당으로 내려가려 할 때 갑자기 복도가 소란스러워졌다. 방문을 부수듯 열고 들어온 이들은 집 안팎을 지키는 군인들이었다. 그들은 거꾸로 방 안에 있는 사람들에게 총칼을 들이댔다. 루와 태수는 두 손을 깍지 껴 뒷머리에 대고 바닥에 엎드렸다. 곧 현 회장도 그 방으로 끌려왔다.

주동자는 현 회장의 바로 밑에서 일하는 참모였다. 시장 공관과 새로 정비한 관공서도 모두 접수된 상태라고 했다.

태수와 루를 볼모로 잡아 놓고 참모가 지하에 있는 벙커식 창고로 현 회장을 끌고 갔다. 루는 뭐가 어찌 된 일인지 종잡을 수 없었다. 갑자기 무기도 없이 당한 일이라 어쩔 도리가 없기도 했지만 상대는 화염을 뿜는 총을 갖고 있었다. 게다가 처음에는 푸코가 말한 게 이런 것인가 싶어서 더욱 저항하지 않았다. 그런데 돌아가는 분위기가 이상했다. 태수도 예기치 않은 일에 넋이 나가 있기는 마찬가지였다.

참모가 현 회장을 끌고 나가고 얼마 지나지 않아 바로 푸코가 수비대를 앞세우고 쳐들어왔다. 참모 쪽 군인들이 태수를 막았다. 짐승의 소리 같은 함성과 비명 속에서 눈이 부시도록 하얀 벽지에 총알이 박히고 붉은 선혈과 살점이 튀었다. 화려한 장식의 문짝들이 부서지고 부드러운 천으로 감싼 의자들이 날아갔다. 사기그릇을 쌓아 놓은 장식장이 넘어가고 대낮보다도 환했던 샹들리에도 떨어졌다. 오 층의 작업실까지 밀고 올라온 푸코가 재빨리 루에게 루의 무기들을 던졌다. 루가 그 방에 있던 군인 둘을 순식간에 제압했다.

"회장님은?"

푸코가 다급하게 물었다.

"지하 벙커에!"

태수가 소리쳤다.

"도대체 뭐가 어떻게 돌아가는 거야?"

루가 물었지만 푸코는 벌써 방 밖으로 뛰어나가고 있었다.

"도대체 어느 쪽이 우리 편이야?"

"길게 설명할 시간이 없어. 빨리 가자."

푸코와 루는 태수를 등 뒤에 놓고 현 회장이 끌려간 창고가 있는 지하 벙커로 향했다. 푸코의 총과 루의 칼이 길을 열었다. 매캐한 화염과 뿌연 먼지 속에서도 푸코와 루는 시간을 단축하기 위해 적들의 머리와 목과 가슴만 노렸다. 광야의 폐허보다 더 처참해진 복도와 몇 개의 로비를 지나 지하로 내려가는 계단의 모퉁이를 돌면서 탄환이 떨어진 푸코가 루의 활과 화살을 빌렸다. 좁고 가파른 계단에서도 싸움은 계속됐다.

반란군은 완전히 제압됐지만, 벙커를 열고 내려갔을 때 현 회장은 피투성이가 되어 쓰러져 있었다. 치열한 싸움의 흔적이 곳곳에 남아 있었다. 현 회장의 참모도 이미 숨이 끊어진 상태였다.

태수네 지하 창고에 처음 내려와 보는 루는 그만 벌어진 입을 다물 수 없었다. 입구 쪽에만 불이 켜 있어 정확한 규모는 알 수 없지만 눈앞에 펼쳐진 그 거대한 광경만으로도 얼이 빠져 버릴 지경이었다. 빽빽하게 세워진 선반을 따라 일정한 구역으로 나뉘어 불을 켜는 스위치도 따로 있었다. 더듬더듬 하나씩 불을 켜며 사방으로 가도 가도 그 끝이 보이지 않았다. 그러나 선반 위에 쌓인 물건들은 고작 두세 구역도 가지 않아 끝났다. 그리고 플라스틱으로 가득 찬 구역이 시작됐다. 이윽고 플라스틱의 구역도 끝나고 이후로는 끝도 없이 늘어선 빈 선반들의 무덤이었다.

푸코는 참담한 얼굴로 입구에 서 있었다. 그 곁에서 태수가 이미 심장이 멎은 현 회장을 끌어안고 울부짖고 있었다.

25

혁은 아침에 아내가 출근하자마자 출판사로 전화했다. 받지 않았다. 오후에도 두 차례나 걸어 봤지만 받지 않았다. 아내가 출근했으니 분명 휴일은 아닐 터였다. 탁상 달력은 도대체 어디로 치웠는지 아무리 뒤져 봐도 찾을 수 없었다. 아내가 혁에게 물어보지도 않고 버린 게 분명했다. 벽에 거는 달력도 집의 분위기와 어울리지 않는다고 걸지 못하게 했던 아내가 원망스러웠다. 잘 표구되어 벽마다 걸려 있는 유명 화가들의 그림이 조롱하듯 혁을 쳐다보고 있었다. 혁은 그것들을 노려보다 그 시선을 피하듯 베란다로 나갔다.

'그런데 저 그림들은 언제부터 저기 걸려 있었지?'

도무지 알 수 없는 일이었다.

'어제 달력을 찾으러 다닐 때만 해도 못 본 것 같은데.'

얼마 전에 TV의 수신 상태가 좋지 않아 브라운관과 벽을 연결하는 단자와 전선을 살폈을 때에도 분명히 없었다. 처음 이사 왔을 때에는……. 도대체 언제, 어떻게 이사를 왔는지조차 기억나지 않았다. 전에 살던 곳이 어디였는지도 몰랐다.

어쩌면 그림은 처음부터 저기 걸려 있었던 것일 수도 있었다. 전에 살던 집에서 그대로 떼어 옮겨 왔는지도.

'아니라면 저것들이 아내가 아끼는 진품이라는 것을 내가 어찌 알겠어.'

갑자기 몸의 감각이 이상해졌다. 이명이 들려와 손바닥을 귀에 대고 머리를 흔들었다.

놀이터에서 만났던 여자가 몸을 던진 앞 동의 화단에는 무슨 일이 있었냐는 듯 보랏빛 라벤더가 잔뜩 피어나 있었다. 주변을 둘러보니 단지 내 화단이 온통 보랏빛 꽃밭이었다. 한동안 이사를 들어오고 나가는 사람들로 어수선하더니 어느새 단지 내의 조경도 새로 정비되어 있었다. 바람을 타고 진한 허브 향기가 베란다 창을 넘어 집 안까지 날아들었다. 혁은 바람이라도 쐬며 걸으면 기분이 나아질까 하여 옷을 갈아입고 집을 나섰다.

포장된 길 위를 걷는 다리의 감각도 이상했다. 허공을 나는 듯 가볍기도 하고 땅으로 꺼지듯 무겁기도 했다. 혁은 율마 나무들이 심긴 진입로를 지나 아파트 단지를 빠져나왔다.

종합 스토어 쪽으로 터덜터덜 걸어가는데, 큰길가의 버스 정류장에 한 여자가 앉아 있는 게 보였다. 오다가다 마주친 적도 없는 낯선 여자였다. 여자는 예전의 예라와 같은 자세로 같은 분위기를 풍기며 도로 끝을 멍하니 쳐다보고 있었다. 다가가 말을 걸면 예라처럼 "버스가 안 와요." 하고 중얼거릴 것만 같았다. 여기는 버스가 자주 오지 않는다고 말해 줄까 하다가 그대로 지나쳤다. 예라처럼 엄마를 잃었거나 길을 잃었거나 할 만한 나이도 아니었다. 공연히 참견하려 한 자신이 우습고 한심했다.

스토어의 정문으로 들어가 에스컬레이터를 타고 층마다 둘러보며 천천히 올라갔다. 예라를 만나면 함께 밥이라도 먹고 싶었지만 예라가 보이지 않았다. 아내와 함께 혹은 혼자서 오며 가며 얼굴을 익힌 누구라도 있으면 눈인사라도 나누고 싶었지만 낯익은 얼굴이 눈에 띄지 않았다.

칠 층에 있는 서점으로 들어갔다. 책을 정리하던 점원이 반갑게 인사를 해 왔다. 겨우 아는 얼굴을 만나 혁은 그제야 안도했다.

천천히 서가를 돌며 책을 골랐다. 구석진 곳의 제일 아래 칸에 꽂힌 고전 소설 한 권을 빼 들고 신간 매대에 누워 있는 시집 한 권을 집어서 계산대에 올렸다. 신용카드로 계산하고 나와 십일 층에 있는 영화관으로 올라갔다.

볼 만한 영화가 있으면 상영 시간만 확인하고 레스토랑으로 올라가 저녁을 먹은 뒤 시간에 맞춰 내려올 요량이었다. 저녁을 먹기에는 이른 시간이었지만 아침도 점심도 거른 탓에 몹시 시장했다.

영화관에는 마침 전부터 보고 싶었던 영화가 들어와 있었다. 오래전에 개봉관에서 내린 영화라서 놓쳤는데 다시 상영하고 있었다. 시간도 한 시간 뒤로 딱 좋았다. 영화표 한 장을 예매하고 레스토랑으로 올라갔다. 새로 사 온 책들을 훑어보며 영화가 시작되는 시간까지 천천히 맛을 음미하며 식사했다.

영화는 기대했던 것보다 더 좋았다. 대화도 많지 않았고 액션신도 과하지 않았다. 정사신도 야하다기보다는 아름다웠다. 덕분에 기분이 말랑말랑해져서는 푸릇하게 어둠이 깔리기 시작한 거리로 나와 집을 향해 걸었다. 영화 자막이 올라갈 때 흐르던 엔딩곡이 계속 귓가를 맴돌았다. 저절로 흥얼거려졌다.

낮에 본 낯선 여자가 버스 정류장에 아직도 정물처럼 앉아 있었다. 혁은 제 기분에 취해 천천히 그쪽으로 다가갔다.

26

서버를 확장하고 재구동할 수 있었던 것은 어찌 보면 예라 엄마 덕분이었다. 아니 예라 아빠 덕분이라고 하는 편이 더 정확할 것이다.

예라 엄마가 죽었다. 강변에서 남편과 잠자리를 잡던 예라 때문에 세영이 전화로 퍼부어 대고 혼자 펜션에서 뛰쳐나와 프로그램을 삭제시킨 지 열흘도 되지 않아서였다. 카멜이 계속 전화를 받지 않는 세영에게 메일로 알려 왔다. 자살이었다.

장례를 마치자마자 예라 아빠가 카페와 서버를 상대로 소송을 걸었다. 세영은 자신이 예라 엄마를 너무 몰아붙였던 것은 아닐까 하는 자책감이 들기도 전에 다른 사실 하나를 깨달았다. 그것은 절반의 비용을 댄 세영에 대한 소송이기도 했다.

그러나 카멜은 오히려 이번 기회를 이용해 판을 더 키우자고 제안했다. 비밀 유지 조항을 없애고 차라리 공개적인 온라인 게임으로 전환하자고 했다. 소송으로 이슈가 되어 알려지면 회원들이 몰려들 것이고, 그만큼 수익이 날 테니 소송은 더 크게 오래 끄는 게 좋다고 했다. 어차피 카페와 서버를 상대로 들어온 소송이니 모든 책임은 자신이 질 것이고, 세영은 전혀 불편할 일이 없으리라는 말도 잊지 않았다. 카멜은 그동안 세영이 연락을 끊었던 일이나 접속하지 않고 있는 것 등에 대해서는 아예 처음부터 언급도 하지 않았다. 아예 모르는 일처럼 굴었다.

카멜로부터 세 번째 메일이 날아든 날 세영은 다시 프로그램과 앱을 다운받아 서버에 접속했다. 그리고 카멜에게 전화했다. 나쁘지 않은 제안이었다. 최종적으로는 불리하게 판결이 나서 예라 엄마가 댄 비용을 대신 메꿔 주게 되더라도 괜찮은 투자이고 사업이었다. 그렇게 또 자신을 합리화시켰다.

보름 만에 깨어난 남편은 하루 종일 빈 파일을 앞에 놓고 앉아 졸기만 했다. 혼자 음식을 만들어 먹지도 않고 집 안 청소도 하지 않았다. 오후가 돼도 산책도 나가지 않았다. 너무 오래 재운 탓에 입력된 생활 패턴이 지워졌기 때문이었다. 자주 접속하여 시간을 들여 함께 다녀 주고, 부재중일 때라도 다양하게 모드 변환을 해 주어 새 패턴을 입력해야 했다. 하지만 세영에게는 그럴 만한 시간이 없었다. 어떻게 짬을 내서 잠깐 '식사' 모드로 변경해 주면 남편은 그제야 책상에서 일어나 주방으로 갔다. 따로 모드 변환을 하지 못하고 급히 '완전 자동' 모드로 돌려놓으면 그대로 식탁에 앉아 밥만 퍼먹었다. '샤워' 모드로 바꿔 주면 그제야 수저를 놓고 일어나 욕실로 갔다. 식탁 주변이 난장판이 되어 세영이 따로 '청소' 모드를 돌려 주방을 리셋해야 했다.

반면 서버는 카멜의 예상대로 소송이 끝나기도 전에 포화 상태가 됐다. 카멜은 다른 지역을 구축하여 회원들을 옮겼다. 그쪽이 더 크고 좋았지만 세영은 남기로 했다. 가뜩이나 상태가 좋지 않은 남편을 낯선 곳으로 이사시키고 싶지 않았다. 그래도 프로그램을 포맷하여 재구동하는 번거로움은 피할 수 없었다.

카멜이 남편의 아바타를 그대로 이어서 프로그래밍해도 되냐고 물었다. 세영은 그렇게 하지 않는 것도 가능하냐고 되물었다. 카멜은 언제든 원하는 지점으로 되돌릴 수 있다고 했다. 세영은 망설였다. 요즘 들어서는 전 부인을 서버에 버려둔 채로 재혼했던 남자와 자신이 별반 다르게 느껴지지 않았다. 그때 그 여자와 지금의 남편이 달라 보이지 않았다. 세영은 남편의 우울하고 무기력한 시간들을 지워 주고 싶었다. 차라리 강변에서 예라와 예라 친구와 뛰어놀던 때의 맑고 환했던 예전 모습을 되돌려 주고 싶었다.

세영은 카멜에게 바로 그다음 날로 되돌려 달라고 말했다.

하지만 재구동되어 깨어난 남편의 표정도 밝지 않았다. 세영의 아바타를 마치 처음 보는 사람처럼 서먹하게 대했다. 세영이 출근길에 '완전 자동' 모드로 돌리자마자 남편은 서랍에서 휴대폰을 꺼내 어딘가로 전화를 걸었다. 남편이 들고 있는 휴대폰은 생전에 그가 쓰던 것과 흡사했다. 아이템 자료로 첨부하여 보냈던 모양인데 워낙 많은 자료들을 보내 이제는 어떤 것들을 보내고 어떤 것들을 보내지 않았는지 세영도 헷갈렸다. 어쨌든 남편이 스스로 움직이는 것은 좋은 조짐이라 여겼다.

사무실에서 하루 종일 남편을 관찰하며 재구동된 서버의 환경을 점검했다. 남편의 서재에는 이쪽 세상의 서재와 똑같은 양의 책들이 구비되고 집 안의 빈 벽에는 세영이 사진으로 찍어서 보낸 대가들의 그림들이 반영됐다. 그중에서도 최 화백의 소녀 시리즈 중 첫 번째 그림이 현관으로 들어서면 마주 보이는 벽에 크게 걸렸다. 아파트 화단에는 라벤더가 가득 심기고 놀이터가 있던 자리에는 율마 나무 단지가 조성됐다. 아파트 진입로와 스토어로 가는 길도 깔끔하게 정비되고 스토어에는 서점을 비롯하여 입점 매장이 늘었다. 영화관에 탑재된 영화도 다양해졌는데 대체로 세영이 뽑아 준 남편의 취향이 반영된 영화였다.

표정은 여전히 어두웠지만 그래도 남편은 예전처럼 혼자 집 안 곳곳을 둘러보고, 혼자 옷을 갈아입고 스토어로 나가고, 혼자 서점에 들러 책을 사고 밥을 사 먹었다. 패턴으로만 보면 완전히 회복된 듯 보였다.

세영은 저녁 무렵 공항으로 가는 차 안에서도 남편의 패턴을 계속 점검했다. 다음 달에 있을 기획전에 전시할 작품들이 도착해서 직접 확인하고 인수증을 써 줘야 했다. 공항에는 직원들 몇이 먼저 가서 기다리고 있었다.

퇴근 시간이라 차가 많이 밀렸다. 세영은 서행하는 차들 사이에 끼어 느긋하게 남편을 지켜봤다.

남편은 혼자 영화를 보고 있었다. 세영도 전부터 보고 싶었던 영화였지만 운전 중이라서 제대로 보지는 못하고 볼륨을 높여 소리만 들으며 가끔씩 힐끔거렸다. 예전에 남편과 함께 예매까지 해 놓고 부회장이 갑자기 한국에 들어오는 바람에 놓쳤던 영화였다. 남편이 호텔 로비에서 기다리고 있던 바로 그날이었다. 예정대로 그때 그 영화를 함께 보러 갔다면 남편은 아직 여기 있을까. 밤낮으로 혼자 도로를 질주하지도 않고 질주하다 지쳐서 절벽 아래로 뛰어드는 짓도 하지 않았을까. 그러나, 그러기 위해서는 부회장과의 관계를 먼저 끊었어야 했다. 과연 그럴 수 있었을까. 세영은 언제 한번 다녀가라던 부회장의 메일을 떠올렸다. 이번 달에는 아무래도 시간이 나지 않을 것이었다. 다음 달에나 주말을 이용해 짧게 다녀오면 어떨까 하는 생각을 하다가, 어쩌다 몇 번 같이 밤을 보내게 된 젊은 친구를 떠올렸다. 메모 한 장 남기지 않고 펜션을 뛰쳐나온 뒤로도 계속 전화로 문자로 메일로 매달렸지만 세영은 반응하지 않았다. 직원을 시켜 그의 그림을 높은 값에 사 오게 하자 그는 내가 원한 건 당신뿐이었다고 화를 냈지만 결국 이쪽의 제안은 받아들였다. 세영은 자신이 그렇게 떨쳐 버려 놓고도, 그래 처음부터 그런 것이었겠지, 하는 생각이 들어 쓸쓸하고 또 쓸쓸해졌다. 젊은 친구에 대한 생각은 자연스럽게 최 화백의 집에서 만난 청년에 대한 생각으로 이어졌다. 최 화백이 자신의 그림을 표절했다고 주장하는 청년이었다.

청년이 지목한 그림은 최 화백의 소녀 시리즈 중 공개된 첫 번째 그림이었다. 부회장이 직접 와서 본사로 가져갔다. 최 화백이 당장 가서 확인하자는 것을 세영이 잡았다. 그답지 않게 계속 고집을 부려서 어쩔 수 없이 본사로부터 전화가 왔다는 사실을 알렸다. 일정을 맞추지 못하면 개인전은 아예 무산되거나 남의 전시회에 소품만 몇 점 얹는 꼴이 될 수도 있었다. 세영도, 최 화백도, 최 화백의 첫 그림을 가져가고 이 일을 함께 도모한 부회장도 그것은 원하는 바가 아니었다. 어쩌면 세영의 입지를 흔드는 도화선이 될 수도 있었다.

청년의 작업실에는 세영이 대신 가 보겠다고 했다. 그제야 최 화백이 고집을 꺾었다. 세영은 청년을 데리고 나와서 차에 태우는 대신 명함을 내밀었다. 오늘은 시간이 없으니 다음에 가자고 말하면서 청년의 눈치를 살폈다. 초췌하기는 해도 얼굴선이 고왔다. 최 화백이 그를 딱하게 여길 만도 했다. 묘하게 마음이 쓰이는 청년이었다. 하지만 어쩌면 그림에 미쳐서 진짜로 미친 청년일 수도 있었다. 곱상한 얼굴과 순진한 말투로 정작 목적은 몇 푼의 돈인 사기꾼이거나.

청년은 그날 이후로 매일 전화했다. 그러다 말겠지 했는데 의외로 끈질겼다. 미쳐서 그러는 것이든 따로 돈을 바라는 것이든 조만간 해결을 하기는 해야 할 문제였다. 기자들이 냄새를 맡고 이상한 루머들을 양상해 내기 전에.

영화를 보고 나온 남편의 얼굴빛이 환하게 밝았다. 세영의 마음도 활짝 펴졌다. 강변에서 예라와 잠자리를 잡던 그다음 날로 되돌린 것은 정말 잘한 선택이었던 듯했다.

공항 고속도로로 접어들자 정체가 풀리며 도로가 한산해졌다. 한산한 도로 앞으로 뉘엿뉘엿 해가 저물고 있었다. 저무는 해라도 진행 방향이라서 눈이 부셨다.

남편이 사는 세상에서도 해가 지고 있었다. 남편이 영화관에서 나와 집으로 돌아가며 콧노래를 흥얼거렸다. 영화가 끝난 뒤 자막이 흐를 때 배경으로 깔렸던 음악이었다. 세영도 볼륨을 높이고 같이 허밍으로 따라 부르며 자동차의 속력을 높였다. 차 안이 세영과 남편의 낮은 허밍 소리로 가득 차올랐다.

남편의 콧노래 소리가 갑자기 끊겼다. 스마트폰을 걸어 놓은 거치대 쪽을 힐끔 쳐다봤다. 남편이 길가에 멈춰 서 있었다. 그 시선 끝을 따라가자 버스 정류장이 나타났다. 남편이 처음 혼자 예라를 만났을 때처럼 한 여자가 정류장 벤치에 우두커니 앉아 있었다.

날카로운 경적 소리에 놀라 얼른 주변을 살폈다. 폰의 화면을 조정하다 차선을 슬쩍 넘어간 것이었다. 세영은 얼른 제 차선으로 돌아와 이쪽을 노려보는 저쪽 운전자에게 한 손을 들어 미안하다는 표시를 해 보였다. 양손으로 운전대를 붙들고 전방만 주시하고 가다가 스마트폰을 힐끔거렸다.

남편이 여자에게 다가가 말을 걸고 있었다.

27

여자가 기척을 느끼고 앉은 채로 혁을 올려다봤다. 혁은 순간 당황했다. 여자가 울고 있었다.

"버스가 안 와요."

여자는 역시, 그때 예라와 같은 말을 했다.

"하루에 몇 대밖에 안 와요. 여기로는요."

혁의 말을 들었는지 못 들었는지 여자가 그대로 고개를 떨궜다.

"누구 기다리세요?"

딱히 더 실망한 기색은 아니었다.

"어디로 가시려고요?"

여자가 손등으로 눈가를 닦았다.

"새로 이사 오셨나 봐요?"

여자는 대답하지 않았다. 혁은 자신의 짐작이 맞았다는 사실에 내심 뿌듯하면서도 한편으론 난감했다. 그냥 가기도 그렇고 예라에게처럼 밥이나 먹자고 말하기도 무엇했다. 모르는 척 지나치고 말걸 괜히 말을 걸었나 싶었다. 그러다 얼마 전에 죽은 앞 동 여자가 생각났다. 그때 그 놀이터에서 먼저 다가가 말을 걸었다면 어땠을까. 그래도 여자는 몇 시간 뒤 자신의 집 베란다에서 그렇게 뛰어내리고 말았을까. 그날 이후 가끔씩 들던 생각이었다.

"집 전화번호 알아요?"

"……."

"집은 찾아갈 수 있어요?"

"……."

"버스는 이제 안 와요."

"……."

"너무 늦었잖아요."

"……."

혁이 더 이상 할 말을 찾지 못해 머뭇거리고 있을 때 소리도 없이 여자가 일어섰다. 휘청하며 도로 주저앉으려 해서 얼른 손을 내밀어 여자의 팔을 잡았다.

28

여자가 일어나는가 싶더니 남편 쪽으로 쓰러졌다. 동시에 요란하게 경적이 울렸다. 또 옆 차선을 침범한 것이었다. 얼른 제 차선으로 돌아와 스마트폰을 힐끔거렸다. 남편이 여자를 붙들고 강변 쪽으로 천천히 걸어가고 있었다. 옆 차선에서는 계속 경적을 울려 댔다. 세영은 그쪽은 쳐다보지도 않고 스마트폰만 들여다보다 가속 페달을 힘껏 밟아 앞으로 쭈욱 나갔다.

여자와 남편이 강변에 다다라 있었다. 예라와 함께 잠자리를 잡던 풀숲은 그대로인데 한 켠으로 모래사장이 깔리고 강둑 위로도 데크가 깔린 산책로가 들어서 있었다.

세영은 재빨리 브레이크를 밟으며 핸들을 틀었다. 어느새 따라잡은 자동차가 순식간에 추월해 들어와 들이받을 뻔했다. 브레이크를 밟았던 발에 힘을 풀며 천천히 차선 하나를 더 건너갔다.

그리고 또 스마트폰을 들여다봤다.

29

혁은 여자에게 이끌려 강변으로 갔다. 포장된 산책로를 걸으며 슬그머니 손을 놓으니 여자가 혼자 앞서서 갔다.

혁은 이제 그만 돌아가고 싶었다. 하지만 정신이 온전한지 어쩐지 알 수 없는 여자를 어두운 강변에 혼자 두고 갈 수는 없었다. 어디로 가는 거냐고 몇 번이나 물어봐도 여자는 대답하지 않았다. 혹시 들리지 않는 걸까. 그래서 말도 하지 못하는 건가? 혁은 더욱 여자를 혼자 두고 갈 수 없었다.

그리 길지 않은 산책로가 끝나고 잡풀이 무성한 언덕길이 시작됐다. 마을을 둥그렇게 병풍처럼 감싼 산자락의 한쪽 끝이었다. 강을 끼고 기슭을 따라 올라갔다.

가로등이 없어서 어둠이 깊어진 대신 하늘에 뜬 보름달이 사방을 비췄다. 이런 곳에 인가가 있을까 싶었지만 여자는 익숙한 듯 천천히 그러나 주저하지 않고 걸었다. 강과의 낙차가 커지며 길 아래 벼랑이 가팔라졌다. 모래사장의 폭도 줄어들어 강물이 벼랑 아래로 바싹 다가 들었다. 혁은 슬그머니 겁이 나기도 했지만 잠자코 여자의 뒤를 따랐다. 더욱 까마득해지는 발아래에서 강물이 넘실거렸다.

길이 완만해지더니 강 쪽으로 둥그렇게 넓어지는 공터가 나타났다. 그 위에 아담한 집 한 채가 있었다. 하얀색 펜스로 담을 친 집이었다.

"아, 여기에 집이 있었군요?"

정갈하게 손질된 마당이 달빛을 받아 은은하게 빛나고 있었다. 마당 안쪽으로 바싹 들어앉은 집 안의 어둠이 깊었다.

혁은 이쯤에서 돌아가려 했다. 뭐라 말해야 하나 머뭇거리고 있는데 이번에는 여자가 슬그머니 혁의 팔을 잡았다. 가만히 고개를 떨구었지만 얼핏 스친 눈빛 속엔 뭔지 모를 갈망과 두려움으로 가득 차 있었다.

"가지 말라고요?"

여자가 시선을 내리깐 채로 고개를 끄덕였다.

이런 곳에서 여자가 혼자 살고 있지는 않을 것이었다. 너무 늦기 전에 가족들이 돌아올 테고 그들이 올 때까지만 같이 있어 주면 될 듯싶었다. 손질이 잘된 잔디가 깔린 화단에는 색색의 꽃들이 심겨 있었다. 한 켠으로 분수가 뿜어져 나오는 작은 연못도 있었다. 혁은 연못가의 초가지붕 정자에서 가족 중 누군가가 올 때까지만 기다려 주기로 했다.

30

세영은 급브레이크를 밟으며 재빨리 또 한 차선을 넘어갔다. 두 개 차선을 건너온 자동차가 순식간에 치고 들어왔다. 아까보다 더 빠른 속도였다. 뒤따라오던 트럭이 신경질적으로 경광등을 깜빡이며 비껴갔다.

작은 화면의 스마트폰이 답답하여 볼륨을 최대로 키웠다. 여자 쪽 음성이 지원되지 않았다. 어느새 옆 차선으로 쫓아온 자동차가 세영의 차와 속도를 맞춰 달리며 경적을 울려 댔다. 경적 소리를 피해 또 있는 힘껏 엑셀을 밟았다.

남편이 마당의 잔디를 밟고 서서 주위를 둘러보고 있었다. 연못가 정자에서 그의 시선이 멈췄다. 남편이 그쪽으로 걸어가는 동안 여자 쪽이 보이지 않았다. 화면의 배율을 높여 더 넓게 보려 했지만 옆으로 바짝 따라붙은 자동차가 몇 차례나 들이받을 것처럼 위협해서 프로그램을 조작할 수 없었다.

세영은 차라리 속도를 늦춰 멀찌감치 뒤로 빠졌다.

어느 정도 거리가 확보되자마자 스마트폰 쪽으로 손을 뻗었다. 무얼 잘못 만졌는지 순식간에 화면이 확대됐다. 이윽고 돌아서는 남편의 눈에 비쳤을 광경이 그 작은 화면 위로도 고스란히 클로즈업되어 나타났다.

31

혁은 정자의 마루턱에 걸터앉으려고 엉거주춤 돌아서다 말고 그 자세 그대로 굳어 버렸다. 잔디가 깔린 마당 한가운데에 서 있는 여자는 어느새 웃옷을 벗고 있었다. 당황하여 얼른 고개를 돌리려 했지만 달빛을 받아 빛나는 뽀얀 젖가슴에 시선이 붙들렸다. 여자는 혁을 똑바로 쳐다보며 천천히 스커트를 내렸다. 속옷도 끌어내렸다. 강변의 자갈처럼 매끄러운 그 몸의 굴곡에 혁은 그만 아찔해졌다. 달빛 속에서 여자가 혁을 똑바로 쳐다보며 천천히 걸어왔다. 선선한 밤공기 속에서도 혁은 이미 자신의 몸이 뜨거워지고 있다는 것을 알았다.

32

웃옷을 벗은 여자의 젖가슴이 달빛을 받아 뽀얗게 빛났다. 어느새 나란히 속도를 늦춘 차가 또 들이받을 것처럼 위협해 왔다. 세영은 재빨리 옆 차의 앞쪽으로 치고 들어갔다. 뒤에서 급브레이크를 밟는 굉음이 따라붙었다.

이윽고 여자가 치마를 벗어 내릴 때 그 차가 바로 앞으로 치고 들어왔다. 재빨리 브레이크를 밟으며 옆 차선으로 옮겨 갔다. 여자가 한쪽 발목에 걸린 속옷을 선 채로 다른 한 발로 벗겨 낼 때 세영이 앞차를 추월했다.

세영은 여자의 탄탄하면서도 풍만한 몸의 굴곡과 가지런한 체모를 잠시 넋을 잃고 바라다봤다. 남편을 향해 여자가 똑바로 걸어갈 때에야 정신을 차리고 재빨리 화면의 배율을 조정했다. 여자가 알몸으로 정자에 걸터앉은 남편 앞에 서서 그의 얼굴을 두 손으로 감싸 안고 자신의 가슴 안으로 끌어당길 때 다시 추월당했다. 멍한 표정이던 남편의 얼굴이 여자의 풍만하면서도 단단한 젖무덤 사이로 사라지며 화면은 온통 뽀얀 젖가슴만으로 가득 차 버렸다.

세영이 앞차를 추월하고 여자가 남편의 얼굴을 젖무덤 사이에서 빼내 고개를 깊숙이 숙이고 입맞춤할 때 세영은 엑셀 위에 얹은 발에 힘을 주고 있는지 몰랐다. 다시 그 차가 추월해 들어오고 바로 급브레이크를 밟는 줄도 몰랐다. 여자가 남편의 입술을 빳빳하게 곤두선 자신의 유두에 물리고 뒷머리를 끌어안고는 높고 날카로운 신음을 터뜨리며 고개를 뒤로 젖힐 때, 세영은 그 속도 그대로 앞차를 들이받고 말았다.

33

여자가 먼저 리드해 나가다가 혁에게 몸을 맡겼다. 혁은 본능대로 여자를 이끌었다. 차가운 마루가 깔린 정자 위에서, 소나무를 통째 잘라 세운 기둥에 기대 세우고, 연못가의 커다란 바위에 손을 짚게 하고, 축축한 이슬이 내리기 시작한 잔디에 모로 누워, 얼마만큼의 시간이 지났는지는 알 수 없었다. 영겁의 시간이었고 찰나의 순간이었다. 아내와는 느낄 수 없었던 폭발적인 에너지로 절정을 맞았다.

이슬이 내린 잔디 위로 늘어진 혁의 몸을 여자가 천천히 애무했다. 처음 리드하던 순간처럼 다시 리드해 나가려 했다. 불현듯 집 안의 어둠 속에서 누군가 내다보는 시선을 느꼈다. 혁은 얼른 여자를 밀쳐 냈다.

"아, 미안해요. 정말로 집에 아무도 없나요?"

여자가 가만히 고개를 저었다.

"저기, 저 창문에서 누가 내다보는 거 같아서."

여자는 대답 대신 살며시 일어났다. 혁도 윗몸을 일으키고 여자를 눈으로 좇았다. 여자가 잔디 위에 흩어진 옷가지를 하나

씩 주워 들었다. 그것들을 돌돌 말아들고는 알몸 그대로 집 안
으로 들어갔다.

혁은 여자가 하는 양을 우두커니 쳐다보고만 있었다. 따라
들어오라는 뜻인지, 이제 그만 가 보란 뜻인지 혁은 도무지 짐
작할 수 없었다. 여자가 들어간 뒤로도 집 안의 불이 켜지지 않
았다. 혁은 혼란스러웠다. 뒤늦게 서로 대화가 필요하다는 생각
이 들었지만 오늘은 이대로 돌아가는 게 좋을 것 같았다. 아무
래도 느낌이 이상했다. 아직도 집 안에서 누군가가 내다보고 있
는 듯했다.

얼른 옷가지를 찾아 걸치고 서둘러 그 집을 나왔다. 강변을
따라 비탈길을 내려오면서도 혁은 내내 자신을 지켜보는 시선
을 느꼈다. 자꾸만 뒤를 돌아다봤다. 하지만 시선은 위로부터
왔다. 어쩌면 자신의 내부로부터.

34

세영은 응급실에서 깨어나자마자 스마트폰부터 찾았다. 사고
당시 부서진 폰이 켜지지 않아 경찰도 보호자를 찾지 못해 애
를 먹고 있었다. 자동차는 엔진까지 먹어 들어가 폐차를 시켜
야 할 지경이었지만, 다행히 세영은 에어백이 터져 갈비뼈가 부
러지고 다리뼈에 실금이 가며 정신을 잃었을 뿐 사고의 크기에

비해 부상 정도가 가벼웠다. 중앙선을 넘어 반대편에서 오던 트럭과 부딪힌 앞차의 운전자는 아직 수술 중이었다. 수술이 끝나고도 한동안은 중환자실 신세를 면하지 못할 것이라고 했다.

병실로 배정받아 올라가면서 세영은 여자가 누구인지 기억해 냈다. 여자는 카멜의 아내였다. 언젠가 카페 게시판에 카멜이 올린 사진을 본 적이 있었다. 그러고 보니 카멜과 그의 아내는 서버에서 한 번도 만나지 못했다. 사진도 금방 삭제되어 다른 회원들은 거의 보지 못했을 것이다.

세영은 목발을 짚고 병원의 공중전화기에 매달려 카멜에게 전화했다. 다짜고짜 무슨 짓이냐고 소리부터 질렀다. 가슴에 댄 부목이 흔들리며 고통이 엄습했다. 꽉 깨문 입술 사이로 저절로 신음이 터져 나왔다.

"무슨 일 있어요?"

"무슨 일인지는 당신이 더 잘 알잖아."

"알기는 뭘 알아요. 가뜩이나 정신없어 죽겠는데, 도대체 왜 그래요?"

세영은 두서없이 되는 대로 설명했다. 남편이 만난 여자와 그로 인해 당한 사고까지. 카멜은 새 버전의 프로그램을 만드는 일로 바빠서 개인적으로 접속한 때가 언제인지도 아득하다고 했다. 자신의 서버 속 아내의 아바타도 내내 잠을 자고 있는 상태라고. 세영은 여자가 누구인지보다도 여자와 남편이 그 뒤로 무슨 짓을 했는지가 더 궁금했다. 가방과 함께 조수석에 두었던 노트북도 부서져 사용할 수 없었다.

그날 밤 바로 병원으로 찾아온 카멜이 선물이라면서 새 노트북을 꺼내 보여 줬을 때 세영은 고마워서 거의 그를 끌어안을 뻔했다. 서둘러 부팅시켜 서버로 들어갔다. 남편은 여느 때와 다름없이 혼자 잠들어 있었다.

"확인해 봤는데, 서버 내에 그런 여자도 그런 집도 없었습니다."

"아니에요. 내가 계속 지켜봤는데. 그러느라 사고가 나서 이 지경이 됐다니까요."

"당신의 로그인 기록도 살펴봤는데, 어제 아침으로 되어 있더군요. 그리고 두 시간쯤 뒤에 로그아웃한 기록이 있고. 당신 남편의 아바타는 내내 잠들어 있었어요. '자동' 모드로 움직인 흔적도 전혀 없었다고요."

"설마."

"누구나 일시적으로 그럴 수 있습니다. 특히나 수면 부족 상태라면, 운전을 하면서도 가수면 상태에 빠질 수도 있고. 나도 그런 경험 자주 합니다."

"내가 환각에 빠졌었다고요?"

세영은 믿을 수 없었다. 누구나 다 그럴 수 있다 해도 자신은 그럴 리 없었다.

"심각하게는 생각하지 마시고, 입원하신 김에 푹 쉬십시오. 요즘 스트레스도 많았잖습니까."

"아무리 그래도……."

"사실은, 나도 요즘 스트레스가 이만저만 아니에요. 홀로그램 기능을 연구 중이거든요."

"홀로그램?"

"증강 현실을 만들어 아바타를 홀로그램으로 불러오는 거죠. 평면인 지금 서버와도 겸용으로 사용할 수 있게 연결해 볼 생각입니다."

"증강 현실이라면?"

"영화에서 보면 특수 안경을 쓰고 주변을 스캔하잖아요. 그런 것처럼 자기가 현재 있는 공간을 스캔해서 현실과 똑같은 가상 공간을 만들고, 그 공간 안으로 홀로그램을 불러들이는 거죠."

"그게 가능해요?"

"기술적으로는 지금도 가능합니다. 여러 보안해야 할 문제들이 있지만, 낮은 수준의 게임들은 현재도 꽤 출시되어 있습니다."

"아, 그렇군요. 내가 그런 쪽으로는 잘 몰라서."

그래서 카멜도 며칠째 수면 부족 상태였다. 여러모로 스트레스도 심했다. 예라 아빠가 걸어 놓은 소송의 최종 판결일도 삼일 뒤로 다가와 있는데 아마도 패소할 것 같다고 했다. 만약 패소하면 예라 엄마가 댄 비용을 돌려주고 정신적 피해에 대한 합의도 해야 하고 최악의 경우에는 서버가 폐쇄될 수도 있었다.

하지만 그에 대비해 카멜은 더 큰 규모의 다른 서버들을 이미 확보해 놓은 상태였다. 기존 회원들은 그대로 옮겨 가고 새로운 회원들은 크고 작은 다른 서버로 분산 수용할 계획이었다. 카멜은 앞으로 회원 수가 더욱 늘어날 것이라고 했다. 세영도 같은 생각이었다.

카멜의 궁극적 목표는 생명공학과 연결하여 사용자가 자신의 아바타를 통하지 않고도 실제와 똑같은 느낌으로 서버에 심긴 상대 아바타를 3D로 불러와 현실 속에서 함께 생활하는 것이었다. 보고 듣고 만질 수도 있는데, 그 느낌마저 실제와 동일하여 계획대로만 된다면 세계 최초의 실생활 게임 프로그램이 되는 것이라고 했다. 지금까지는 개발비로 재투자하느라 세영에게 수익을 내줄 수 없었지만 이제 수익이 나도 아주 크게 날 것이라고 했다. 그 외에도 기술적인 여러 얘기들을 했지만 세영은 거기까지는 알아들을 수 없었다.

카멜이 돌아가고 병실의 불도 꺼지고 간호사도 교대로 잠을 자는 시간에 세영은 침상에 커튼을 치고 이어폰을 낀 채로 '섹스' 모드를 돌렸다. 남편은 바로 깨어나 머뭇거리는 기색도 없이 세영의 아바타를 안았다. 세영은 가수면 상태에서 본 환상이나 꿈이었을 거라는 카멜의 말을 믿기로 했다. 컴퓨터 앞이 아닌 자신의 침대에서 홀로그램으로 남편을 안는 느낌은 어떨까. 상상만으로도 몸이 달아올랐다. 갈비뼈와 다리의 통증 따위는 느껴지지도 않았다.

처음 서버를 사용한 회원들은 화면을 통해서라도 죽은 이들을 다시 만난다는 게 믿기지 않아 감격했지만, 시간이 흐를수록 무뎌져서 더 큰 갈망을 키웠다. 보고 듣는 것만으로는 만족하지 못하고, 만지면서 직접 느끼고 싶어 했다. 전원을 끌 때마다 매번 다시 잃어버린 것만 같은 상실감에 더욱 예민해졌다. 어쩌면 카멜이 말한 프로그램이 대안이 될 수도 있었다. 어떻게 생명공학과 연결한다는 것인지 잘은 모르겠지만 아주 허황된 계획도 아니었다. 그쪽 기술은 날로 발전하고 있었다. 아직 물밑으로만 연구되고 있는 기술력은 또 어디까지 가 있는지 세영은 상상도 되지 않았다.

그렇지만 역시 고민하지 않을 수 없었다. 카멜의 스폰서가 얼마나 더 있는지는 모르지만 이제 예라 엄마도 없으니 카멜의 원대한 포부에 들어갈 막대한 비용은 거의 세영에게서 나가야 했다. 실명과 차명으로 거래하는 각종 계좌의 잔고를 헤아려 봤다. 당장 처분할 수 있는 주식과 펀드를 헤아리고 개인적으로 갖고 있는 그림들의 가격을 하나하나 따져 봤다. 그것들을 비밀리에 사고 싶어 했던 이들의 면면을 떠올리며 명단을 작성해 봤다. 부회장이 세영의 몫으로 챙겨 놓은 최 화백의 소품들 가격은 아직 미정이었다. 뉴욕 전시전이 계획대로 끝나야 기대했던 대로의 가격이 형성될 수 있을 것이다.

세영은 부회장을 떠올렸다. 그도 이런 사업이 전개되고 있다는 것을 알면 관심을 보일까. 어쩌면 카멜의 목표는 처음부터 세영이 아니라 부회장이었는지도 몰랐다. 그는 세영의 재력뿐만 아니라 부회장과의 관계에 대한 파악을 이미 끝내고 세영에게 접근했을 수도 있었다. 그렇다고 해도 이제 와서 그게 무슨 상관이란 말인가. 생각이 생각을 부르고 의심과 확신과 체념과 계획이 뒤죽박죽으로 섞이며 온갖 생각들이 끝도 없이 이어졌다.

소송은 예상대로 투자한 비용에 대해서는 돌려주는 것으로 판결 났다. 다행히 정신적 피해 보상이나 서버 폐쇄로까지는 이어지지 않았다. 카멜이 예라 엄마를 속이거나 강요하지 않았고,

잔인하기 짝이 없는 여타 게임들보다는 그래도 인간적이라는 여론이 형성된 데다가, 회원들이 낸 탄원서에 적힌 사연들이 판사의 마음을 움직였다.

그런데 세영은 한 가지 이해할 수 없는 점이 있었다. 예라의 아바타가 여전히 서버 안을 돌아다니고 있었다. 예라 엄마는 죽었고 예라 아빠가 소송을 걸었다. 그런데 왜 카멜은 예라를 집행하지 않는 것일까. 예라는 지금 저 안에서 살고 있는 것일까, 갇혀 있는 것일까. 예라가 갇혀 있다면 나도 내 남편을 저기에 가두어 둔 꼴이 되는 건가. 그렇다고 해도 이제는 돌이킬 수 없었다. 남편을 다시 잃고 싶지 않았다. 몇 번을 지우고 또 지워 봤지만 결국 돌아갈 수밖에 없었다. 게다가 예라 엄마가 죽은 후에도 계속 그 안에서 살고 있는 예라를 보며 확신했다. 이제 남편은 세영이 접속을 끊고 아바타를 폐기한다고 해도 어떤 세계에서 다시 깨어나 누구와 어떤 방식으로 계속 살아가게 될지 알 수 없게 되었다.

세영은 그래서 결심했다. 서버 안에 있는 남편을 우리의 집, 우리의 서재, 우리의 식탁과 침실로 돌아올 수 있도록 하겠다고. 일단은 다음 달의 기획전과 뉴욕에서 열리는 최 화백의 개인전에 집중하기로 했다. 잘못하면 지금까지 쌓아 온 기반이 한 번에 무너질 수 있었다. 그러고 나서는 부회장에게도 이 사업에 대한 투자를 제안하여 보리라. 물론 남편의 아바타에 대한 이야기는 빼고 일을 진행해야 하겠지만.

세영은 우선 최 화백이 자신의 그림을 표절했다고 주장하는 청년을 만나기로 했다. 그 문제부터 처리해야 했다. 하지만 생각보다 쉽지 않았다. 지금까지 해 왔던 방식이 전혀 먹혀들지 않았다. 의외로 완고한 청년이었다. 그는 끝내 분노했고, 세영은 그 문제를 어떻게 처리하면 좋을지 알 수 없었다. 예정에도 없었던 일을 생각지도 못한 방식으로 저질렀다. 세영은 또 어쩔 수 없이 카멜의 도움을 받아야 했다. 정말 달리 어찌해 볼 도리가 없는 선택이었다.

하지만 저쪽 세상을 이쪽 세상으로 끌어오고자 하는 카멜과 세영의 원대한 계획은 실현은커녕 착수도 해 보지 못하고 중단됐다. 별다른 조짐도 없이 대재앙이 예고됐기 때문이었다.

프레임 밖의 나,
혹은 그 안의 너

35

어떠한 조짐도 없이 대재앙이 예고됐다. 각국의 전문가라고 자청하는 자들이 미리 경고하기는 했지만 여느 때처럼 루머일 뿐이라고 가볍게 묵살됐다. 나사(NASA)에서 중대 발표를 할 것이라는 예보에도 외계인의 존재를 밝히는 것이니 마니 하는 설왕설래만 오갔다.

그날도 완은 옥탑의 평상에 앉아 있다가 돌아가는 길이었다. 택시 회사의 전화가 계속 통화 중으로 연결되지 않아 큰길까지 걸어 나왔더니 차들이 다른 때보다 더 빨리 달리고 있었다. 사람들의 걸음도 평상시보다 빨랐다.

"진짜래?"

"에이, 설마. 구라야, 구라."

"엄마도 빨리 들어오라고 난리도 아니던데?"

뒷말은 더 듣지 못했다. 걷는 듯 뛰는 듯 아이들의 목소리가 빠르게 멀어져 갔다. 빈 택시가 좀처럼 오지 않았다. 어쩌다 온 택시도 본체만체 지나쳐 갔다. 완은 택시를 포기하고 버스 정류장으로 향했다. 평소보다 많은 사람들이 휴대폰을 들여다보며 어두운 낯빛으로, 흥분된 눈빛으로 서로의 눈치를 보며 웅성거리고 있었다. 완도 스마트폰으로 뉴스를 검색했다. 그러고 보니 나사에서 중대 발표를 하겠다고 예보한 날이었다.

지구 밖에서 소행성들이 충돌하여 폭발했다. 파편 중 일부가 지구를 향해 날아오고 있었다. 애초에는 비껴갈 것이라 예측했는데, 예측이 빗나갔다. 물리적으로 궤도를 바꾸는 것은 불가능하고 최대한 분해해서 날려 버리려 준비 중이지만 크고 작은 파편이 워낙 많고 빠르게 접근하고 있어서 성공 여부는 장담할 수 없었다. 지구 밖에서의 분해에 성공한다고 해도 대량의 유성체가 대기권 안으로 떨어져 내리게 되어 있었다. 얼마만큼이 지구를 비껴가고 얼마만큼이 떨어져 내려, 어떤 영향을 끼칠지 알 수 없었다. 위성에 장착된 미사일과 지구에서 연달아 쏘아 올리는 미사일들이 얼마나 빨리, 얼마나 많이 정확하게 그것들에 도달하느냐가 관건이었다. 미국과 소련과 중국과 EU 등에서 우주 탐사와 우주 전쟁에 대비해 극비리에 연구 중이던 온갖 형태의 미사일과 폭탄들이 쏟아져 나와 대기 중이었다. 거기까지가 나사의 중대 발표 내용이었다.

곧바로 각국 정부의 대국민 성명이 이어졌다. 정부 차원의 지침과 대비책과 개인의 대처 요령 등도 설명됐다. 우리 정부는 따로 경계 발령이 있을 때까지 침착하게 자기 자리에서 맡은 바 임무에 충실하라고 거듭 강조했다.

시간이 지날수록 도로를 달리는 차량들이 눈에 띄게 늘었다. 사람들을 꽉 차게 태운 버스들이 연이어 정류장을 지나쳐 가고 한참 만에 와서 정차한 버스도 발 디딜 틈도 없이 꽉 차 있었다. 완은 머뭇거릴 사이도 없이 사람들에게 떠밀려 구겨지듯 버스 안으로 처박혔다. 시내는 벌써 극심한 정체에 시달리고 있었다. 상점마다 물건을 사재기하려는 사람들로 꽉 차서 북새통을 이루고 은행마다 겹겹으로 늘어선 줄이 길었다. 버스 안의 라디오나 거리의 대형 전광판에서는 각계의 전문가들이 나와 앞으로의 상황을 전망하고 각기 다른 대피 요령에 대한 홍보 방송을 내보내고 있었다.

완은 자정이 다 돼서야 집으로 돌아왔다. 중간에서 버스를 갈아타야 했는데 차편을 구하지 못해 도시로부터 마을까지는 들판을 가로질러 걸어 들어와야 했다. 볼륨을 잔뜩 올린 TV 소리가 현관 밖으로까지 새어 나오고 있었다. 완은 초인종을 누르는 대신 열쇠로 대문과 현관문을 열고 집 안으로 들어갔다. 거실에서 여주댁이 TV 소리에 귀를 기울이며 그새 어디서 어떻게 사 날랐는지 엄청난 양의 식료품과 생필품을 쌓아 놓고 품목별로 정리하고 있었다. 완이 들어서자 얼른 볼륨을 줄이고 이제 어떡하면 좋으냐고 묻는 그이의 얼굴이 새파랬다. 어떻게 해야 좋을지 모르겠기는 완도 마찬가지였다. 아무 대꾸도 하지 못한 채로 소파에 앉아 리모컨을 들고 이리저리 채널을 바꿨다. 어느 채널이고 다 비슷한 방송들뿐이었다.

"애는?"

"통화했어요. 날 밝으면 데리러 가려고요."

도로가 벌써 주차장이더라는 말은 하지 못했다. 여주댁의 걱정만 늘어날 게 뻔했다.

"내가 데려올 걸 그랬지?"

여주댁의 두 눈이 벌게지며 눈물이 차올랐다. 완은 전화라도 넣어 줄 걸 그랬다고 후회했다. 언제 알게 됐는지 몰라도 혼자 빈집에서 우왕좌왕하며 손자 걱정을 했을 텐데, 벌써 이리 준비해 놓은 것을 보니 새삼 든든하면서도 미안했다.

"정말 저렇게 될까요?"

"모르지."

"만날 전쟁이 터질 것처럼 떠들다가도, 그러다 말잖아요. 또 저러다 말 수도 있지 않을까요?"

"그렇겠지?"

어느 채널의 전문가는 북반구를 강타할 것이라 하고, 어느 채널의 전문가는 태평양 한가운데로만 집중적으로 떨어져 해일에 의한 피해만 대비하면 된다고 장담했다. 어느 채널의 전문가는 지구상의 어디라도 피할 곳은 없다고 했다. 분해에 성공하여 큰 충돌은 피하더라도 불타는 운석들이 머리 위로 쏟아져 내리는 것은 막을 수 없었다. 해일과 화산 폭발과 지진도 곳곳에서 발생할 것이고 핵시설이 타격을 입으면 유출되는 방사능으로 인한 2차 피해도 막대했다. 그래도 많은 전문가들이 비교적 위험이 적은 지역으로 남아프리카의 대서양 연안을 꼽았다.

"내 여권 어디 있지?"

"벌써 다 챙겨 놨어요."

분해에 성공하지 못하리라는 전망도 있었다. 소행성이라고 해도 워낙 크기가 큰 편이었던 터라, 파편의 직경이 큰 것은 십 킬로미터가 넘었다. 그것만 그대로 떨어져도 지구상의 모든 생물체를 절멸시킬 수 있었다. 운이 좋아 직접 충돌과 그로 인한 자연재해에도 살아남는 생물체가 있다 해도, 이후 몇 년 동안 대기를 뒤덮는 먼지구름으로 혹한의 겨울이 계속되어 얼어 죽고, 이후 몇 년은 구멍 난 오존층으로 유입되는 강한 자외선으로 타 죽어 모두 멸종되고, 유기체가 사라진 지구도 서서히 죽어 간다는 것이 최종 시나리오였다. 하지만 다른 대부분의 전문가들은 반발했다. 각국의 신무기들이 죄다 동원되었는데, 지금의 기술력으로 그쯤 분해하지 못할 리 없다는 게 그들의 요지였다. 충돌 이후의 시나리오에 대한 이론도 그저 이론일 뿐이라는 것이었다.

"그러니까 결국, 어떻게 될지는 아무도 모른다는 거네요?"

완은 갑자기 피로가 몰려왔다. 배도 몹시 고팠다.

"좀 쉬어야겠네."

"식사는 하셨어요?"

완은 잠자코 있었다. 이 와중에도 졸음이 오고 배가 고팠다. 여주댁이 부지런히 주방으로 가 식탁을 차렸다. 완은 국에 밥을 말아 허기만 때우고 이 층으로 올라갔다. 씻는 둥 마는 둥 옷만 갈아입고 잠자리에 들었다.

기절할 것처럼 피곤했지만 자다 깨기를 반복했다. 잠을 깰 때마다 그리다 만 그림이 희미한 어둠 속에서도 눈에 들어왔다. 그 위로 대충돌이니 대재앙이니 하는 색깔도 선명한 TV 속 자막들이 둥둥 떠올랐다. 잠에 들면 각기 다른 의견으로 충돌하던 사람들의 몸짓과 열띤 표정에서 색채가 빠져나가 흑백으로 변하고, 그 위를 무채 계열의 붉은 선혈이 스며들 듯 뒤덮였다.

새벽 일찍 다시 눈이 떠졌다. 밤새 희미하게 TV 소리가 들리는 듯하더니 여주댁은 벌써 나갔는지 기척이 없었다. 날이 밝는 대로 지사장에게도 전화를 넣어 보고 옥탑방 소녀는 어찌하고 있는지 옥탑방에도 가 보고 싶었다. 택시는 오지 않고 버스도 운행이 중단되다시피 했는데 거기까지는 어떻게 가야 할까 궁리를 하느라 완은 다시 잠들지 못했다. 여주댁은 손자에게 잘 도착했을까 하는 걱정이 그 위에 얹혔다. 지구가 어떻게 된다니, 그저 먹먹하니 실감도 나지 않았다.

날이 밝자 전화를 할 새도 없이 지사장이 들이닥쳤다. 웬 남자와 함께 짐을 잔뜩 싣고서였다. 지하에 있는 벙커식 창고를 잠시 빌려 달라고 했다. 완이 수집한 그림을 보관하고 아끼는 와인을 저장하는 꽤 넓은 창고였다. 잊을 만하면 전쟁이 나네 마네 시끄러워서 여차하면 들어가 한동안 지낼 수 있도록 확장하고 시설을 갖춰 놓은 게 작년 이맘 때였다.

"회사 물건들이에요. 저희 집이나 회사는 고층이라서 자칫하면 그냥 무너지잖아요. 그래도 지상보다는 지하가 나을 거 같아서요."

왜 그 생각을 하지 못했을까. 주인도 잊고 있었던 것을 생각해 낸 그녀의 영민함에 완은 다시 한 번 감탄했다. 행여 무슨 일이 나면 완도 여주댁과 아이를 데리고 그 안으로 들어가 있으면 되지 싶었다.

완이 지하로 내려가 문을 열어 주자 지사장과 함께 온 남자가 부지런히 신고 온 물건들을 날라다가 한쪽 구석에 쌓았다. 대형 데이터 박스와 각종 컴퓨터 본체와 모니터들이었다. 주변 기기들은 채 정리도 못 하고 실어 왔는지 몇 개의 커다란 박스 안에 어수선하게 담겨 있었다. 어째 그림을 다루는 회사의 물건들이라 하기에는 좀 이상했다.

"그림은?"

"이제 챙겨야죠."

"회사에 있어?"

"네, 금고에요."

짐을 다 옮겨 놓고 남자가 먼저 서둘러 갔다. 지사장이 한숨 돌려야겠다면서 밥을 찾았다. 완도 시장하던 참이라 같이 주방을 뒤졌다. 여주댁도 오늘 안으로는 돌아올 수 없으리라 여겼는지 준비를 잔뜩 해 두고 갔다. 지사장이 차리고 완이 함께 앉았다.

지사장은 정식 발표가 나기 전부터 이미 정보를 얻어 알고 있었다고 했다. 본사로부터 흘러나온 정보였다. 그래서 며칠 동안 여기저기 알아보러 다니느라 정신이 빠져서 완에게도 미리 연락 할 수 없었다. 지사장도 대서양 연안을 그나마 안전한 지역으로 꼽았다. 본사의 회장과 부회장은 벌써 그쪽으로 날아가 지하 벙커 속으로 들어가 있고, 한국 지사에 있는 그림들도 챙겨 그쪽으로 날아오라고 지시했단다. 서둘러 항공편을 알아봤지만 티켓은커녕 공항에 남아 있는 비행기도 거의 없었다. 모두 하늘로 떠오른 뒤였고 선박 쪽을 알아봐도 사정은 마찬가지였다. 나사의 발표가 있기도 전에 고위 인사와 가족들이 먼저 빠져나갔다. 짐들이 선박에 실려 그 뒤를 따랐다. 재벌들이 빠져나가고 대통령과 측근들도 특별기편으로 하늘 위에 떠서 담화문을 발표한 것이었다. 비행기나 배를 타지 못한 많은 이들이 지하 벙커로 비상 식량을 사 나르고 있었다. 서울 인근에 소문으로만 듣던 요새 같은 대형 벙커들이 실제로 존재하더라는 사실까지 확인하고 왔다면서, 지사장은 여차하면 그쪽으로라도 들어갈 생각이라고 말했다.

완은 여전히 실감이 나지 않았다. 여주댁의 말처럼 주기적으로 떠들썩해지던 전쟁 소동으로 무감해진 탓도 있었다. 이만큼을 살았는데, 그리고도 아무 일도 없었는데 이제 와서 새삼 무슨 일이 벌어질까 싶기도 했다. 눈앞에서 떠들어 대는 TV 소리에도 꿈을 꾸고 있는 듯, 영화를 보고 있는 듯 덤덤하기만 했다.

밥을 다 먹고 지사장이 씻었다. 삼 일 만에 씻는 것이라고 했다. 십여 년을 알아왔지만 지사장의 씻은 민낯은 처음이었다. 며칠 동안 잠도 못 자고 돌아다녀 초췌해졌다고 했지만, 완이 보기에는 화장을 한 얼굴보다도 훨씬 더 청초했다.

지사장은 지하로 내리지 않은 짐 보따리에서 옷을 꺼내 갈아입고 몇 통의 전화를 걸었다. 이쪽 상황을 알려야 하는데 본사와 연결이 닿지 않아 걱정이라면서 잠깐 눈만 좀 붙이고 일어나서 다시 전화를 걸어 봐야겠다고 했다. 손님방을 빌려도 되냐고 물어서 그러라고 하고 완도 거실 소파에 잠깐 누웠다. TV에서는 각국에서 핵폭탄을 비롯하여 각종 신무기를 장착한 미사일들을 쏘아 올리는 장면을 생중계하고 있었다.

두 시간도 되지 않아 지사장이 방에서 뛰어나왔다. 본사와 연결이 됐는데 경비행기를 성남에 있는 미군 부대로 보내 주기로 했다는 것이었다. 회사에 가서 그림을 챙겨 일단 그쪽으로 보내고 지하에 있는 장비와 짐 보따리도 챙기러 오겠다고 했다. 완에게도 같이 가지 않겠느냐고 물었지만 선뜻 대답할 수 없었다. 여주댁과 아이가 아직 돌아오지 않았다. 옥탑방 소녀도 어찌하고 있는지 확인해 봐야 했다.

지사장이 나가고 혼자 정원에서 서성이다가 뒤꼍의 창고에서 자전거를 찾아냈다. 오랫동안 방치되어 녹이 슬기는 했지만 아직은 탈 만했다.

거리가 어제보다 더 엉망이었다. 벌써 빈 상점들이 눈에 띄었다. 문이 굳게 잠겨 있는 곳도 있고 활짝 열린 채 유리창까지 모조리 깨진 곳도 있었다. 도시 곳곳에 벌써 약탈자들이 나타나기 시작했다는 언론의 보도가 사실이었다. 꼬박 세 시간을 달려서야 완은 소녀의 옥탑방이 있는 건물 앞에 당도했다.

소녀는 밥상 앞에서 혼자 울고 있었다. 언제부터 울고 있었는지 밥상 위의 먹다 만 밥과 김치 쪼가리뿐인 찬이 딱딱하게 말라 가고 있었다. 낡은 오 층 건물 위의 옥탑이 위험한 줄은 알지만 소녀에게는 갈 곳이 없었다. 집을 나오기 전까지는 새아버지와 살고 있었던 어머니와는 벌써 오래전에 소식이 끊겼다. 게다가 소녀는 지금 임신 중이었다. 죽은 청년의 아기였다.

"그래서 돈이 필요했던 게로구나. 그래서 그림을……."

"네, 아마도……. 검사를 받아야 한댔어요. 병원에서, 건강한 아기를 낳으려면."

소녀는 너무 무섭다고 말했다. 그러면서 또 울었다.

완은 일단 소녀를 데려가기로 했다. 소녀도 순순히 완을 따라나섰다. 혼자보다는 그래도 둘이 나으니까. 둘보다는 그래도 셋이 나으니까.

완은 소녀를 뒤에 태우고 페달을 밟으며 숨이 가빠 헉헉거렸다. 하지만 이제 그것은 젊은것들의 수군거림을 귀에 걸고 숙취로 괴로워하며 험한 산길을 오르느라 가빠지던 그런 숨이 아니었다. 완은 소녀를 뒤에 태우고 달리며 땀을 뻘뻘 흘렸다. 이제 그것도 금슬 좋은 아랫집 노부부의 속살거림에 심사가 뒤틀려 얼결에 길을 연장시켜 놓고 훔쳐 내던 그런 땀이 아니었다. 완은 힘차게 페달을 밟았다. 얼굴은 전혀 찡그려지지 않고 흐뭇한 미소마저 감돌았다. 대재앙이라니, 언제나처럼 소동만 부리다 말 일이었다.

한두 번도 아니고, 그런 일이 어디 그렇게 쉽게 일어나나.

그러나 여주댁은 그 밤으로 돌아오지 않았다. 지사장도 돌아오지 않았다. 다음 날도, 그다음 날도 돌아오지 않았다.

36

루가 개똥쑥 군락을 발견한 것은 도시를 떠난 지 닷새째 되던 날이었다.

그사이 벌써 곳곳의 지형이 바뀌어 있었다. 솟았던 지층이 가라앉으며 없었던 강이 생기고 모래 언덕의 위치가 바뀌고, 운석이 떨어진 자리도 메워져 찾을 수 없었다. 지반이 무른 곳은 강도 약한 지진과 몇 번의 모래 폭풍만으로도 쉽게 그 풍광을 바꿨다.

루는 새로 생긴 강과 검게 죽은 숲 사이로 난 길을 따라 걷다가 특유의 강한 냄새에 이끌려 숲으로 들어갔다. 불에 타 죽은 나무들 사이로 하늘이 열려 있었지만 검은 밑동까지 바닥은 축축한 모래로 뒤덮여 있었다. 길가로부터 얼마 들어가지 않아 바로 개똥쑥 군락이 나타났다. 시몬은 코를 틀어막고 못 먹겠다고 진저리를 쳤지만 루에게는 그리운 고향의 냄새였다.

루가 어릴 때부터 할아버지는 개똥쑥을 길렀다. 얼음이 풀리면 깨끗한 물줄기를 찾아 모래밭에 비닐로 천막을 치고 불을 피워 가며 정성을 들였다. 꽃이 피고 난 후 쑥이 자라면 채취하여 삶은 물을 루에게 먹였다. 양이 많을 때는 그늘에 말렸다가 가루를 내어 보관했다. 물줄기가 바뀌면 몇 뿌리만 캐어 플라스틱 용기에 담아 심고 다시 길을 떠났다. 햇볕과 바람에 씨앗을 익혀 씨를 받고 어쩌다 마을을 만나면 조금씩 나눠 주기도 했다. 할아버지의 개똥쑥은 어디에서나 인기가 좋았다.

루는 어린 개똥쑥 줄기를 뜯어 입안에 넣고 씹어 봤다. 쏴 하면서도 쓰디쓴 특유의 향이 입안 가득 번졌다. 안쪽까지 뒤적거려 살펴봐도 기형적으로 비틀어진 줄기 하나 없었다. 오염되지 않은 신선한 식물이라는 의미였다. 루는 나침반과 지도책과 주변 지형을 확인했다. 맛과 향이 최상에 달하려면 서너 달은 더 있어야 했다. 할아버지는 효능도 그때가 가장 좋다고 했다. 방사능으로 인한 면역력 저하와 혈관계 질환과 암 발병 등을 억제시키는 민간요법이었다. 한동안은 날씨가 따뜻해서 저절로 싹이 트고 자랐겠지만 갑자기 기온이 떨어지면 도로 얼어 죽을 게 뻔했다. 루는 주변으로 작게나마 비닐 천막을 칠 만한 자리를 찾아 빙 둘러 길을 내다가, 배낭 안에는 식량과 잠자리용 방수포밖에는 없다는 데에 생각이 미쳤다. 플라스틱을 모으는 태수와 푸코에게 비상용 비닐까지 전부 털어 주고 나왔기 때문이었다.

이번에도 푸코는 함께 나오지 못했다. 죽은 현 회장의 대리자가 된 태수와 함께 처리해야 할 일이 많았다. 와중에 혼자 도망치듯 떠나는 게 마음에 걸렸지만 루는 너무 지쳐 있었다. 무엇보다도 태수와 푸코와 시몬이 등을 떠밀었다.

현 회장이 입수한 정보에 의하면 B지구에서는 현재 플라스틱에서 연료를 추출해 내는 연구가 비밀리에 진행 중이었다. B지구와의 교환 물품 중에 유독 플라스틱이 많아지는 것을 수상히 여겨 알아보니 그러했다. 연료만 생기면 멈춘 차들을 움직이고 숨겨 둔 헬리콥터를 띄울 수 있었다. 곳곳에 흩어져 있는 도시를 발굴하고 여러 지구들을 통합하여 힘을 합할 수도 있었다. 하지만 연료를 누가 더 많이 보유하느냐에 따라 지구들 간의 힘의 우위가 생겨날 것이었다. 그렇지 않아도 루가 사는 도시는 진즉부터 B지구에 종속되어 가고 있었다.

그 때문에 현 회장이 직접 B지구까지 가서 알아보고 기술을 빼내 오기 위해 고심했다. 한쪽으로는 기술을 빼내거나 사 올 방법을 강구하면서 한쪽으로는 따로 푸코를 시켜 도시 내의 플라스틱을 모아 대비했다. 덕분에 플라스틱이 한동안 화폐처럼 되었던 것인데 그 일이 먼저 시작된 B지구에서도 사정은 마찬가지였다.

루는 도시 생각만 하면 머리가 아팠다. 뭐가 그리 복잡한지 알다가도 모를 일이었다. 어린잎을 되는대로 뜯어 외투 주머니에 넣고, 빈 식량 자루를 꺼내 채울 수 있는 만큼 꽉꽉 눌러 채웠다. 비닐이 없으니 달리 방법이 없었다. 기온이 떨어지지 않기만을 바라며 숲을 빠져나와 가던 길을 재촉했다.

현 회장은 방사능 측정기로 사람들을 선별하는 일을 처음부터 반대했단다. B지구에서 비싼 값을 치르고 들여오긴 했지만 그것은 깨끗한 땅과 식물을 찾기 위해서였다고. 나중에 푸코가 해 준 이야기에 의하면 그랬다. 샘터의 물값을 올리는 것도 반대하고, 인공 하천을 만드는 일도 반대하고, 시장이 B지구에서 자꾸만 무언가를 들여오는 것도 반대했다. 하지만 B지구와 직접 거래를 트면서 시장은 더 이상 현 회장의 말을 듣지 않았다. 그래서 현 회장이 푸코에게 은밀히 따로 지시하여 수비대 사람들을 포섭하고 있었다.

광장 옆 시장 어른들과 뒷골목 암시장 어른들까지 푸코와 뜻을 같이했다. 시몬도 제가 속한 교단의 사람들과 함께 푸코가 내주는 물건들로 구호 활동을 하며 거리의 사람들을 계몽해 나갔다. B지구의 개가 된 시장을 끌어내리고 도시를 잠식해 가는 B지구에 대항하기 위해서였다. 대형 셸터도 시장이 B지구에 팔려고 해서 현 회장이 사기로 한 것이었다. 막대한 유지비가 들어가겠지만 어떻게 해서든 B지구로 넘어가는 것만은 막아야 했다. 결국 현 회장이 내건 조건에 설득당한 시장이 현 회장과 다시 손을 잡게 되면서, B지구에는 밉보이는 계기가 됐다. 그러나 진짜 적은 내부에 있었고, 그가 바로 현 회장의 참모였다. B지구와 따로 내통하고 있던 그가 다음 시장 자리를 약속받고, 현 회장과 시장을 먼저 치려 했던 것이었다.

푸코에게 그간의 사정을 죄다 듣고, 루는 몹시 성질을 부렸다. 나만 빼고 너희들끼리 잘도 일을 꾸몄다고 악을 써 댔다. 푸코는 루가 대부분 태수네 저택에 가 있어서 이야기할 시간이 없었다고 둘러대며, 너는 너의 방식대로 돕고 있었던 거라고 루를 달랬다.

지금쯤 태수는 현 회장의 장례를 치르고 새 지도 작업을 마치기 위해 몰두해 있을 것이다. 현 회장이 하던 일을 점검하고 이어 가기 위해 또 열심히 공부하고 있을 것이다. 시몬은 부지런히 뒷골목을 돌면서 죽어 가는 사람들에게 음식을 나눠 주며 안수 기도를 해 주고 있을 것이고, 푸코는 수비대와 어른들의 강력한 지지에 힘입어 새 시장으로 선출됐을 것이다. 도시의 혼란을 수습하고 B지구와도 전쟁이 나지 않도록 협상을 잘하겠지만 실패하면……. 루는 거기까지만 생각하다 말았다. 아직도 입안에 배어 있는 개똥쑥 냄새 위로 태수네 집에서 먹었던 음식의 식감과 맛이 얹히며 배 속을 훑었다. 꼬르륵거리는 소리마저 나며 위장이 요동쳤다.

강폭이 좁아지다가 가늘게 끊어져 가는 물줄기 옆에서 불을 피웠다. 푸코가 넉넉하게 챙겨 준 말린 물고기를 불에 굽다가 개똥쑥 즙을 내서 그 위에 발랐다. 구수하면서도 쌉싸래한 냄새가 더욱 허기를 자극했다. 얼른 익혀서 마구 뜯어 먹고 싶었다.

루는 혀끝으로 마른 입술을 축이며 물줄기 건너의 까마득히 높고 가파른 절벽을 올려다봤다. 붉은 녹빛을 주로 하여 층층이 서로 다른 잿빛이 섞인 절벽의 단면이 마치 칼로 썰어 낸 듯 반듯했다. 반듯한 표면 위로 얼기설기 갈라진 틈들이 만들어 낸 그림이 제법 그럴듯해 보였다. 거대한 사람의 얼굴 같기도 하고 어찌 보면 짐승의 몸통 같기도 하고. 루도 어렸을 때는 그림이라는 것을 곧잘 그렸다. 무너진 도시의 귀퉁이에서 찾아낸 공책과 연필을 아껴 가며 하늘도 그리고 강물도 그리고 할아버지의 얼굴도 그렸다. 어느 해인가는 할아버지가 색연필과 물감을 찾아 줘서 배가 고픈 줄도 모르고 잠이 오는 줄도 모르고 그림만 그린 적도 있었다. 태어나서 그때껏 완전히 파괴되어 낡아 가는 무채색 세상만 보아 온 루에게 선명한 빨강, 파랑, 노란색 연필과 물감은 너무나도 신기한 색채였다. 색을 입힐 수 있는 것들이 다 떨어지자 몹시 울면서 보채 할아버지를 힘들게 했다.

울음 끝에 딸꾹질을 하고 있는 루를 등에 업고 서성이며 할아버지는 그날 처음으로 엄마와 아빠에 대해 얘기해 주었다. 엄마는 예뻤고, 아빠는 그런 엄마를 그림으로 그렸다고.

"아빠도 그림을 잘 그렸어?"

"그럼, 잘 그렸지. 세상에서 제일 잘 그리는 사람이었지."

"엄마는? 엄마도 그림 잘 그렸어?"

"엄마는 보는 걸 좋아했지."

"아빠 그림?"

"그렇지. 아빠 그림."

"근데 왜 죽었어?"

할아버지는 대답하지 않았고 루도 더 이상 말해 달라고 보채지 않았다. 딸꾹질이 멈추고 졸음이 오기도 했지만 어린 나이에도 그동안 보아 온 죽음이 너무 많았다. 대부분의 아이들에게도 없었기 때문에 새삼 엄마나 아빠에 대한 그리움이나 상실감도 없었다. 오히려 다른 아이들에게는 없는 할아버지가 있어서 루는 행복했다.

한가로이 익힌 물고기를 뜯어 먹다가 루는 문득 검은 숲을 돌아봤다. 그쪽으로부터 수상한 기척이 느껴졌다. 뜯어 먹던 물고기를 손에 든 채 다른 손으로 옆에 놓인 긴 칼을 집어 들었다. 기척은 분명한 발소리로 바뀌어 루가 있는 쪽으로 다가오고 있었다. 소리로는 한 사람이었다. 루는 먹던 물고기를 재빨리 불 위에 던지고 모래를 끌어다가 덮어 껐다. 손과 입을 모래로 문질러 냄새를 지우고 빠짐없이 짐을 챙겨 발자국을 지워 가며 바위 뒤로 몸을 숨겼다.

숲속 깊은 곳의 나뭇가지가 흔들리는가 싶더니 마른 몸피의 부랑자 같은 노파가 나타났다. 나이에 비해 단단해 보이는 움직임이었다. 커다란 배낭을 메고 긴 칼을 차고, 어깨에는 활과 화살 통까지 멘 것을 보니 사냥꾼인 듯했다. 사냥꾼들은 늙어 보여도 의외로 젊은 경우가 많았다. 어릴 때 광야에서 함께 지냈던 아줌마도 그랬다.

이제라도 튈까 하고 주위를 둘러봤지만 앞은 검은 숲이고 뒤는 물줄기 건너 높은 절벽이었다. 그 사이로 난 넓은 모랫길은 길어도 너무 길었다. 아무리 배가 고파도 그렇지 어쩌자고 이런 곳에서 불을 피웠는지 뒤늦게 후회했지만 소용없었다. 한동안 도시에만 갇혀 있어 감각이 둔해졌다고, 루는 제 머리를 쥐어박으며 얼굴을 찡그렸다.

이윽고 검은 숲을 빠져나온 노파가 쿵쿵거리며 냄새를 맡았다. 루는 칼자루를 단단히 움켜쥐고 숨을 죽였다. 노파가 불을 덮어 끈 모래더미를 발견하고는 그쪽으로 달려갔다. 무기까지 집어 던지고 모래더미를 헤치더니 루가 먹다 버린 고기 조각을 찾아 한입에 넣고 허겁지겁 씹었다. 어쩌면 루처럼 평범한 여행자일 수도 있었다. 사냥꾼들은 대체로 무리를 지어 다니고 아무거나 닥치는 대로 먹기 때문에 배를 잘 굶지 않았다. 루는 그러기를 바랐다. 부딪히는 일은 피할 수만 있다면 피하고 싶었다. 오랜만에 할아버지에게 가는 길인데 피 냄새를 풍기며 가고 싶지 않았다.

입안의 것을 꿀떡 삼킨 노파가 얕은 물가로 달려가 고개를 처박고 물을 들이켰다. 어느 정도 갈증이 가셨는지 고개를 쳐들고는 손을 씻고 얼굴도 씻었다. 목덜미까지 꼼꼼하게 문질러 닦고 나더니 루가 숨어 있는 바위 쪽을 쳐다봤다.

"이제 그만 나올래?"

루는 당황했다. 숨어 있는 루를 알아차렸다는 것에 당황하고, 노파라고 여겼던 목소리가 의외로 젊어서 당황했다. 얼른 활에 화살을 먹여 그쪽을 향해 겨누며 천천히 일어섰다.

"치워."

"……."

"해치지 않을 테니까 치우라고."

노파가 이쪽은 쳐다보지도 않고 무심히 제 무기와 짐이 있는 데로 걸어가 털썩 주저앉았다. 말끔히 씻은 얼굴을 보니 노파라기보다는 중년에 가까운 여자였다. 아줌마가 살아 있었다면 꼭 이런 모습일까.

"여행자니?"

루는 천천히 활을 내렸다. 화살을 풀어 화살 통에 집어넣고 짐을 챙겨 그쪽으로 나갔다.

"혼자니?"

대답하지 않았다.

"어디로 가는 길이니?"

일행이 근처에 있는 척이라도 하는 게 아직은 유리했다.

"그냥, 이야기나 좀 하자고. 사람 구경한 지가 너무 오래돼서."

"······."

"난 도시로 가는 중이야."

"······."

"저쪽에 도시가 있다고 들었는데."

그녀의 손가락이 루가 지나온 길 끝을 가리켰다.

"사람들이 정착한 도시······."

"······."

"거기에서 오는 길이지?"

루는 거기로부터 오는 길이고 거기가 바로 제집이라고 말하지 않았다.

"지치는구나."

지평선과 맞닿아 있는 길 끝을 바라보는 그녀의 눈빛이 쓸쓸했다.

"배고파요?"

이번엔 그쪽에서 대답 대신 간절한 눈빛으로 루를 쳐다봤다. 루는 멀찍이 떨어져 앉아 배낭을 열었다. 말린 물고기를 꺼내서 그쪽으로 던졌다. 옥수숫가루를 굳혀서 만든 스틱도 하나 같이 던졌다.

그녀가 익히지도 않은 그것들을 허겁지겁 먹어치우고 다시 물가로 달려가 얼굴을 처박고 물을 들이켰다. 루는 아무리 깨끗해 보이는 물이라도 그냥 마시면 안 되는데, 하는 생각을 했지만 수통의 물을 내주고 싶지는 않았다. 여행자들은 각기 고유의 방식이 있었다. 루가 새삼 신경 쓸 일이 아니었다.

배가 든든해지니 덩달아 기분도 좋아진 모양이었다. 그녀가 먼저 자기 이름을 밝히고 루의 이름을 물었다. 자기도 루처럼 여행자인데 남편을 만나기 위해 여행을 다니는 중이라고 했다. 풍요로운 시절에 있었던 컴퓨터와 인터넷이라는 것만 찾으면 남편을 만날 수 있다고 했다. 그래서 사람들이 정착한 도시를 찾아다니는 중이라고. 그녀는 루에게 컴퓨터를 아느냐고 물었다.

"컴퓨터요?"

루도 어느새 경계심이 풀려 있었다. 사냥꾼이라면 공격해 올 틈은 얼마든지 있었다. 평범한 여행자임에 틀림없었다.

"혹시 본 적 있니?"

"그럼요, 당연하죠. 도시에는 널린 게 컴퓨턴데."

"도시에서 왔어?"

"거기 살아요."

"여행자가 아니고?"

"여행자이기도 하고요."

"항상 이렇게 혼자 다녀?"

"어렸을 때는 할아버지랑 같이 다녔는데요, 지금은 아니에요."

"그래…… 혹시 그 컴퓨터, 작동되는 것도 있니?"

"그럼요, 나도 여태 그걸로 일도 하고 게임도 하고 그랬는데."

루는 가슴을 활짝 펴고 자랑스럽게 말했다. 나 이런 사람이에요, 하고 뽐내듯.

"도시에서?"

"네. 태수네에서요. 근데 이제 거긴 못 가요. 굉장히 어지럽거든요. 지금쯤 전쟁이 났을지도 모르고."

"전쟁?"

"원래 그 지역은 태수 아버지랑 시장님이 관리했는데, 반란이 일어나서 시장님이랑 태수 아버지가 죽었거든요. 저도 태수랑 잡혀 있었는데, 푸코가 와서 구해 줬어요."

"푸코?"

"제 친구예요. 아니, 사실은 친구가 아니고, 형. 아니 오빠. 아니다, 아저씨가? 아무튼."

"뭐가 그렇게 복잡해?"

"어렸을 때부터 할아버지랑 다 같이 살았거든요. 걔네 할머니랑 우리 할아버지랑 친구였대요. 사실 처음 만났을 때부터 걔는 좀 큰 어른이긴 했는데, 뭐 워낙 어른 같지가 않아서."

루는 푸코를 처음 만났을 때를 떠올리고는 웃음부터 터뜨렸다.

광야에서 떠돌다가 할아버지가 예전에 살았다는 곳을 찾아 갔을 때였다. 작은 분지 마을이었다는데 무너지고 쓸려 가서 흔적도 없었다. 숲이 울창하고 맑은 샘이 솟았다는 뒷산도 간신히 형체만 유지하고 있었다. 어느 지역에서나 흔히 만날 수 있는 평범한 광야였다. 할아버지가 여기쯤이었다고 가리켰던 옛날 집터에서 며칠을 지냈다. 농사를 지을 수 있는 지역인지 주변의 토양도 조사하고 물줄기도 조사했다. 어느 날 자는데 땅이 들썩여서 벌떡 일어나니 루와 할아버지가 자던 바로 옆의 땅속에서 어떤 덩치 큰 녀석이 불쑥 솟아올랐다.

"걔가 바로 푸코였어요. 처음엔 우릴 보자마자 죽일 듯이 달려들었는데, 할아버지가 자기 이름을 부르니까 딱 멈추더라고요. 그러고는 할아버지를 쳐다보다가 갑자기 막 우는 거예요. 그러니 걔가 어른으로 보였겠어요?"

푸코는 할아버지에게 달려와 끌어안고 울었다. 할아버지도 그를 마주 안고 다독였다. 할아버지가 푸코에게 "할머니는?" 하고 묻자 푸코가 울먹이며 도시에서 계속 같이 살았는데 몇 년 전에 돌아가셨다고 했다. 그 얘기를 듣더니 할아버지의 눈가도 발개졌다. 주름진 얼굴 위로 눈물마저 뚝뚝 흘러내렸다. 할아버지가 우는 것을 루는 그때 처음이자 마지막으로 보았다. 그 뒤로 푸코가 살았다는 도시로 함께 가서 정착하게 된 것이었다.

루는 어느새 주절거리며 묻지도 않는 말들을 쏟아 내고 있었다. 지난 오 일 동안 누구도 만나지 못해서 심심하기는 루도 마찬가지였다.

"푸코? 이름이 특이하구나."

"아버지가 외국 사람이래요. 생긴 것도 까무잡잡하니 늠름하게 잘생겼어요."

"좋아하니?"

"에? 에이, 설마요. 그 무식한 놈을. 근데 아줌마 이름도 예뻐요. 누가 지어 준 거예요? 아, 아줌마라고 불러도 되죠?"

"응, 좋을 대로……. 내 이름은 어릴 때 내 남편이…… 내 남편도 그때는 나와 친구였는데, 우리 어릴 때는 이름들이 다 촌스러웠거든. 내가 학교에서 놀림을 받고 와서 우니까, 달래느라 이름을 하나 더 지어 줬어."

"그럼, 이름이 두 개예요?"

"그런 셈이지. 그래서 어릴 때 그 사람은 항상 나를 그 이름으로만 불렀지. 그리고…… 아까 얘기한 그 인터넷이라는 게 있었어. 알아?"

"태수한테 들어 본 것 같아요."

루는 기억나지 않았지만 공연히 아는 체를 하고 싶어 그렇게 말했다.

"그 안에서는 멀리 떨어져 있는 사람들도 아주 가깝게 만날 수 있었는데, 다들 따로 이름을 만들어 썼지. 그래서 그 이름을 사용했어. 거기에선 언제나."

"아, 맞다! 할아버지한테도 있는데."

"뭐가?"

"컴퓨터요."

"그래?"

"네, 옛날 집터에서 찾아냈어요."

"작동이 되는 건가, 전기는?"

"옛날에 한 번 켜진 걸 본 적은 있는데, 지금은 잘 모르겠어요. 근데 지금도 되지 않을까요? 할아버지한테는 소형 발전기도 있거든요."

"할아버지가 계신 곳이 어디라고 했지?"

"저 암석 지대 너머에요."

"지금 거기로 가고 있는 거지?"

"한 이틀만 더 가면 돼요. 그런데요, 할아버지도 그랬는데, 그 안에는 이 세상과 다른 세상을 사는 사람들이 있다고."

"다른 세상?"

"여기랑 비슷하지만 전혀 다른 세상이요."

"……."

"하하, 말이 안 되죠? 우리 할아버지가 좀 그래요."

"아니, 진짜 그랬어. 아주 오래전에는."

어느덧 주위로 어둠이 내렸다. 루는 그녀와 함께 잠자리를 정하러 숲으로 들어갔다. 그녀가 먼저 제안하기도 했지만 루도 오랜만에 옛날이야기를 하다 보니 신이 났다. 어차피 밤에 암석지대를 건너는 것은 무리였다.

각자의 방수포를 깔고 덮고 나란히 누웠다.

루는 별자리를 그려 보며 어릴 때 만났던 사냥꾼 아줌마에 대해 이야기했다. 푸코가 시장에 처음 가게를 냈을 때는 얼마나 장사를 못 했는지에 대해, 태수가 현 회장의 심부름으로 처음 가게에 왔을 때 얼마나 바보같이 굴었는지에 대해, 길에서 죽어 가던 시몬을 할아버지가 업고 와서는 어떻게 살려 냈는지에 대해, 자신은 내다 버리라고 악을 썼는데 할아버지와 푸코가 들은 척도 하지 않았다고, 루는 끝도 없이 지난 이야기들을 늘어놨다.

"그런데 네 이름이야말로 참 예쁘구나."

"할아버지가 지으셨대요. 저도 이 이름이 좋아요."

"성은?"

"없어요. 할아버지는 저를 그냥 루라고만 불렀어요. 할아버지가 예전에 그린 그림 속 소녀의 이름이래요."

"그림이라……."

"나도 어릴 때는 참 잘 그렸는데, 이제는 못 그려요. 그런데 아줌마도 누 떼를 본 적 있어요?"

"누 떼?"

"소처럼 생겼어요. 항상 무리를 지어서 이동한대요."

"아, 아프리카에 사는 누우를 말하는 거구나?"

"아, 맞다. 아프리카! 서쪽 끝까지 가서 작은 바다 하나만 건너면 된다던데."

"그래 맞아. 세상이 시작된 곳, 검은 땅 아프리카."

"어? 우리 할아버지도 꼭 그렇게 말했는데!"

"근데 그건 왜?"

"원래는 누였거든요, 제 이름이요. 그런데 푸코 녀석이 그 발음을 못 하는 거예요, 그래서 그냥 루, 루, 하니까, 이제는 할아버지도 그렇게 부르는 거죠. 할아버지 말로는 지금 이 땅이 태초의 땅이고, 우리가 이 세상의 시작이라고, 그러니까 항상 씩씩해야 한댔어요. 누처럼 씩씩하게 살아남아서 자손을 낳고 또 자손을 낳으면서 새로운 세상을 살라고요. 그래서 그림 속 소녀의 이름도 누, 내 이름도 누!"

루에게는 꿈이 있었다. 언젠가는 대륙을 가로질러 검은 땅 아프리카까지 가 보는 것. 어쩌면 파괴되지 않은 문명이 있고 파괴되지 않은 자연이 있을 서쪽 땅, 여전히 하늘에서는 비행물체가 날고, 땅에서는 사람들과 함께 누 떼들이 한가로이 여행을 하고 있을 검은 땅 아프리카.

"어쩌면 네 말이 맞을지도 모르겠다. 대재앙 당시에도 의견이 분분했는데, 다들 그나마 제일 안전한 곳으로 아프리카 대서양 연안을 꼽았었지."

"아, 진짜요?"

"응, 그랬어."

그녀의 말끝이 아련해졌다. 루는 옆에 누운 그녀를 힐끗 돌아다봤다. 루가 태어나기도 전의 그 시절을 회상하고 있는 걸까. 한동안 말이 없었다.

"그런데, 루……."

"네?"

"나도 내일 할아버지 있는 곳으로 같이 가도 될까?"

"할아버지한테요? 도시로 간다면서요?"

"어차피 난 컴퓨터만 찾으면 되니까. 그런데 할아버지가 선선히 보여 주실까?"

"아, 그럼요. 보여 주실 거예요. 별것도 아닌데요, 뭐. 게다가 내 손님이잖아요."

루는 우쭐거리며 자신이 조르면 할아버지는 뭐든 다 해 주신다는 말을 덧붙였다. 이야기는 자연스럽게 그동안 할아버지가 루를 어떻게 먹이고 입히며 키웠고, 얼마나 사랑했는지에 대한 것들로 옮겨 갔다. 위험에 처할 때마다 할아버지가 어떤 식으로 구해 냈는지에 대해서도 장황하게 떠들어 댔다. 루는 자신도 잊고 있었던 어린 날을 이야기하면서, 오히려 자신이 할아버지를 얼마나 사랑하며 그리워하고 있는지 깨달았다. 루는 당장 밤길을 헤쳐서라도 할아버지에게로 달려가고 싶었다.

그래도 루는 그녀가 곁에 있어서 좋았다. 나직한 말씨며 따스한 숨결……. 어린 날의 사냥꾼 아줌마 생각도 나고, 엄마라는 사람이 있으면 이런 느낌일까 하는 생각도 들었다.

그때 먼 하늘에서 유성이 떨어졌다. 루가 낮게 탄성을 내질렀다. 이내 두 번째 유성이 떨어졌다. 루는 더 크게 탄성을 질렀다.

곧이어 많은 유성들이 저 먼 하늘의 비가 되어 내렸다.

37

갑자기 쏟아져 들어오는 빛에 잠을 깼다. 커튼을 열어젖힌 아내가 돌아서며 "굿모닝!" 하고 밝게 인사했다. 혁은 팔뚝으로 눈을 가렸다. "응, 굿모닝." 하고 반사적으로 중얼거렸지만, 잠이 깊었던 듯 몸과 의식의 감각이 좀처럼 돌아오지 않았다.

아내가 다가와 곁에 걸터앉았다. 침대가 출렁거렸다. 옆구리로 파고드는 아내의 묵직한 엉덩이와 따뜻한 감촉으로, 혁은 그제야 조금씩 현실 감각을 회복했다.

"몇 시야?"

"5시 32분."

"오후?"

"그럼 새벽이겠어?"

눈을 가렸던 팔뚝을 내렸다. 환하게 미소 짓는 아내의 눈가가 젖어 있었다.

"울어?"

"아니."

"울고 있는데?"

혁은 손을 뻗어 아내의 뺨을 어루만졌다.

"보고 싶었어."

아내가 말했다.

"당신 출근하고 나는 여기에서 계속 자고 있었어. 나를 버리고 나갔다 온 사람은 당신이라고."

"알아."

"무슨 일 있었어?"

"아니."

"사실은, 나도 보고 싶었어."

"꿈속에서?"

아내가 눈가의 물기를 지우고 활짝 웃었다. 웃는 얼굴이 어느새 아내가 아니었다. 강변의 달빛을 받아 빛나는 마당을 가진, 버스 정류장에서 만난 그 여자였다. 여자의 웃는 모습을 본 적이 있었던가? 아니 없었다. 아, 그런데 이 여자가 왜 우리 집에 와 있지? 하는 생각이 들자마자 혁은 잠을 깼다.

잠들기 전과 다름없이 높고 맑은 하늘이었다. 파란 하늘 끝으로 몽실몽실 흘러가는 구름 몇 점이 한가로웠다. 적당히 밝고 따뜻한 햇볕이 아직 몽롱한 혁의 이마를 부드럽게 감쌌다. 풀숲을 훑는 바람 소리가 들리고 풀냄새와 흙냄새와 물비린내가 한꺼번에 끼쳐 왔다. 혁은 다시 눈을 감고 이마에 팔뚝을 얹었다.

그날 이후 혁은 여자를 다시 만날 수 없었다. 버스 정류장에 앉아 기다려 봐도, 스토어를 오가며 기웃거려 봐도, 강변의 산책로에서 서성여 봐도 여자는 좀처럼 나타나지 않았다. 밤길에 여자가 이끌던 대로 갔던 길을 몇 차례나 더듬어 가 봤지만 그때 그 집은 찾을 수 없었다. 이쯤인가 싶으면 무성한 갈대밭이었고, 이쯤인가 싶으면 여울 깊은 강이 내려다보이는 벼랑 위였다.

몸의 감각이 둔해지고 기억이 엷어지고 사라지고, 혁은 이러다 머지않아 집으로 가는 길마저 찾을 수 없게 될지도 모른다고 생각했지만 상관없었다. 길을 잃었다는 사실마저도 곧 잊을 테니까.

감은 눈 위로 검은 그림자가 어른거렸다. 눈을 떠 보니 웬 노인이 서서 혁을 내려다보고 있었다. 모시 적삼에 모시 바지를 입은, 나이를 짐작할 수 없는 노인이었다.

"누구……세요?"

"지나가다가, 이렇게 누워 있는 자네가 무척 행복해 보여서 말일세."

혁은 몸을 일으켜 일어나 앉았다.

"아, 이 마을에 사세요?"

"그렇다고도, 아니라고도 할 수 있지."

"네?"

노인을 올려다봤다. 노인도 혁을 지긋이 내려다봤다.

"사실 난 저 너머에서 왔다네."

노인이 뒷짐을 진 채로 허리를 곧추세우고 돌아서 강 건너 들판을 건너다봤다. 그쯤 어디라고 가리키는 것처럼.

"여기는 참 한가롭구먼."

"조용한 동네죠."

노인의 뒷모습이 어쩐지 눈에 익었다.

"어디선가 뵌 듯하네요."

"그랬을지도 모르지."

혁은 노인과 언제 어떻게 만난 적이 있는지 골똘히 기억을 뒤지다 말았다. 두 팔을 맞잡고 머리 위로 쭉 펴서 낮잠으로 굳어진 몸을 풀었다. 등뼈와 근육들이 제자리를 찾으며 으윽 하는 소리가 저절로 나왔다.

"이 모든 게 다 허상일지도 모른다는 생각을 해 본 적이 있는가?"

혁은 뜨악한 표정으로 노인을 올려다봤다. 노인은 뒷짐을 진 채로 여전히 먼 하늘과 푸른 강물과 그 너머 들판을 바라다보고 있었다.

"예를 들어, 영화 속이라든가, 누군가의 꿈속이라든가."

"그런 상상이라면 누구나 한 번쯤은 다 할 것 같은데요."

"그렇다면, 내가 저 밖의 현실 세계에서 온 사람일 수도 있겠군."

혁은 잠시 머뭇거리다 노인에게 되물었다.

"어르신이 밖에서 오셨다면, 어르신의 시공간이 또 다른 허상이 아니라고 어찌 확신하십니까?"

아주 멋진 답이었다. 혁은 스스로 흡족해졌다.

"그래, 그럴 수도 있겠구먼."

노인이 돌아보며 빙긋이 웃었다.

"좋은 구경 많이 했으니 이제 가 봐야겠구먼."

"댁이 어디신데요?"

"또 보세."

노인은 혁의 물음에는 대꾸도 하지 않고 돌아서서 산책로를 따라 천천히 걸어갔다. 멀어지는 그 뒷모습을 쳐다보다가 혁은 도로 드러누워 깍지 낀 두 손으로 뒷머리를 받쳤다. 노인의 출현으로 잠시 잊고 있었던 꿈이 다시 생각났다. 아내 대신 자신을 깨우고 활짝 웃던 여자의 얼굴이 바로 앞에 있는 듯 생생했다. 그런데 아내는 어디로 갔을까. 어디로 갔기에 이토록 돌아오지 않고 있는 것일까.

벌써 한 달째였다. 흔히 있었던 일이라서 그러려니 했는데, 열흘이 넘고 보름이 넘어가자 슬슬 걱정이 됐다. 하지만 또 장기 출장을 가면서 혁에게 미리 말을 하고, 짐도 같이 챙겨 보냈는데 또 잊었을 수도 있었다.

'그러고 보니 이 또한 소설 감이네. 내 이야기를 한번 소설로 써 볼까?'

혁은 노인의 말을 곰곰이 생각해 봤다.

노인은 저 들판 너머에서 왔다고 했다. 아니 그쪽을 쳐다보고 있었지만 스스로 그쪽에서 왔다고 말하지는 않았다. 하지만 혁은 어쩐지 노인이 그쪽에서 왔을 것 같았다.

저 들판 너머에는 무엇이 있을까.

상상해 봤다.

잘 떠오르지 않았다.

이쪽과 저쪽, 나와 아내와 예라와 여자와 노인이 등장하는 소설에 대해 궁리해 봤다.

역시 잘 떠오르지 않았다.

생각에 생각을 거듭하고 상상에 상상을 거듭해 봐도 마찬가지였다. 소설에 대한 궁리의 끝은 엉뚱하게도 또 다른 종류의 상상을 불러왔다.

'아내는 혹시, 이미 돌아올 수 없는 곳으로 먼저 떠나 버린 것은 아닐까. 교통사고가 났을 때 밖으로 튕겨진 사람은 오히려 나였고, 아내가 차 안에 있다가 혼수상태에 빠진 것은 아닐까. 얼마 전까지도 매일 집으로 돌아오던 아내는 내가 아내의 죽음을 인정하지 못해 만들어 낸 허상인지도.'

교통사고가 났을 때 혁과 아내는 남쪽 어느 바닷가에 떨어졌다는 운석을 보러 가던 길이었다. 지구가 멸망할 것처럼 떠들어 대던 대충돌은 일어나지 않았다. 각국에서 쏘아 올린 수많은 미사일과 신무기로 소행성의 파편들이 궤도 자체를 바꿨다. 일부가 지구 내로 유입되기는 했지만 제일 큰 운석은 태평양 한가운데로 떨어져 가라앉고, 뒤따라 쏟아져 들어온 파편들은 세계 곳곳에 떨어져 웅덩이를 만들었다. 지진이 나고 해일이 일었지만 일부 지역이었다. 그나마도 금세 복구되어 일상에는 대개 지장이 없었다. 아내가 두 달에 한 번은 꼭 여행을 가야 한다고 졸랐는데 혁이 이왕이면 더욱 기념이 되도록 지구 곳곳에 있는 운석 관광지를 중심으로 다니자고 했다. 아내는 그곳에서 아기가 생긴다면 우주의 기운을 받은 아기가 태어나는 거라고 말하며 기뻐했다. 그 첫 번째 일정이었다.

숙소에 도착하기도 전에 해안 도로에서 갑자기 나타난 야생 동물을 피하려다 가드레일을 들이받았다. 가드레일이 부서지며 벼랑으로 굴렀다. 구르기 전에 차 밖으로 튕겨 나간 아내는 덕분에 부상 정도가 경미했다. 끝까지 차 안에서 같이 굴렀던 혁은 몸도 의식도 완전히 망가져 오랜 병원 생활을 견뎌야 했다.

그런데 그때 그 일이 거꾸로였던 것은 아닐까.

날이 어두워지고 풀숲에 이슬이 맺히기 시작할 때까지도 혁은 계속 강변의 풀숲에 누워 있었다. 집으로 돌아와서도 새벽까지 잠을 이룰 수 없었다. 강변에서의 낮잠이 깊었던 탓도 있지만 들을 때는 웃어넘겼던 노인의 말이 자꾸 잠을 채갔다.

어쩌면 노인의 말이 진실일 수도 있었다. 지금 이곳은 가상의 어떤 공간이거나 허상의 꿈속인지도 몰랐다. 어쩌면 혁은 여전히 혼수상태로 중환자실에 누워 꿈을 꾸고 있는 것인지도. 혁은 손등을 꼬집어 봤다. 아무 느낌도 나지 않았다. 좀 더 세게 꼬집어 봤다. 강도 조절을 잘못해서 이번에는 너무 아팠다.

새벽녘에야 잠들어 오후에 일어나 빈둥거리며 책을 읽다가 느지막이 스토어로 나갔다. 오랜만에 스토어 앞에서 예라와 예라 친구를 만나 함께 밥을 먹었다. 밥을 다 먹고 영화를 보러 내려갔지만 볼 만한 게 없었다. 아이들과 함께 볼 수 있는 등급에서 고르려니 마땅한 게 없기도 했지만 새 영화가 들어온 지 너무 한참 되어 죄다 본 것들뿐이었다.

예라가 자기 엄마도 며칠째 집에 들어오지 않았다고 말했다. 바람이라도 났나 봐요, 라고 덧붙이고 친구를 쳐다보며 킥킥 웃었다. 혁은 그 애들과 함께 게임 센터에서 게임을 하고 노래방에도 갔다. 예라와 친구가 새로운 곡이 없다며 투덜거렸고, 혁은 더 옛날 노래만 골라 부르다 예라에게 구박을 받았다. 스토어에서 나오기 전에 예라와 친구가 술을 사 달라고 해서 캔 맥주 두 개를 사서 검정 비닐봉지에 넣어 줬다. 예라는 오늘도 엄마가 들어오지 않으면 친구네 집에서 자겠다고 했다.

혁은 혼자 터덜터덜 집으로 향했다. 어두컴컴한 버스 정류장에 그때 그 여자가 또 우두커니 앉아 있었다. 반가워서 얼른 뛰어가다가 걸음을 멈췄다. 무슨 말을 해야 할지 언뜻 생각나지 않았다. 무얼 어쩌겠다고 그토록 찾아다녔는지도 알 수 없었다. 이쪽의 기척을 아는지 모르는지 여자가 정류장 벤치에서 일어나 걷기 시작했다. 마치 따라오라는 듯 천천히 걸어가는 여자 뒤에서 혁은 거리를 두고 따라갔다. 며칠 동안 헤매고 또 헤맸던 그 길에 다다를 때까지 혁은 계속 조용히 여자를 쫓았다.

어디쯤에서 여자를 잃었을까. 산책로 중간쯤이었던 것도 같고 풀숲길이 시작된 어느 지점인 듯도 싶었다. 아무리 걸음을 재촉해도 여자와의 거리가 좁혀지지 않고 멀어지더니 갑자기 눈앞에서 사라졌다. 여자가 갔다고 짐작되는 방향을 따라가다가 길을 잃었다. 강둑 주변의 풀숲이 깊어지며 시야에서 강이 사라지더니 어느새 나무들이 우거진 산길이 나타났다. 달빛에 의지해 산속을 헤매 다녔는데 약수터 광장이 나왔다. 강변의 산책로와 연결된 산기슭의 그 길이 어떻게 아파트 뒷산과 금세 이렇게 이어지는지 알 수 없었다. 그래도 익숙한 길이라서 혁은 수월하게 산을 넘어 아파트로 돌아왔다. 오래 헤맨 것 같지 않은데 집에 들어와 씻고 잠자리에 들려고 보니 날이 밝고 있었다.

아내도 예라 엄마도 계속 돌아오지 않았다. 소설은 여전히 써지지 않았고 여자도 다시 만날 수 없었다. 맥없이 강변에 앉아 시간을 보내는 날이 많아지면서, 상상에 상상이 꼬리에 꼬리를 물고 끝도 없이 이어졌다. 저 너머에서 왔다는 노인도 다시 만날 수 없었다. 노인이 했던 말에 대해 이야기를 더 나눠 보고 싶었지만 그는 다시 이쪽으로 건너오지 않았다.

어느 날 레스토랑에서 밥을 먹다 말고 예라가 엄마 얘기를 하며 울었다. 제 친구가 있을 때는 허세를 부리듯 "바람이라도 났나?" 하며 깔깔거리던 것과는 대조적인 모습이었다. 예라 엄마는 그동안 연락도 한 번 없었다고 했다. 혁은 그제야 "아빠는?" 하고 물었다. 예라가 엄마와 아빠는 오래전에 이혼했고 그래서 엄마와 함께 이쪽으로 이사 온 것이라고 했다. 아빠는 아예 안 만나느냐고 물으니 예라가 고개를 끄덕였다. 전화 통화도 안 하느냐고 물으니 고개만 가로저었다.

"사실은 엄마가 집을 나간 지 좀 오래됐거든요."

"얼마나 됐기에?"

눈물을 가득 담은 예라의 눈동자가 몹시 흔들렸다.

"…… 싸웠어요."

"엄마랑?"

"아빠 연락처도 안 가르쳐 주고, 갈수록 잔소리만 심하고."

"그래서?"

"아저씨랑 강변에서 잠자리 잡고 놀다 들어간 날 있잖아요, 어떻게 알았는지 아저씨도 만나지 말라고 하고, 친구도 만나지 말라고 하고, 입는 거 먹는 거 하나까지 시시콜콜 잔소리만 하고, 내가 창피하대요. 그래서 막 싸웠어요. 큰 소리로."

"그렇다고 엄마에게 대들면 되나."

"내가 엄마한테 죽어 버렸음 좋겠다고 했어요."

"응?"

"엄마가 먼저 그랬어요. 나 때문에 죽을 거 같다고. 그래서 내가 그랬어요. 그럼 죽어 버리라고."

예라는 거기까지 말하고는 잘근잘근 입술을 깨물었다.

"그 말을 하고 나서 쳐다본 엄마의 표정을 잊을 수가 없어요. 진짜로 죽어 버린 건 아니겠죠? 설마 엄마가 내 말대로, 진짜로."

"……"

"어떡해요, 이제……."

"금방 돌아오시겠지."

혁은 달리 뭐라 해 줄 수 있는 말이 없었다. 아직 어린 예라에게, 나는 아내와 싸우지도 않았는데 사라져 버렸다는 말은 더욱 할 수 없었다. 아니 어쩌면 싸웠는지도 몰랐다.

혁은 때때로 호텔로 들어간 아내를 기다리는 자신의 모습을 언젠가 보았던 영화의 한 장면처럼 떠올랐다. 실제로는 볼 수 없었을 자신의 모습이 보이니 언젠가 꾸었던 꿈의 일부인지도 몰랐다. 아내를 태우고 어딘가로 달려가는 자동차 안일 때도 있었다. 운석을 보러 가던 날이었다고 생각되지만 다른 날일 수도 있었다. 혁은 몹시 슬펐다. 아내가 소리를 질렀던가. 가드레일을 들이받고 벼랑 아래로 굴렀다. 자동차가 뒤집히고 옆에 있어야 할 아내가 보이지 않았다. 또 어느 날은 혼자 어딘가를 달리고 있었다. 환한 대낮이기도 하고 캄캄한 밤중이기도 했다. 높은 산으로 둘러싸인 국도이기도 하고 들판 사이로 난 고속도로이기도 하고, 해변의 굽이진 비포장도로이기도 했다. 혁은 달리고 또 달렸다. 푸르게 날이 밝아 올 무렵 도로 한쪽으로 바다가 나타났다. 수평선이 보이고 검푸른 바다로부터 해안으로 밀려드는 하얀 파도가 높았다. 길은 오르막이 되고 바다는 저 아래로 아득하게 물러났다. 혁은 순간 그 바다를 향해 핸들을 돌렸다. 어떤 것이 진짜 기억인지 혁은 더 이상 생각하지 않기로 했다. 모두 혁의 기억일 수도 있고 모두 혁의 기억이 아닐 수도 있었다.

혁은 버스 정류장에서 여자를 다시 만났을 때 그녀를 놓치지 않기 위해 바짝 긴장했다. 그녀 뒤를 따라가는 대신 얼른 뛰어가 팔뚝을 잡았다. 여자가 놀란 눈빛으로 혁을 쳐다보고는 이내 체념한 듯 고개를 떨궜다. 그리고 그때처럼 혁을 이끌었다. 그 집도 거짓말처럼 거기 그대로 있었다. 이렇게 쉽게 올 수 있었는데 그동안 왜 찾지 못했을까.

여자는 달빛 밝은 마당 한가운데에서 또 옷을 벗고 알몸이 되었다. 혁은 그제야 여자를 그토록 만나고 싶어 했던 이유를 깨달았다. 여자와 여자의 몸과 달빛을 받아 반짝이는 마당을 품은 그 집과 굵은 통나무로 기둥을 세운 정자의 마루에 닿는 맨몸의 감촉과 절벽 위에서 내려다보는 강물과 그 너머 들판까지 얼마나 그리워했는지 알게 됐다. 혁은 옆에 누운 여자의 따뜻한 몸을 품에 안고 이제는 오지 않는 아내를 더 이상 기다리지 않기로 했다.

혁은 다음 날 바로 짐을 챙겨 여자의 집으로 들어갔다. 그 집으로 들어간 지 얼마 되지 않아 강변에서 만난 노인을 모델로 소설을 쓰기 시작했다. 아파트에서는 그토록 써지지 않던 소설이 여자에게로 오고 나서 바로 써지는 것이 혁은 신기하면서도 고마웠다. 노인의 직업에 대해 고민하다가 화가로 결정했다. 노인이 아직 노인이기 전부터의 이야기였다.

노인과는 약수터에서 마주치는 장면부터 시작했다. 들판 너머의 세계는 아무리 상상을 해 봐도 어떤 세계일지 감이 잡히지 않았다. 써 놓고 보니 실제로 그런 적이 있었던 것도 같아 잠시 혼란스러웠지만 여자가 읽어 보고는 좋다고 웃어 줘서 아무렴 어떤가 하면서 마주 웃고 말았다. 여자는 혁의 이야기를 듣는 것은 좋아했다. 자신에 대한 이야기를 하는 것은 별로 좋아하지 않았다. 깊은 사연이 아주 많은 여자인 듯했다. 화단을 가꾸거나 요리를 하거나 집 안 청소를 하면서 하루 종일 혁의 주위를 맴돌았다. 상냥한 여자가 언제나 혁의 곁에 있었다. 강변으로 이사 온 후로 산 너머 약수터에는 한 번도 가 보지 못했다. 혁은 언젠가 여자와 함께 운동 삼아 그쪽으로 한 번 넘어갔다 와야지 하는 생각을 하며, 소설 속 노인에게 자신이 입고 있는 것과 똑같은 색, 똑같은 디자인의 트레이닝복을 입혔다. 언젠가 유럽으로 출장 갔던 아내가 사 온 선물 중 하나였다. 아내는 독일에 있는 매장에서 샀다고 둘러댔지만 아내의 그 사람이 있는 그 나라의 어느 백화점에서 구입했다는 것쯤은 쉽게 짐작할 수 있었다.

어쩌면 아내도 지금 거기에서 그 사람과 행복할까. 혁은 독일이라고 썼던 부분을 지우고 이탈리아로 고쳐 썼다. 소설 속에서만이라도 아내에게 진실을 말하게 해 주고 싶었다.

밖에서 시끄러운 소리가 나서 내다보니 예라와 예라 친구가 마당 가로 들어서고 있었다. 여자가, 아니 이제 혁의 사랑스러운 아내가 된 그녀가 손에 흙을 묻힌 채로 예의 조용한 미소로 아이들을 맞고 있었다.

38

저 먼 하늘가로 유성이 지나갔다. 곧 두 번째 유성이 지나갔다. 어느덧 많은 유성들이 비가 되어 내렸다.

소녀는 멋있다고 탄성을 질렀지만 세영은 두려움에 질려 있었다. 광야를 여행하며 쏟아지는 유성을 한두 번 본 것도 아니면서, 제 궤도를 도는 혜성이 흘리고 간 파편이고 우연히 지구와 만난 우주의 먼지일 뿐이라는 것을 뻔히 알면서도, 세영은 매번 그날이 다시 온 것처럼 두려움에 떨었다. 그래도 오늘 밤은 소녀가 곁에 다행이었다. 어쩐지 조금씩 안정이 되며 든든하기까지 했다.

하늘이 잠잠해지자 그때까지 탄성을 내지르던 소녀가 세영 쪽으로 돌아누웠다.

"옛날에는 무슨 일을 했었어요?"

누구는 초등학생이었고, 누구는 군인이었고, 누구는 별을 연구하는 사람이었는데, 할아버지는 옛날이야기를 잘 하지 않는다면서 입을 쫑긋거렸다.

세영은 생각했다.

나는 무엇을 하는 사람이었던가.

나사 발표가 있기 며칠 전에 부회장으로부터 연락이 왔다. 곧 벌어질 상황에 대해 설명해 주고는 회사 소유의 그림들을 챙겨 자기 쪽으로 날아오라고 했다. 사정이 여의치 않으면 그림들은 두고 와도 좋다고 했다. 부디 조심해서, 다치지 말라는 당부도 잊지 않았다. 세영은 직원들에게 본사로 그림들을 급히 보내야 하니 포장해 놓으라고 지시했다. 직원들이 의아해하며 이유를 물어서 기획 전시회에 대여하기로 했다고 둘러댔다. 그리고 서둘러 카멜의 사무실로 갔다. 장비도 챙기고 카멜도 데려가기 위해서였다. 하지만 세영의 손이 닿는 곳은 이미 모두 늦어 있었다.

부회장이 그쪽에서 이쪽으로 따로 손을 써 봐도 마찬가지였다.

공식 발표가 나자마자 물밑으로만 흐르던 혼란이 표면으로 치솟았다. 카멜이 따로 알아본 바에 의하면 비상시를 대비해 한동안 생활이 가능하도록 시설을 갖춰 놓은 대형 벙커가 도시 외곽의 곳곳에 숨겨져 있었다. 카멜은 그쪽으로 들어갈 수 있는 길을 열어 놓았다고 했다. 하지만 그림이나 장비 따위는 가져갈 수 없었다. 세영은 일단 카멜의 중요한 장비들만 챙겨 최 화백의 지하 벙커로 옮겼다. 최악의 경우에는 그림들도 그쪽으로 옮겨 놓을 생각이었다.

한동안 연락이 닿지 않아 애를 태우던 부회장이 그쪽에서 따로 경비행기를 띄웠다. 그림들은 다 포기해도 좋다고 했다. 하지만 세영은 그럴 수 없었다. 대충돌이라는 것이 실제로 일어날지 어쩔지, 일어난다고 해도 이후의 세상이 어떻게 바뀔지 알 수 없었다. 불확실한 미래에 겁을 먹고 섣불리 지금까지 쌓아 온 모든 것을 포기하고 싶지 않았다. 대서양 연안에서 띄운 경비행기가 서울까지 날아오려면 아직 시간이 있었다. 일단 회사 금고에 있는 그림들을 비행장으로 실어 보내고 카멜과 함께 장비들도 챙겨 뒤따라가기로 했다. 서둘러 회사로 가며 최 화백에게 함께 가겠냐고 물었지만 최 화백은 머뭇거렸다. 일단 다녀와서 다시 묻기로 하고 그의 완성된 그림들과 작업 중인 그림도 그때 챙길 생각이었다.

무슨 일이든 처리하는 비용은 부르는 게 값이었다. 열 대를 구입할 수 있는 가격보다 더 많은 돈을 주고서야 화물차 한 대를 빌릴 수 있었다. 세영은 그림들을 먼저 실어 보내고 카멜을 만나기로 한 장소로 이동했다. 이동하면서 스마트폰으로 서버 화면을 띄우고 책상 앞에 앉아 있는 남편을 들여다봤다. 사무실에서 급하게 콘센트를 뽑느라 남편은 아침부터 계속 책상 앞에 앉은 채로 멈춰 있었다. 그게 마지막이었다. 세영은 작별 인사도 하지 못하고 남편과 다시 그렇게 헤어졌다.

소녀에게는 평범한 여행자인 척했지만, 사실 세영은 사냥꾼의 무리에서 탈출했다. 카멜을 만나 최 화백의 집으로 돌아가다가 사람들에게 떠밀려 길에서 쓰러졌는데, 정신을 차리고 보니 대형 벙커 안이었다. 벌써 십팔 년이라는 시간, 저쪽의 일이었다.

소녀는 어느새 잠에 들었는지 가볍게 코를 골았다. 세영은 유성이 또 떨어질까 두려워 잠은커녕 눈조차 감을 수 없었다. 식은땀이 나고 한기가 들면서 몸이 떨려 왔다. 위장이 뒤틀리고 구역질이 올라왔다. 며칠 만에 배 속으로 들어간 마른 물고기가 살아 꿈틀거리며 배 속을 마구 휘젓고 다니는 듯했다. 벌써 떨어지기 시작한 기온으로 입에서는 하얀 입김이 뿜어져 나왔다. 밤이 깊어갈수록 기온은 더 떨어질 것이었다. 세영은 방수포를 코끝까지 당겨 덮고 바람이 들어오지 않도록 꼭꼭 여미고 누워 밤새 앓았다.

어느 결에 잠이 들었는지 눈을 떠 보니 주위가 푸릇했다. 소녀는 벌써 일어나 잠자리를 정리하고 불을 피우고 있었다. 세영도 자리를 정리하고 불가로 다가앉았다. 밤새 앓은 것치고는 몸이 제법 가벼웠다.

소녀가 내미는 구운 물고기를 받아서 씹다가 유난히 딱딱한 조각이 있어 빼내 보니 투명했다. 빠진 그대로의 형체를 갖춘 사람의 손톱이었다. 세영은 슬그머니 모래사장에 그것을 박아 놓고 그 맛에 대한 기억을 눌러 삼키듯 입에 고인 침을 삼켰다. 삼키는 동시에 구역질이 치밀었다. 소녀가 세영을 쳐다봤다. 세영은 아무 일도 아니라는 듯 그냥 웃어 보였다.

세영의 손에 들려 있는 물고기를 힐끔거리다가 소녀가 물었다.

"먹어 본 적 있어요?"

"무얼?"

"사람이요."

세영은 대답할 수 없었다.

"난 있어요."

순간 소녀를 향해 경계 태세를 취했다.

"에이, 어렸을 때 잡힌 적 있었다고 했잖아요. 거기서 그 아줌마 만난 거라고."

"아, 그랬지."

그제야 긴장을 풀고 멋쩍어져서는 공연히 땔감 하나를 집어 불 속에 던져 넣었다.

"사냥꾼들은 뭐가 그렇게 맛있다고 그 맛을 잊지 못해 사냥꾼이 됐나 몰라. 이해할 수가 없어요, 정말."

말은 그렇게 하면서도 소녀의 목젖이 침을 삼키느라 쿨렁거렸다. 그게 무슨 뜻인지 깨닫기도 전에 소녀가 먼저 말했다.

"친구를 먹은 적도 있어요."

소녀의 얼굴이 눈에 띄게 침울해졌다.

"마을에서 친해졌던 앤데, 겨울에 식량이 모자라서 사냥꾼들이 하나둘씩 데리고 나가서 삶았거든요. 그때는 그것밖에 먹을 게 없었으니까."

얼굴이 잔뜩 찌푸려지는 게 금세 눈물이라도 쏟을 기세였다. 하지만 세영은 소녀를 위로해 줄 수 없었다. 세영은 자신이 낳은 아기를 삶은 적도 있었다. 누구의 정자를 받아 수태된 아기인지 알지 못했다. 카멜의 아기일 수도 있고, 대장의 아기일 수도 있고, 다른 누군가의 아기일 수도 있었다. 낳은 지 한 달도 되지 않은 아기가 죽었을 때 바로 대장이 삶으라고 명령했다. 사냥꾼들도 자기 아이는 죽어도 먹지 않았다. 태우거나 묻었다. 대장만 예외였다. 그날 밤도 세영은 대장의 방수포 속으로 자진해서 기어들었다. 그렇게 살아남은 목숨이었다.

소녀는 잘못 알고 있었다. 그 맛을 잊지 못해 사냥꾼이 된 사람은 거의 없었다. 벙커에서 죽임을 당하고 남의 입속으로 들어가는 자신의 아이를 보면서도 견디는 것 말고는 할 수 있는 게 없었다. 그래서 감각을 제거했다. 감각을 제거하고 나니 못 할 짓이 없어졌다. 무감각해져서는 무자비해져 버렸다.

세영은 짐을 챙겨 출발하기 전에 시내의 물을 떠서 그대로 수통을 채웠다. 소녀는 처음 보는 거름 장치에 걸러서 한 번 끓여 담았다. 세영의 수통도 뺏어서 비우고 똑같이 했다. 소녀는 이렇게 해야 우리 몸도 덜 오염된다고 했지만 사냥꾼들은 원래 그런 것쯤 개의치 않았다. 그래서 서로 공격하지 않아도 대체로 빨리 죽고 많이 죽고, 태어나는 아기들도 절반 이상은 기형이었다. 세영의 젖가슴에도 벌써 주먹만 한 종양이 들어앉아 있었다. 그래도 세영은 운이 좋은 편이었다. 종양이 커지는 속도도 더뎠고 아직 별다른 증상이나 통증도 없이 기력도 좋았다.

길 끝의 완만한 모래 언덕을 넘으니 광활한 암석 지대였다. 그 끝이 보이지 않았다. 해는 벌써 머리 위로 솟아올라 이글거렸다. 방수포를 덮고도 추위에 떨며 앓았던 밤에는 겨울이더니 몇 시간 만에 봄도 지나 여름이었다.

세영이 외투를 벗어 둘둘 말아 배낭끈에 끼웠다. 소녀는 입은 채 그대로 계속 걸었다. 확실히 소녀의 걸음은 세영보다 빨랐다. 암반과 암반 사이의 틈새가 유난히 넓고 많고, 지층이 드러난 단면도 가파른 작은 협곡을 오르내리면서 격차가 더욱 벌어졌다. 소녀가 세영과 속도를 맞추기 위해 배려했지만 세영은 그마저도 따라잡기 벅찼다. 그래도 쉬자고 말하지 않았다. 어쩌면 이 길 끝에 남편이 있었다.

수많은 사람들로 겹겹이 둘러싸인 대형 벙커 안에서 카멜은 어쩔 수 없었다고 했다. 세영은 쓰러졌고, 최 화백의 집으로 가는 길은 뚫지 못했고, 불타는 운석들이 하늘에서 쏟아져 내리기 시작했다고.

극심한 충격파를 견뎌야 했던 며칠이 지나고 조금씩 잦아지는 며칠이 또 지났지만 아무도 벙커 밖으로 나갈 엄두를 내지 못했다. 물과 식량이 떨어지고도 간간이 이어지는 여진 때문에 사람들은 밖으로 난 문을 여는 대신 물과 산소를 찾아 반대쪽

문을 열고 더 안으로 깊게 굴을 파고 들어갔다. 살아 있는 사람들의 숫자는 급격히 줄어 갔다. 세영은 자신의 오줌을 받아 마시고 카멜이 시체에서 썰어 내 건네주는 남의 살을 씹으며 그 날을 복기하고 또 복기했다. 그림과 장비들을 포기했다면 비행기를 탈 수 있었을까. 여기보다는 풍족하고 편안할 대서양 연안 어딘가의 벙커 안에서 지금쯤 행복할까.

얼마나 지난 뒤에 벙커 문이 열렸는지는 이미 아무도 알지 못했다. 세상은 완벽하게 무너져 있었다. 안개 같은 먼지와 타다 남은 재와 연기와 찢긴 시체로 뒤덮인 어둠의 폐허를 헤매다가 최 화백의 저택이 있는, 아니 있었다고 짐작되는 분지 마을을 찾아갔다. 전부 무너지고 쓸려 가서 흔적도 없었다. 낮은 담장이 둘러쳐 있었던 주택들도 부서진 벽돌과 콘크리트 잔해만 남아 뒹굴고, 숲이 울창했던 뒷산도 형체만 유지한 채 침침한 어둠 같은 먼지에 가려 뿌옜다.

완전히 쓸려가 사라진 마을을 벗어나 도시로 갔다. 덜 무너진 건물에 들어가 추위를 피하고 되는대로 뒤지고 파헤쳐서 주워 먹었다. 땔감을 찾아 불을 피우고 옷을 찾아 꿰어 입었다. 서로 좋은 것을 차지하겠다고 다투다가 서로를 죽였다. 서로를 죽이며 지천으로 널려 있는 시체의 맛을 본 짐승들을 피해 다녔다. 사냥을 당하지 않으려면 사냥을 해야 했다. 짐승의 본능보다도 사람의 본능이 무서웠다. 짐승은 배가 고플 때에만 공격했지만 사람들은 닥치는 대로 잡아서 죽이고 먹고 버렸다.

아무리 파헤쳐도 더 이상 나오는 게 없어지면 다른 지역으로 이동했다. 비교적 덜 파괴된 지역으로 사람들이 모여들어 정착하면서 무리가 형성됐다. 무리는 두 부류로 나뉘었다. 지상에서 최후를 맞은 사람들과 지하 벙커에서 최후를 맞았던 이들로.

한쪽은 거의 대부분을 지상에서 생활했고 또 한쪽은 대부분의 시간을 지하에서 보내다가 사냥을 할 때에만 지상으로 나왔다. 당연히 두 부류 다 우두머리가 생겼다. 짐승은 물론이고 사람 사냥도 서슴지 않았던 지하 생활자들은, 그러나 수적으로는 열세였다. 밀고 밀리는 싸움 끝에 모두 광야로 쫓겨났다. 광야라고 해도 무너진 대도시이거나 그 흔적을 조금이나마 가진 소도시나 마을을 곳곳에 품고 있었다. 지하로 숨어들 수 있는 안전한 은신처는 얼마든지 다시 찾을 수 있었다.

사냥꾼들은 광야를 떠돌며 사람들이 살고 있는 마을을 습격하고 여행자를 잡아먹고 아직 정비되지 않은 도시를 불태웠다. 그 와중에 세영이 속한 무리의 대장 격이었던 카멜이 죽었다. 세영은 새 대장에게 붙었다. 무리 중에서 가장 예쁘고 어렸던 애가 자라서 여자가 되기 전까지는 그래도 견딜 만했다. 그 애를 밀어내려다가 오히려 밀려 무리에서 탈출해야 할 처지가 되었을 때에는 어차피 조금씩 커져 가던 종양이 제법 만져지기 시작했고 사냥에도 넌더리가 나던 참이었다.

세영은 남편을 다시 찾아 나서기로 했다. 그 많았던 서버 회원 중 한둘쯤은 어딘가에 살아 있을 수도 있었다. 사용되는 컴퓨터가 있고 대체할 수 있는 장비와 기술만 있으면 되살리지 못할 일도 아니었다. 사람들과 장비들을 찾기 위해서는 복구된 도시로 들어가야 하고, 그러기 위해서는 몸에 깊이 밴 사냥꾼의 흔적을 지워야 했다.

혼자 여행자가 되어 도시를 찾아다니며 남편이 아직도 책상 앞에 앉아 자신을 기다리고 있다는 상상을 하면 즐거웠다. 예라 엄마가 죽었는데도 여전히 그 안에서 살고 있었던 예라처럼 자신의 부재와는 상관없이 혼자 잘 살고 있을 남편을 상상하면 침울했다. 자신은 이렇게 고통스러운데 여전히 풍요로울 그 세상에서 행복할 남편의 하루하루가 세영은 견딜 수 없었다.

해가 기울 무렵 길 끝에 나타난 검은 숲을 소녀가 먼저 발견하고 세영에게 일러 줬다. 세영과 소녀는 그곳으로 들어가 밤을 보내기로 했다. 그곳까지 질러가기 위해 뽀족하게 솟은 암석들로 이루어진 언덕을 급하게 넘었다. 앞서가던 소녀의 배낭 밑에서 작은 꾸러미 하나가 떨어지더니 순식간에 모조리 쏟아져 내렸다. 아침에 짐을 꾸리면서도 불안하다고 투덜대던 배낭이 기어이 터져 버린 것이었다. 세영은 재빨리 달려가 암반 위를 굴러서 틈새로 빠지려는 물통을 주워 올렸다. 소녀도 요란한 소리를 내며 굴러가는 냄비를 주우러 달려 내려갔다.

서쪽 하늘 끝이 선홍빛으로 물들어 가고 있었다. 언덕 위 붉은 암반 위에서 소녀가 빈 배낭과 무기를 내려놓고 흩어진 물건들을 주워 한군데로 모았다. 그 옆에 주저앉아 배낭의 터진 곳을 살폈다. 세영도 소녀 곁에 주저앉았다. 암석 지대 저 끝에 있는 검은 숲까지는 아직 한참 더 가야 했다.

"곧 해가 질 텐데."

"괜찮아요. 어둠 속에서도 움직일 수 있어요."

"눈이 밝은 아이니?"

"나는 잘 모르겠는데 남들이 그렇대요."

"귀도?"

"저 숲에서 나는 소리도 들을 수 있어요."

"부럽구나."

소녀가 모아 놓은 짐들 사이에서 실과 바늘을 찾아냈다. 매끄럽지는 않아도 손으로 만든 바늘치고는 제법 날카롭고 정교했다. 소녀가 바늘에 실을 꿰고 배낭을 뒤집었다.

"내가 꿰매 줄게."

"괜찮아요. 저도 잘해요."

말은 그렇게 하면서도 손을 내밀자 소녀는 선선히 배낭을 세영에게 넘겼다.

세영이 배낭 바닥에 바늘로 첫 땀을 꿰자마자 소녀가 갑자기 벌떡 일어섰다. 무슨 일인가 싶어 소녀를 올려다봤다. 소녀는 서쪽 하늘가를 쳐다보고 있었다. 세영도 그쪽을 쳐다봤다. 선홍빛 노을이 그 영역을 확장해 가고 있었다. 아름다웠다. 세영은 바늘을 고쳐 들고 배낭 밑바닥을 들여다보며 다시 꿰매기 시작했다.

문득, 세영은 강렬한 기시감에 사로잡혔다. 단순히 데자뷔라고 하기엔 이곳 지형도 어쩐지 낯설지 않았다.

"우와!"

"응?"

소녀의 감탄에 세영이 소녀의 시선 끝을 바라다봤다. 소녀는 간절한 눈빛으로 그쪽을 쳐다보며 기도라도 하듯 두 손까지 모으고 있었다. 세영의 눈에는 여전히 선홍빛으로 물들어 가는 하늘 말고는 아무것도 보이지 않았다.

바느질감을 고쳐 잡을 때 소녀가 이번에는 두 팔을 번쩍 들고 그쪽을 향해 맹렬히 흔들기 시작했다. 대열을 이루고 날아오는 검은 점들이 그제야 세영의 눈에도 들어왔다. 세영이 여행자가 되어 남편을 찾아다닐 무렵부터 나타나기 시작한 비행물체였다. 세영은 얼른 배낭을 놓고 암반 아래로 뛰어내려 뾰족한 암석의 좁은 틈으로 몸을 숨겼다.

세영은 대서양 연안이든 우주의 저편이든 어딘가에서 살아남은 부회장이 자신을 찾으러 오는 것만 같았다. 그래서 어느 날은 그를 따라가면 남편을 만나지 못하고 죽을지도 모른다는 불안감에 어디로든 몸을 숨겼다. 세영은 죽어도 먼저 죽은 남편을 만나지 못할 것이었다. 자신이 죽어서 갈 그 세계에는 남편이 없을 테니까. 남편의 영혼은 그 서버 안에 여전히 갇혀 있을 테니까.

금방이라도 쓰러져 죽을 것처럼 기력이 쇠한 날에는 남편이고 뭐고 생각할 겨를도 없이 본능적으로 연기를 피워 올렸다. 마지막 남은 힘을 다해 재빨리 돌무더기를 쌓으며 구조 신호를 보냈다.

하지만 지금은 숨어야 할 때.

암석 틈에 숨어 선홍빛 하늘과 그 하늘가의 비행물체를 향해 손을 흔들어 대는 소녀를 쳐다보다가, 세영은 어디에서 본 듯했던 소녀를 어디에서 봤는지 기억해 냈다. 조금 전 그 순간 왜 그토록 강렬한 기시감을 느꼈는지에 대해서도.

그동안 숱한 죽음이 있었고 세월이 흘러 기억도 희미해졌지만 최초로 살인을 했던 기억마저 잊을 수는 없었다. 그 원인이 되었던 그림들 역시 마찬가지였다.

최 화백이 자신의 그림을 표절했다고 주장하던 청년이 있었다. 시끄러워지기 전에 해결하려고 청년의 작업실로 찾아갔다. 그가 꺼내 보이는 그림을 보고 세영은 다 끝났다고 생각했다. 디테일한 부분들만 조금씩 다를 뿐, 색감과 붓질과 구도와 소녀의 형상까지 거의 흡사했다. 청년의 주장대로 표절이었다. 의식적이었든 무의식적이었든 누가 봐도 변명의 여지가 없었다. 게다가 청년의 그림에는 거칠기는 하지만 타성에 젖지 않은 신선함이 있었다.

그래도 처음부터 죽일 의도는 없었다. 바로 은행에서 돈을 찾아 들고 다시 올라갔지만 설득도 협상도 되지 않았다. 청년은 오히려 실망과 체념으로 가득 찬 눈으로 회유하려 했던 사실까지 모두 언론에 폭로하겠다고 했다. 그가 바로 휴대전화를 집어 들고 세영이 제지하면서 얼결에 몸싸움이 일어났다. 청년과 함께 중심을 잃고 넘어질 때 청년의 등 뒤로 평상이 있다는 것은 의식하지 못했다. 평상 모서리에 청년 뒤통수가 닿으리라고는 더더욱 예상하지 못했다. 놀라서 얼른 몸을 추스르며 일어나자 청년도 뒤통수를 문지르며 일어나 평상에 걸터앉았다. 그리고 망연히 세영을 쳐다보던 청년의 눈빛.

그게 마지막이었다.

이내 옆으로 쓰러지더니 일어나지 않았다. 숨을 쉬지 않는 것을 확인하고 구급차를 불러야 한다고 생각했지만 부들거리는 손은 이미 카멜에게 전화하고 있었다.

한 시간도 채 되지 않아 달려온 카멜은 청년을 난간 위로 올려 아래로 떨어뜨렸다. 화분도 몇 개 같이 떨어뜨렸다. 세영이 준비해 간 돈의 일부를 방에 놓고 그림을 들고 나왔다. 헐값에 그림을 팔아넘기고 자살한 청년. 카멜의 시나리오는 그랬다. 청년에게는 특별히 문제를 제기할 가족도 없다는 것까지 이미 다 확인했다고 했다. 그의 그림을 카멜과 함께 야산에서 태웠다. 붓 자국마다마다의 질감을 만져 보면서 하나하나 머리에 새길 듯 찬찬히 들여다보면서. 더 이상 눈물도 나지 않았다.

소녀의 할아버지가 그림을 그렸다고 했던가. 그림 속 소녀의 이름을 따서 지금 이 소녀의 이름을 지었다고 했던가. 태초의 땅 아프리카의 죽어도 죽지 않는 불멸의 누 떼처럼 끈질기게 살아남으라고, 살아남아서 자유로운 세상을 누리라고. 소녀의 할아버지가 꿈꾸는 자유로운 세상이란 어떤 것일까. 그러고 보니 이쪽 길은 최 화백의 옛 저택이 있었던 분지 마을로 가는 길이었다.

세영은 바위를 딛고 올라서 서쪽을 향해 비켜서 있는 소녀의 옆모습을 쳐다봤다. 그리고 주위를 둘러봤다. 세영이 태워 버린 청년의 그림 속 풍광과 닮아 있었다. 조각난 암석들로 이뤄진 붉은 언덕, 저 멀리 수령 오랜 나무들이 죽어 있는 검은 숲과 선홍빛 하늘에서 날아오는 비행 편대를 바라보는 소녀의 옆모습과 구도와 색감과 심지어 소녀가 입고 있는 누더기의 질감마저 지금 이 장면은 세영이 죽인 청년이 그린 그림 속 그대로였다.

그런데 청년은 이 장면을 도대체 어떻게 본 것일까. 예지몽처럼 꿈속에서 혹은 어느 날 문득 떠오른 이미지로. 청년은 이 장면의 프레임 밖에 서 있었을 나를 처음부터 보지 못한 것일까, 아니면 잘라 낸 것일까.

청년의 옥탑방에 있는 다른 그림들까지는 세영도 확인하지 못했다. 그 그림들 중에는 혹시 지금 이 프레임 밖에 서 있는 내가 주인공으로 들어 있는 그림도 있었을까. 그 그림들은 지금 어느 어두운 폐허에 묻혀 잠자고 있을까, 벌써 누군가의 땔감이 되어 꽁꽁 언 그 몸을 잠시나마 따뜻하게 덥혀 주었을까.

세영은 문득 또 강렬한 기시감에 사로잡혀 이 모든 것을 지켜보는 시선을 느꼈다. 시선은 위로부터 왔다. 어쩌면 자신의 내부로부터.

절벽 위의 시선

39

오늘쯤은 루가 올까. 완은 동굴에서 나와 구부정한 허리를 펴고 들판 쪽을 쳐다봤다. 그러나 도시를 떠날 때부터 침침해지던 눈은 이제 거의 보이지 않았다. 들판은커녕 바로 코앞의 사물조차 흐릿했다. 형석의 눈도 이렇게 멀어 갔을까.

"그랬는가?"

형석은 대답하지 않았다.

"아직도 화가 나 있는가."

완은 후후 하고 웃었다.

"예끼, 이 몹쓸 사람."

완은 더듬거리며 밭으로 갔다. 지난해 뒷산에서 야생으로 자라난 감자를 채취하여 씨감자를 만들었다. 날씨가 따뜻해지기를 기다려 밭에 잘 묻었더니 제법 실하게 영글었다. 루에게 포실포실한 감자를 쪄 먹일 생각을 하니 저절로 웃음이 비어져 나왔다.

그런데 도시에 무슨 일이 생겼는가, 어디 먼 데로 여행이라도 갔는가, 루가 너무 오랫동안 오지 않고 있었다.

"푸코도 있는데, 별일이야 없겠지?"

곁에 와 쪼그리고 앉아 있던 형석이 그렇다는 듯 고개를 주억거렸다. 완은 손으로 더듬어 흙을 파헤치고 씨가 굵은 놈으로만 골라 캐고 작은 놈은 그대로 흙 속에 묻었다. 형석이 옆에서 발로 꾹꾹 눌러 다졌다. 완은 루에게 감자는 한 번도 먹여 보지 못했다. 루가 어미젖을 떼고 암죽을 먹기 시작했을 무렵에는 벌써 자연의 식량은 동이 난 상태였다.

"그래도 그 어린것이 어미 노릇을 하겠다고 죽기 전까지도 젖을 먹였지. 빈 젖이 되자마자 이제 됐다는 듯 숨을 놓고 갔어."

형석이 완의 등을 가만가만히 토닥거렸다.

하마터면 어린 루도 잃을 뻔했다. 광야를 떠돌며 더한 경우도 많았지만 루의 어미를 잃고 바로 루까지 잃을 뻔했던 그때를 생각하면 완은 지금도 두려움에 가슴이 떨렸다. 열이 펄펄 나는 아이를 등에 업고 걸어도 걸어도 사람의 흔적은 발견되지 않았다. 밤낮도 구별할 수 없는 뿌연 하늘로부터 잿빛 눈송이가 하나둘씩 떨어져 내렸다. 아이가 깼는지 가쁜 숨을 몰아쉬며 그 작은 발로 툭툭 옆구리를 건드렸다. 그 작은 조막손이 조물조물 등허리를 간질였다. 등에 얼굴을 파묻은 채로 할아버지, 할아버지, 하고 웅얼거리듯 불러서 오냐 그래, 하고 대답했지만 더 이상의 반응이 없었다. 담요와 외투를 끄르고 아이를 앞으로 돌려 상태를 확인하고 싶었지만 그대로 걸음을 재촉했다. 이 눈이 언제 또 폭설로 변할지 알 수 없었다. 그러면 다시 며칠씩 발이 묶일 것이었다.

눈발은 점점 거세지는데 흔적이나마 남아 있는 농가 하나 발견되지 않았다. 주위는 더욱 어두워지고 등에 업은 아이의 숨결도 미약해졌다. 서너 시간 전에 지나친 빈 농가로 돌아가야 하나 하는 생각을 하면서도 발을 멈추지 않았다. 조금만 더 가면 사람들이 살고 있는 마을이 나타날 것 같았다. 어쩌다 살아남은 한두 명의 의사가 항생제와 해열제를 갖고 있다면 더 바랄 게 없었다.

몸과 분리된 의식마저 차츰 흐릿해졌다. 그래도 여전히 몸은 관성대로 움직이고 본능대로 움직였다. 오르막길이 시작되고, 힘겹게 언덕 위로 올라섰다. 저 멀리 아래쪽에 보이는 마을은 실재하는 것일까, 간절함이 만들어 낸 신기루일 뿐일까. 내리막에서 오금에 힘이 빠지며 무릎이 꺾였다. 업은 아이의 무게까지 더해져 고꾸라지려는 몸을 간신히 무릎을 꿇고 한 팔로 지탱했다. 한 손으로 엉덩이를 받친 아이의 몸이 외투 안에서 꿈틀거렸다. 연약한 그 팔과 다리가 잔뜩 힘을 주어 완의 등허리를 끌어안았다. 그래 일어나야지, 일어나서 가야지.

완도 아이처럼 힘을 내 일어서려 했지만 그대로 다시 쌓인 눈 위로 엎어져 얼굴까지 처박혔다. 접힌 다리 한쪽이 슬그머니 펴지며 몸이 스스로 남은 힘마저 내려놨다. 앞으로 맨 배낭이 가슴을 받쳐서 숨이 막혔지만 그래도 편안했다. 나머지 한쪽도 천천히 펴면서 그대로 모로 드러누웠다. 드러누우면서도 옆구리에 깔리는 아이의 발 한쪽을 슬쩍 뒤로 밀어냈다. 등에 업은 아이의 몸이 옆구리 쪽으로 쏠렸다. 아이가 발을 구르며 악착같이 매달렸다. 한쪽 손을 뒤로 돌려 아이의 엉덩이를 다독였다. 그래 가자. 하지만 조금만, 아주 조금만 쉬었다 가자꾸나. 가뭇하게 졸음이 밀려왔다.

"그때 자네가 깨워 일으키지 않았다면 우리 루도 나도 그때 벌써 갔지."

형석이 감자를 바구니에 주워 담으며 씩 웃었다.

"고마우이. 왜 몰라. 나도 다 알지."

형석이 쑥스럽다는 듯 긁적긁적 제 머리를 긁었다.

"이번에도 잘 부탁하네. 루가 눈치채지 못하도록."

형석이 고개를 크게 크게 주억거렸다. 손을 뻗어 완의 손을 잡고 가만히 감자밭에 있는 돌멩이에 그의 손을 대 줬다.

"옳거니, 그렇지."

완이 돌멩이를 움켜쥐자 형석이 완의 손등에 자신의 손을 얹어 같이 움켜쥐었다. 완은 형석이 이끄는 대로 그대로 움직였다. 형석이 완의 손에 잡혀 있는 돌멩이를 밭 가로 힘껏 던졌다. 그리고 감자 줄기들 사이로 난 잡초 위로 완의 손을 올려놨다. 완은 손의 감촉만으로 줄기는 두고 잡초만 골라 쑤욱 뽑아냈다. 형석이 이번에는 완의 손을 잡아끌어 감자 바구니에 대 줬다. 완이 바구니를 안고 몸을 일으켰다. 형석이 얼른 완의 팔꿈치를 붙들었다. 완의 보폭에 맞춰 한 발 한 발 먼저 발을 내디뎠다. 완은 형석이 이끄는 대로 몸을 맡기고 스스로 앞을 보는 사람처럼 편안하게 밭에서 나와 천천히 샘터로 향했다. 완이 발을 멈추자 형석도 얼른 따라 멈췄다.

"그 어린 게 벌써 이리 커서는."

완이 들판 너머 저쪽을 쳐다보자 형석도 함께 그쪽을 쳐다봤다. 완의 눈에는 벌써 분지 마을의 입구로 들어서는 루의 모습이 환영처럼 가물거렸다.

40

루는 갑자기 할아버지가 너무 보고 싶어졌다. 노을 지는 하늘을 향해 선 채로 할아버지, 할아버지 하고 소리쳐 불렀다. 이쪽으로 날아오던 비행 편대가 또 방향을 바꿨다. 너무 속상해서 눈물이 나려 했다. 서쪽 하늘도 서쪽 대륙도 루에게는 영원히 가 닿을 수 없는 곳인지도 몰랐다.

루는 돌아서 털썩 주저앉았다. 배낭을 꿰매던 여자가 그새 어디로 갔는지 보이지 않았다. 소리쳐 불러 봐도 대답이 없었다. 루는 암반 끝으로 걸어가 그 아래를 둘러봤다. 암반 아래쪽의 틈새까지 구석구석 살펴보고 귀를 쫑긋 세워 집중해 봐도 아무런 소리도 들리지 않았다. 사방을 둘러보며 멀리까지 훑어도 그 흔적을 찾을 수 없었다.

루는 그제야 고개를 절레절레 저었다. 또 시작인가.

광야를 혼자 오래 여행하다 보면 환각에 빠질 때가 있었다.

늘 지나던 길인데도 지형지물들이 낯설어 보이거나, 갑자기 변해 보이는 일은 흔했고, 버려진 도시나 광야에 홀로 솟은 집 한 채를 발견하고 달려가면 오히려 멀어지다가 아예 사라져 버리기도 했다. 오늘처럼 함께 길을 가던 사람들이 흔적도 없이 증발해 버리는 일도 드물지만 간혹 있었다.

할아버지는 무언가를 간절히 원하는 인간의 갈망 때문이라고 했다. 보고 싶은 것만 보려 하는 인간의 욕망 때문이기도 하다고 했다. 어쩌면 외롭기 때문일 수도 있었다. 자신 안의 자신이 나와서 잠시 자신과 놀았을 수도 있고, 실제로 지나는 영(靈)이 따라오며 말을 걸고 잠시 동행해 준 것일 수도 있었다. 어느 쪽이든 실망스럽기는 마찬가지였다.

루는 한숨을 폭 하고 내쉬고는 배낭을 뒤집어 터진 부분을 살폈다. 어느새 말끔하고 튼튼하게 꿰매져 있었다. 아무리 봐도 자신의 솜씨가 아니었다. 루는 쏟아 놓은 물건들을 배낭에 넣어 짊어졌다. 무기도 챙겨 허리에 차고 어깨에 멨다. 성큼 어두워져 버려서 이제라도 북쪽 숲으로 들어가 잠자리를 정하려면 서둘러야 했다.

루는 언덕 아래로 뛰어 내려가다 말고 비행물체가 사라진 남쪽 하늘에 대고 다시 한 번 여자의 이름을 불러봤다. 아득히 먼 하늘 끝까지 퍼져 나간 루의 목소리는 메아리로도 되돌아오지 않았다. 정말 신기루였을까. 혹시 나를 지켜 주기 위해 찾아온 내 엄마의 영혼은 아니었을까. 그러고 보니 루는 엄마의 이름도, 아빠의 이름도 몰랐다.

루는 잔뜩 우울해져 버렸다. 할아버지와 함께 푸코가 벌써 그리웠다. 이번에는 도시가 있는 쪽을 향해 손나팔을 만들어 푸코의 이름을 불러 봤다. 시몬의 이름을 부르고, 태수의 이름도 불러 봤다. 환청으로나마 대답하는 그들의 목소리가 들리는 듯하여 기분이 좋아졌다. 내일쯤이면 할아버지가 있는 동굴에도 가 닿을 수 있을 것이다.

루는 넓은 암반 사이를 층층이 건너뛰며 언덕을 내려왔다. 그리고 북쪽 숲을 향해 힘차게, 들판 위를 달렸다.

41

혁은 누군가 자신을 부르는 소리에 잠을 깼다. 따스하면서도 간절한 목소리였다.

잠을 깨어 눈을 떴다고 생각했는데 여전히 주위가 깜깜했다. 실제로 잠에서 깼는지 아직도 꿈속을 헤매는지 구분되지 않았다. 가만히 손가락을 움직여 봤다. 움직여지지 않았다. 발가락을 움직여 봤다. 움직여지지 않았다. 갑자기 사고의 기억이 꿈의 한 장면처럼 눈앞을 덮쳤다. 꿈에서 깨어 또 꿈을 꾸고 있는가. 혁은 다시 짙은 어둠과 적막의 심연 속으로 빨려 들어갔다.

눈을 뜨니 아내가 옆에 앉아서 혁을 가만히 내려다보고 있었다.

"꿈을 꾸었어요?"

그러나 기억 속의 아내가 아니었다.

달빛으로 빛나는 절벽 위의 집으로 이사 온 것이 생각났다. 혁의 새 아내인 강변의 여자가 혁을 쳐다보며 활짝 웃었다. 누운 채로 아내를 가슴 위로 끌어당겨 안았다.

"아, 다행이다."

"무슨 꿈이었는데요?"

"응, 그냥 악몽. 다시 꾸고 싶지 않은."

"내 위로가 필요해요?"

"아니, 괜찮아. 그래도 당신의 위로는 언제나 필요하지."

"아침 식사 다 됐는데."

"벌써?"

"일단 좀 씻고요."

"응, 좀 씻고."

욕실에서 낯을 씻고 나와 혁은 맞은편 벽에 걸린 그림을 쳐다봤다. 그 앞으로 다가가 또 한참을 들여다봤다. 며칠 전에 아파트에 들러 몇 가지 짐을 더 챙겨 오면서 가져온 그림이었다. 혁은 아파트에 있는 그림들을 좋아하지 않았다. 하지만 이 그림만은 퍽이나 마음에 들었다. 단층과 암석이 층층이 언덕을 이룬 암석지대 꼭대기 붉은 암반 위에서 선홍빛 노을을 바라보며 홀로 서 있는 소녀가 활기찬 듯 쓸쓸한 듯, 꼭 자신을 닮은 듯.

주방에서 아내가 혁을 소리쳐 불렀다.

"아직 씻어요?"

"아니."

"그럼 뒷마당에서 파 좀 뽑아다 주실래요?"

"몇 뿌리나?"

"서너 뿌리면 돼요. 찌개에 넣어야 하는데 깜빡 잊었네."

"응, 그래. 알았어."

혁은 슬리퍼를 꿰어 신고 현관문을 열었다. 마주 보이는 마당의 귀퉁이에 심은 푸른 수국이 어느새 활짝 피어 있었다. 초록 잎이 거의 보이지 않을 정도로 가지마다 탐스럽게 주렁주렁 매달려 있었다.

"수국이 언제 저렇게 피었지?"

안에다 대고 소리쳐 물었다.

"아유, 그걸 이제 봤어요?"

혁은 빙긋 웃으며 뒷마당으로 돌아 들어갔다. 뒷마당의 텃밭은 강가의 높은 절벽 꼭대기였다. 그 아래로는 여울 깊은 강이 흐르고 건너편으로는 한없이 펼쳐진 들판이 아득하게 하늘과 맞닿아 있었다. 몇 뿌리의 파를 뽑아 들고 허리를 펴니 저 아래 푸른 강물과 들판이 한눈에 들어왔다.

한 여자가 강 너머의 모래사장을 빠져나가고 있었다. 빠져나가서 이제 막 들판의 풀숲으로 들어서고 있었다. 혁이 아는 한 이쪽에서 저쪽으로 강을 건널 방법은 없었다. 그렇다면 저 여자는 저쪽 사람인가. 강가에서 만난 노인도 강을 건너왔다고 했었다. 아니 그쪽을 쳐다보고 있었지만 직접 그렇다고 말하지는 않았다. 그래도 혁은 그가 그쪽에서 온 사람이라고 믿었다. 상류나 하류쯤 어딘가에 강을 건너는 다리라도 있는 걸까. 저 강을 건너게 해 주는 배와 사공이라도 있는 걸까. 저 강을 건너 들판을 지나면 거기에는 또 무엇이 있을까.

혁은 또 상상해 내려 애썼다.

노인을 모델로 하여 쓰고 있는 소설이 며칠째 잘 풀리지 않고 있었다. 아파트 뒷산 너머에 있는 마을을 배경으로 삼았는데 몇 번 가 보지 않아서 그런지 잘 그려지지 않았다. 혁은 생각난 김에 아침을 먹고 아내와 함께 운동 삼아 약수터나 한번 다녀와야겠다고 생각했다. 아내가 좋다고 하면 아랫마을까지도 내려가 보고 싶었다. 그쪽 풍광을 살피고 거기 사는 사람들을 만나 얘기라도 나눠 보면 뜻밖으로 이야기가 풀릴 수도 있었다. 돌아오는 길에는 예라가 아르바이트하는 서점에 들러 새로 나온 책이 있으면 몇 권 구입하고 싶었다. 예라가 끝나는 시간까지 아내와 영화라도 한 편 보며 기다렸다가 오랜만에 셋이서 함께 저녁을 먹는 것도 괜찮을 것 같았다.

아내가 주방의 뒤창에 대고 소리쳤다.

"무얼 그렇게 보세요?"

"저기 누가 있네."

"어디요?"

"강 건너."

"아유, 그쪽으로 누가 어떻게 건너가요. 얼른 들어오세요. 찌개 끓어요."

"응, 그래."

강 건너 여자가 갑자기 빠른 속도로 달리기 시작했다. 죽을힘을 다해 뛰고 있는 듯했다. 사람의 속도로 저게 가능한가 싶을 정도였다. 혁은 들판의 풀숲 사이로 빠르게 멀어져 가는 여자의 뒷모습을 멀거니 쳐다보다가 파 뿌리를 툭툭 쳐서 흙을 털어 내고 슬리퍼를 끌며 텃밭을 나왔다.

뒷마당에서 집의 모퉁이를 돌아 나오다가 문득, 혁은 가슴이 뻐근해져서는 다시 한 번 뒤를 돌아다봤다. 강 건너 들판의 여자가 아득히 먼 지평선의 한 점으로 점점 더 멀어지고 있었다.

42

세영은 절벽 위의 시선을 피해 달렸다. 검게 타 죽은 나뭇가지들로 하늘이 열린 검은 숲을 헤치며 죽을힘을 다해 달렸다.

암석 사이에서 정신을 잃었다 깨어나니 소녀가 보이지 않았다. 벌떡 일어나 부리나케 검은 숲으로 달려갔다. 소녀는 거기에도 없었다. 동쪽으로 뜬 해의 위치로 보아 하룻저녁 이상을 쓰러져 있었다. 소녀가 쓰러진 세영을 버려 둔 채로 혼자 가 버릴 만도 했다. 세영은 절망했다. 소녀가 가는 곳에 어쩌면 최 화백이 있었다. 그리고 또 어쩌면 남편이 있었다.

소녀를 찾아 검은 숲속을 헤치며 한참을 가자 앞이 트이며 누런 흙탕물이 소용돌이치는 큰 강이 나타났다. 이제 거의 다 왔는데, 이 강을 건너 조금만 더 가면 되는데 강을 건널 방법이 없었다. 세영은 지쳤다. 너무 외롭고 너무 고통스러웠다. 차라리 이제 그만 소용돌이치는 황토물 속에라도 뛰어들어 끝내고 싶었다. 그러나 그러기엔 살아남은 목숨이 너무 질겼다.

세영은 검은 숲을 향해 다시 돌아섰다. 강가의 모래사장을 빠져나와 막 숲으로 들어서다가 어떤 시선을 느꼈다. 돌아보니 강 건너 암석 산의 절벽 위 평지에서 누군가가 자신을 내려다보고 있었다. 낯익은 모습이었다. 세영은 급하게 몸을 숨겼다. 너무 멀어 자세히 보지는 못했지만 자신이 낯익다고 느꼈다면 사냥꾼 무리 중 하나일 게 뻔했다. 세영은 식욕이든 정욕이든 그들에게 다시 자신의 몸뚱어리를 내어 주고 싶지 않았다.

세영은 달렸다. 강 건너 절벽 위에 서 있는 자의 시선에 붙들리지 않기 위해 달렸다. 뒤도 돌아보지 않고 죽을힘을 다해 달렸다. 가도 가도 수령 오랜 나무들이 불타 죽은 검은 숲의 그림자는 끝나지 않았다.

작가의 말

옛날에 장주가 꿈에 나비가 되었다. 그는 나비가 되어 펄펄 날아다 녔다. 자기 자신은 유쾌하게 느꼈지만 자기가 장주임을 알지 못하 였다. 갑자기 꿈을 깨니 엄연히 자신은 장주였다. 그러니 장주가 꿈 에 나비가 되었던 것인지 나비가 꿈에 장주가 되어 있는 것인지 알 수가 없었다. 장주와 나비에는 반드시 분별이 있을 것이다. 이러한 것을 만물의 조화라고 부른다.

—『장자(莊子)』 김학주 옮김, 연암서가

아직도 문득 어리둥절해진다.

분별과 조화 따위 당최 모르겠고, 도무지 낯선 이 세계에서 스물네 시간 단위로 순환되는 하루, 하루가 나는 여전히 버겁 다. 어느 미세한 틈으로 미끄러져 들어왔을까. 반쪽은 그대로 그쪽에 두고 반쪽만이 흘러들었다. 때때로 누군가 물끄러미 쳐 다보는 시선을 느낀다. 시선은 위로부터 왔다. 어쩌면 나의 내부로부터.

　지난 봄, 여름, 가을, 겨울. 잠시 나라는 반쪽짜리의 곁을 스쳐 지나간 아이들이 있었다. 이제 그만 써도 되지 않을까, 함께 놀며 읽으며 이대로 살아도 되지 않을까, 하는 생각을 처음으로 했더랬다. 유진, 남주, 민지, 솔의, 가현, 민경, 수정, 예원, 경아, 지수, 그리고 또 스물아홉 명의 아이들. 각자의 궤도를 따라 흘러들어와 찰나의 순간 접점을 이루고 각자의 궤도에 따라 멀어지는 중이다. 해마다 이런 이별을 반복해야 하는 걸까. 그러니 이번 생은 꼼짝없이 써야겠다. 그대들은 부디 온전한 한쪽으로, 이 땅 위에 두 발 딱 붙이고 가는 걸음, 걸음마다 영원으로 빛나는 별이 되기를.

　유난히 아픈 손가락이 있다. 내게는 이 소설이 그러하다. 2013년 첫 삽을 뜨고 오래 더듬고 보듬으며 우여도 곡절도 참 많았다. 그 틈바구니에서 무르익었을까, 난삽해졌을까. 그때의 나는 이미 내가 아니므로 나는 이제 알 길이 없다. 끝끝내 알지 못할 것이다.

　어려운 여건 속에서도 연재의 자리를 마련하고, 출간을 결정해 준 손정욱 대표에게 이 자리를 빌려 감사의 인사를 전한다.

　이렇게 또 한 세계를 떠나보낸다.

2018년 4월

서진연

시뮬라크르

1판 1쇄 발행일   2019년 1월 7일

지은이   서진연

펴낸이   손정욱

펴낸곳   도서출판 답

출판등록   2015년 2월 25일 제 312-2015-000063호

주 소   서울시 용산구 효창원로 93길 14 8층

전 화   02 324 8220

팩 스   02 3141 4934

이 도서의 국립중앙도서관 출판예정도서목록(CIP)은 서지정보유통지원시스템 홈페이지(http://seoji.nl.go.kr)와 국가자료종합목록시스템(http://www.nl.go.kr/kolisnet)에서 이용하실 수 있습니다.

ISBN 979-11-87229-20-9 03810

본 도서는 경기문화재단 2017 「전문예술창작지원사업」에 선정되었습니다. 후원 : 경기문화재단

* 책값은 뒤표지에 있습니다.